ハヤカワ・ミステリ

THOMAS H. COOK

ジュリアン・ウェルズの葬られた秘密

THE CRIME OF JULIAN WELLS

トマス・H・クック

駒月雅子訳

TOKYO HAYAKAWA BOOKS

A HAYAKAWA POCKET MYSTERY BOOK

THE CRIME OF JULIAN WELLS
by
THOMAS H. COOK

Translated by
MASAKO KOMATSUKI
First published 2014 in Japan by
HAYAKAWA PUBLISHING, INC.
This book is published in Japan by
arrangement with
GROVE/ATLANTIC, INC.
through JAPAN UNI AGENCY, INC., TOKYO.

装幀／水戸部 功

マウイ島の女性たち、アン・フード、ダイアン・レイク、アニー・ルクレア、
ジャクリン・ミチャード、デボラ・トッド、サラ・ヤングに捧ぐ

そして、ハイマン・ツァイトマンの愛しき思い出に

教会の鐘が夕暮れを告げ
牛の群れが鳴きながら牧草地をのろのろと行く
鋤を抱えた農夫は疲れて家路につき
あとに残るのは暗闇と、このわたし
——トマス・グレイ「田舎の教会墓地にて詠める哀歌」

ジュリアン・ウェルズの葬られた秘密

おもな登場人物

ジュリアン・ウェルズ……………………………………作家
フィリップ・アンダーズ………………………………文芸評論家
ロレッタ……………………………………………………ジュリアンの妹
マリソル……………………………………………………ガイド

序章

彼は地図を折りたたんで椅子のそばのテーブルに置く。窓越しに、のっぺりとした静かな灰色の池が見える。岸辺では黄色いペンキがすっかり剝げてしまった古いボートが、樺の木のしだれた枝の下で羽を休めている。

彼は立ちあがって窓に近づき、外を眺める。

遠くのほうで、そよ風が樺の葉っぱをかさこそいわせている。青々と茂った芝生を軽く撫で、水辺に群生する紫の菖蒲《あやめ》を優しく揺らしている。彼は過去に草を無数に見てきた。花も。フランスのラベンダー畑、ウラル地方の小さなオレンジ色の花をつけたキイチゴ、それから南米では、羽飾りをまとった踊り子のような、風になびくシロガネヨシ。

そうした情景に、彼はいま別れを告げようとしている。

これから自分が取ろうとしている行動と、その結果に思いをめぐらせている。

彼は最後までやり遂げるだろう。

騒がず、あがかず、粛々と。

彼は振り返って窓に背を向け、テーブルに広げられた地図に最後の一瞥《いちべつ》をくれる。これまで数えきれないほど多くの地図を調べてきた。世界各地で目にした水汲みの光景が思い浮かぶ。たいていは女だった。女たちがめいめい間に合わせの瓶を持って、川や湖に集まる。いまの彼は、使い古されて汚れ、傷だらけになったあの瓶のような心境だったが、おびただしい量の記憶をこぼさずに抱えるだけの気力はまだ残されている。

いや、そうじゃない。忘れてしまったこともある。

彼は部屋の隅の小さな机に歩み寄ると、ノートを開いて、最初のページを破り取る。それをゆっくりていねいに折りたたみ、ポケットの奥に突っこむ。

いいかね、おまえさん、草の倒れたところを探すんだ、と老いた猟師に教えられたことを思い返す。足跡や踏み跡なんぞじゃない、密生した葦やヨシのあいだに残っている、それらをかきわけた跡を、草が少しだけ倒れているところを見つけるんだ。そこをたどっていきゃあ、必ず獲物にたどり着ける。

草をかきわけたかすかな跡を求めて、室内を見まわす。だが、どこにもない。それを確かめてから、彼は出口へまっすぐ向かい、ドアを開け、外へ出る。芝生を歩きながら、そよ風の動きを肌で感じる。顔がひんやりとする。シャツの裾がはためく。髪がそっとくすぐられる。

鳥の鳴き声が聞こえて、天を振り仰ぐと、一羽のカモメが空を低く横切ろうとしている。そういえば、タイヨウチョウをスーダンで初めて見たのはいつだったろう？　太陽の光を受けて羽根が虹色に輝く美しい鳥を。

彼はかぶりを振る。もうそんなことはどうでもいい。再び前を向き、しっかりした足取りでボートへ向かう。ボートは重い。しかも彼はだいぶ弱っている。最後の仕事ではなく、むしろ最後の決断によって精力を使い果たしてしまっている。

それでも決断はびくともしない。

重たいボートをなんとか水面まで引きずっていく。自分が知っているなかでいちばん軽いものはなんだろう、と考えてみる。イグサだな。じゃあ、これはイグサで編んだ舟だと思えばいい。イグサにはたしか別名があったはずだが。ああ、そうか、カヤツリグサだ。

乗りこむ際、ボートは危なっかしく揺れたが、彼はすばやく態勢を立て直して一本きりのオールをつかみ、ボートを池へ押しだす。

どのあたりまで行けばいいだろう？

池の真ん中だ。それくらい遠ざかれば、自分の姿は小さくしか見えないだろうから、なにをやっているか妹に気づかれる心配はない。たとえ気づかれたとしても、妹がここまでやって来る頃には、自分はすでに最後の仕事をやり遂げているはずだ。


やがて岸から二十メートルほど離れる。いや、二十五メートルに近いか。ボートを漕ぐのは久しぶりなので、早くも腕が痛みだす。だがじきにそれも終わる。ロシアの荒れ地で体力をだいぶ消耗したことはわかっていたが、まさかここまで衰えているとは思いもしなかった。ひょっとして、胸の奥にしまっている秘密が、病のごとく長い年月をかけてじわじわと肉体をむしばみ、弱らせてきたのだろうか？


岸から三十メートル。

もう充分だろう。


ポケットからさっきの折りたたんだ紙片を取りだし、水中に沈める。

これでいい。

しばらくじっとしたままでいる。そのあと、決心したとおり手順に沿って事を進める。まず、両袖をまくりあげる。少しのあいだ握りこぶしをきつく閉じたり開いたりするうちに、まるで命令に従うかのように青い静脈が浮きあがる。


彼は前にかがんで、ナイフを取りだす。ぎざぎざの刃は激しい苦痛をもたらすだろう。だが、彼の人生はつねに苦痛と隣り合わせだった。

しくじってはならない。

最後までやり通せ。

色あせた黄色いボートの左舷に片腕をのせ、いっきに静脈を切り裂く。流れだした血は指をつたって池に落ち、水面を赤く染めていく。もう片方の腕を船縁《ふなべり》に突きだして、血まみれの手にナイフを持ちかえ、一度目と同じように血管を切り裂く。

やり遂げた。

少なくとも第一段階は通過だ。

あとは静かに待つ意志さえあれば。

ナイフを放し、それが血に染まった水面ではねるのを見届ける。

長くは待たなかった。

魂が抜けていくにしたがって、彼の身体は前へ傾く。タイヨウチョウやイグサのことはもう考えていないだろう。

とうとう彼は左舷へもたれかかり、投げだした腕は水中深く沈む。

その数秒後、彼は息絶える。

待つ時間は長くなくても、想像を絶するほどの孤独感にさいなまれたことだろう。

ああ、友よ、わたしがその場にいたらよかったのに。

ああ、友よ、きみとそのボートに乗っていたらよかったのに。

いま知っていることを、わたしがそのときに知っていたらよかったのに。

第一部

『クエンカの拷問』

1

未解決事件ほど心にまとわりつく話はない、とジュリアンはかつて自著で書いていたが、解決しても場合によっては執拗につきまとうのだとわたしは悟った。

世の中を深く理解したければ、三等車で旅をするべきだ。ジュリアンもそうやって見聞を広めたのではないかと思う。ありきたりの快適さにはまるで無頓着な男だった。水が黄色く濁っていようと、壁が一面カビだらけだろうと、洗面台に赤錆の輪がこびりついていようと、それどころか、洗面台そのものすらなくとも、さらには蚊帳が破けていようと、汚水溜があふれかけていようと、ジュリアンにとってはべつにどうでもいいことだった。彼を惹きつけてやまなかったのは、この世に存在する邪悪きわまりない行為の数々であり、それを最愛の恋人のように激しく追い求めていた。

ジュリアンはいずれ放浪者になって、生涯さすらいの旅を続けるだろうと、初めて外国旅行をともにした時点からわたしは確信していた。そういう根無し草の暮らしが行き着く先は、孤独で悲惨な末路と相場が決まっている――ジュリアンはまさにそのとおりの最期を故郷で迎えたのだった。

いま、わたしのなかで日ごとつのっていくのは、どうすれば彼の命を救ってやれたのか、という無念きわまりない思いである。

「ジュリアンはしおれきっていたわ」彼の妹のロレッタは、わたしに言った。「まだ五十代だったのに、すっかりしなびた感じだった」彼女はグラスの中身を一口飲んだ。「でも、まさかあんなふうに死んでしまうなんて。いまだに信じられない」

わたしたちは店の静かな片隅で、小さな四角いテーブル席に座っていた。昔からあるいわゆる演劇人バーだが、近頃ではもっぱらブロードウェイを訪れる観光客目当てに商売している。ロレッタがこの店を指定したのは、女優を志して悪戦苦闘していた過去の日々を懐かしみたかったからだろう。当時の彼女はオーディションを片っ端から受けてまわるという、むなしい下積みの毎日を送っていたが、最後は現実という残酷な刃《やいば》に初々しい希望をずたずたに切り裂かれてしまった。わたしは彼女が舞台に立った公演を二度観に行ったことがある。両方ともブロードウェイとはほど遠い小劇場での上演だった。一度目の演目はアーサー・ミラー作『橋からの眺め』で、ロレッタは男にあざむかれる娘の役を演じた。二度目はイプセン作『ヘッダ・ガブラー』の主役を務めた。いずれの舞台でも、わたしは彼女の豊かな才能にいたく感銘を受けた。ことに印象的だったのは、哀感《ペーソス》と沸騰寸前の暴力衝動との危ういバランスをヘッダ・ガブラー役に取り入れた点で、それを目の当たりにしたときは、畏敬の念に打たれるほど感動した。ロレッタは演劇界で成功できるだけの申し分ない素質の持ち主だったはずだ。なのに、結果的にそうはならなかった。こうして現在のロレッタを見ていると、夢を実現できなかった者、とりわけ芸術の道で志をくじかれた者ほど、燃えつきて冷えきった灰に似ているものはないと思った。だが、そもそも夢や野望は本当の意味で満たされることがあるのだろうか？　アレキサンダー大王は二十三歳のとき、世界にはもう征服すべき国がないと言って悲嘆したそうだ。ということは、われわれは誰しも挫折感にさいなまれる哀れなアレキサンダー大王で、どう転んでも結局は満足できないのかもしれない。ある者は自分が選んだ職業を後悔し、ある者は自分が選んだ連れ合いに不満を抱く。金がないと嘆く者もいる。わたしの場合、充足感を得られない大きな原因は、子供がいないことと、やもめ暮らしを送っていることだったが、そこにもうひとつ深い悔恨の念が加わった。親友の命を救えなかったからだ。

「世の中には死を迎えるときれいごとでしめくくりたがる人がいるのね」ロレッタは言った。「わたしがいま編集している本は、幸せ自慢をまぶした安っぽい美談ばかり。そういうのが、ジュリアンのとらわれていたような考えを寄せつけないための秘訣なのかしらね」首を振ってから続けた。「こっちまで安っぽくなったみたいに感じるわ」彼女の微笑には、もはや目的を失った努力をやみくもに続けているような気配がにじんでいた。「ヤングアダルト向けに新しくリライトされた『華麗なるギャッツビー』を知ってる？　六十七ページしかない薄っぺらな本で、読んだ人はきっと、フィッツジェラルドはハッピーエンドの話を書いたんだと思うでしょうね」

ロレッタはちょうど五十代に入ったばかりだが、瞳の輝きは昔とちっとも変わらない。作家フローベールはエジプトで絶世の美女に出会うものの、彼女のやや見苦しい八重歯一本のせいで急に熱が冷めてしまう。ロレッタにはそういう美点の中の欠点はひとつもない。若い頃の美しさを脱ぎ捨てたのと引き換えに、洗練された美しさを手に入れ、息をのむほど優雅なしぐさでそれをまとっている――ほとんど無意識に、ごく自然に。時の流れには何人《なんぴと》も逆らえないが、ロレッタの未来には若返りのためのボトックス注射も、しわ取り手術も必要ない。彼女は残りの人生を、その日の舞台をこなすように生き生きと軽やかに歩んでいくだろう。

「ジュリアンは芸術家肌だったわ」ロレッタはきっぱりと言った。

ああ、確かに。ただし、奇妙な執着にとりつかれた芸術家だ。

ジュリアンは最後の六年間、ロシアの連続殺人鬼アンドレイ・チカチーロの足跡をひたすら追い続けていた。わたしはそのときの彼を思い起こした。いくつもの陰々とした町を訪ね歩いて、チカチーロがぶらついていたのと同じ駅舎に寝泊まりし、黒パンとチーズをかじりながら、チカチーロが餌食にしそうな宿なしの子たちを物色しているつもりになった。言ってみれば、連続殺人鬼になりきろうとしたのだ。冷酷無比な悪人を題材にとって執筆しているあいだは、それがジュリアンにとってお決まりの行動だったらしい。

「あの最後の本でジュリアンはくたびれ果てたんでしょうね」ロレッタはそう言い添えた。「でも、それだけじゃないわ」

「どういうことだい？」

ロレッタは一拍おいてから答えた。「密室に閉じこめられて、なんとか脱出しようともがいているみたいだったわ」

そうなのかもしれない。だとしても、ジュリアンの精神状態がどうのという心配はあまりしなかったろう。なぜなら、残虐行為について調べだし、連続殺人犯の所業を微細に書き記すことは、つらい作業ではあるかもしれないが、ジュリアンにとってある意味で突破口になるはずだと、わたしはつねづね考えていたからだ。彼はきっと、すべてから解き放たれて自由になりつつあったのだろう。彼の著書にあったアトラス山脈の夕陽やカルパチア山脈での嵐の描写に、その片鱗がうかがえた。世界全体に対する彼の愛が闇を引き裂き、つかの間ではあったが、本のテーマが持つ陰惨さを離れ、彼が天高く舞いあがる姿が感じ取れた。そういう瞬間、彼の精神は高揚したにちがいない。だがそれは、見えない重りに引っ張られるように必ず急降下する定めにあった。しばしばわたしは、自分はなにをしてやれるだろう、と自問したものだ。こういう友をいったいどうすればいいんだろう、と。

「まさか兄があんなことをするなんて、思いもしなかったわ」ロレッタはぽつりと言った。

それはわたしも同じだ。あのわずか一週間前、ジュリアンがニューヨーク行きを取りやめたにもかかわらず、前兆を見逃してしまった。その二日後にロレッタから電話があって、ジュリアンがひどく動揺している、精神状態が著しく不安定だと知らせてきた。そんないきさつがあっただけに、家のそばの小さな池へ悠然と歩いていくジュリアンを見て、ロレッタは驚いた。彼がずっと昔に兄妹で遊んだ小さなボートに乗り、漕ぎだしたときは、もっと驚いた。数分後、ボートは岸に向かって漂ってきた。ジュリアンはむきだしの両腕を水中でぶらぶらさせたまま、船縁に身体を投げだすようにしてもたれかかっていた。

「死んでいるとすぐにわかった」ロレッタは言った。

「自ら命を絶ったことも」もう一口ワインを飲んだ。

「でも、どうしてなの?」

そう問いかけた言葉の響きは、これまでのロレッタのものとはまるでちがっていた。誰かの古い書類をかきわけて、ひび割れた革の装丁と錆びついた金具の小さな日記を探している者のようだった。有価証券や保険証書とはちがってなんの価値もないが、色あせたページには恐ろしい秘密が綿々と綴られている、そんな不穏さが漂ってきた。

しかし、ジュリアンが恐ろしい秘密を隠し持っていたなどということが果たしてあるだろうか? わたしには見当もつかない。彼とはまるで異なる人生を送ってきたから。向こうは海外へ飛びだした作家、こっちは自宅に引きこもっている文芸評論家。わたしの才能はといえば、小説を細かく刻んで吟味することくらいで、しかもそうした作品はどんなにお粗末なものでも、わたしの創造力よりすぐれている。ジュリアンはパリに居をかまえていたが、住んでいたといえるかどうかは疑問で、ピガール広場のあのアパルトマンを彼が使うことはまれだった。パリで会っても、ロンドンやマドリッドで会っても、ジュリアンは終着駅で行き場をなくした男のようだった。彼にとっては路上が家だったのだ。人の寄りつかない路地裏にわざわざ入りこんでは、五冊の著書のほかに、伝染病や飢餓や大虐殺についての随筆を書きあげた。それも、このうえなく精緻な文章で。彼はオルフェウスのように冥界で美しい音楽を奏でた。そしてやはりオルフェウスのように、もはや彼の美しい音楽を望まなくなった地上で死んだのだ。

「ときどき、ジュリアンが小説の登場人物みたいに思えることがあるの」ロレッタは言った。「不滅の悪党を追う不滅の名探偵に」彼女の瞳のなかでなにかが崩れた。「でも、ジュリアンもやがては忘れ去られてしまうでしょうね」

「そうだろうね」わたしは率直に答えた。

「本を書くたびにジュリアンは寿命を縮めていったような気がするわ。一作目からそうだった」

ロレッタが言っているのは、一九一一年にスペインで起こった悪名高い事件を盛りこんだ『クエンカの拷問』だ。あの本を書いてから、ジュリアンは行ったきり帰ってこない人も同然になった。次の小説や随筆のために下調べをする短い期間を除いては、こちらに戻ってくることはまずなかった。『クエンカの拷問』を上梓して以降、つねに同じパターンを繰り返した。外国へ行く、書く、戻ってくる。また外国へ行く、書く、戻ってくる。ロレッタとともに親から譲り受けたニューヨーク州モントークの田舎家を、いったい何度出たり入ったりしたことだろう。ふらりと旅立っては、どこからともなくふらりと帰ってくる。まるで岸に打ちあげられた死体のように。

「あのときのジュリアンはもう次作の構想を練っていたみたいだった」ロレッタは言った。「そのせいもあって、あまり話しかけないでそっとしておいたの。いつもどおりのジュリアンだったから。サンルームに座って、次の行動を計画していたわ」

「どんなふうに？」

「地図を広げることから始めるの。新たに執筆に取りかかるときはいつもそうだった。まずこれから行く国の地図を調べて、それからその国に関する本を読んでいたわ」

そうした念入りな調査のおかげだろう、ジュリアンに好意的な書評家たちが指摘しているように、彼の作品は広がりがあって関連性に富んでいる。ひとつだけふわふわと浮いている犯罪などひとつもない。犯罪は決まって大きな無秩序の一部分、言うなれば忌まわしい織物からはみだした一本の糸なのだ。たとえば、連続殺人鬼アンリ・ランドルーについて書いたときは、この男がパリで起こした複数の事件を近くのソンムで発生した虐殺事件と関連づけることを試み、さらに中世のジル・ド・レ男爵による残虐な少年殺しにも言及し、そのうちの一件について興味深い考察をおこなっている。

「ジュリアンの人生は円を描くように過去のパターンを延々と繰り返していたわ」ロレッタは言った。「なのに、突然死んでしまった」

わたしはにわかに胸のざわつきを感じた。ジュリアンの死ではなく、わたし自身を含めたすべての人間の避けられない終焉を思い、はっとさせられたのだ。時の輪は止まることのない回転ドアのように、わたしたちを次々と外へ送りだし、後ろから来た誰かを招き入れる。まさに人生は殺人者。決してつかまえることのできない殺人者だ。

「ジュリアンと一緒にあのボートに乗っている場面をよく想像するよ」わたしは言った。「自分は黙ってなにも言わないが、心のなかで、どうすればジュリアンの決心を変えさせられるだろうと言葉を探し続けているんだ」

「言葉は見つかった？」ロレッタは訊いた。

わたしは首を振った。「いいや」

ロレッタは頭を小さく傾けた。なにか思いついたときのしぐさだ。「もしかしたら、ジュリアンは結婚していたんじゃないかしら。ねえ、どう思う？　どこかに妻か恋人がいたとしたら、連絡してあげないといけないわよね？」

彼女の言葉にわたしは虚をつかれた。これまでただの一度も思い浮かばなかったことだ。

「それはないと思うけどね」わたしはそう答えながらも、根なし草の人間でもどこかにこっそり根を下ろすということはありうるな、と考えていた。

「ジュリアンにそういう人がいてくれたらと、いつも思っていたわ」ロレッタは言った。「トリエステの娼婦でもかまわない。ともに歳を取って、安らぎや慰めを与えてくれる相手がいてほしいと願っていた」

「だったら、そう信じればいいさ」

ロレッタの目がきらりと光った。「それがあなた流のつらい夜の過ごし方なのね、フィリップ？　真実であろうとなかろうと、なにかを信じたくなるんでしょう？」

「誰だってそうなんじゃないかな」

「ジュリアンは誰にも恋をしたことがないと思う？」

ロレッタは訊いた。

「ああ。彼が恋をするとは思えない」そう答えたあとで、三年前に妻を亡くした心の傷がうずきだした。胸にぽっかり開いた穴を埋める術はいまだに見つからない。

ロレッタは飲み物に手を伸ばしたが、じっと見つめたままでいた。「アルゼンチンだったのよ」思いにふけるような口調だった。「ジュリアンが死んだ日に見ていた地図。きっとあなたと二人で行った旅のことを考えていたのね」

「三十年も前だよ、ロレッタ」わたしは言った。「どうしてそんな昔のことを思い出していたんだろう？」

ロレッタが漏らした深いため息は、はるか遠くから不毛の大地を渡ってきた風のような疲労感を漂わせた。〝カルスト台地から吹く風のように〟と、ジュリアンが学生時代の随筆に書いていたのを思い出した。〝渇ききったぼくはアドリア海を目指す〟若くて血気盛んだった頃の彼はいつもそんな書き方で、大げさな気取った表現が連なり、行ったことのない土地の名前が雑然と詰めこまれていた。のちの文体とは似ても似つかないものだった。彼の著書や随筆で見る、余分なものをそぎ落とした、そっけないほど簡潔な文章とは。

「アルゼンチンの地図のことだけど」ロレッタが独り言のように小さな声で言った。「あの土地にジュリアンが追っていた重大なことがあるんじゃないかしら」

「ああ、そうかもしれないね」

いったいなにを追っていたんだろう？　だが、それがなんであれ、ジュリアンが最終的に行こうと決めた先はアルゼンチンではなく家のそばにある池だったのだから、突きとめたところでどうにもならない気がした。

「ところで」わたしは話題を変えた。「ジュリアンが持ち帰った原稿はもう読んだのかい？」

「いいえ」わたしの質問は逆効果だったらしく、ロレッタはジュリアンの謎によけい引きこまれたようだった。「あのロシアの殺人鬼、被害者の目をくり抜いたのよ。もちろん、それだけじゃないわ」

「ああ、チカチーロがどういう行為に及んだかは知っているよ」わたしは片手を一振りした。

ロレッタが視線をゆっくりと窓に向けた。「ジュリアンとわたしは、ローマに住んでいたことがあるの。まだ子供だった頃に。カンピドリオ広場という小さな広場で、ジュリアンがこう言ったのを覚えているわ。ここが完全な正方形に見えるのは、ミケランジェロがそう見えるように設計したからだって。手前の幅は広げて、奥の幅は狭くする。つまりは遠近法ね。実際には正方形じゃないのに、巧みな視覚のトリックを使えば正方形に見えるから不思議。〝完全を創りあげるのは歪曲なんだよ、ロレッタ〟というジュリアンの言葉が忘れられないわ」

ロレッタが視線をわたしに戻したとき、彼女の心のモザイク模様がかすかに変わったように感じられた。その微妙な変化から、彼女がどれほど深くジュリアンを愛していたかが伝わってきた。これからもずっと愛し続けるだろう。ジュリアンはロレッタに、兄妹として共有した時間のなかでさまざまな考えや気持ちを伝えていたが、最後の数年間は彼女にはうかがい知れない理由で放浪生活に入り、あえて妹と距離を置くことを選んだのだった。

「ジュリアンは優しい人だったわ」ロレッタは穏やかに言った。「だから寂しいの。ジュリアンの優しさや誠実さにもう触れられないから」

なんだか落ち着かない気分になった。わたしの青春時代が使い古しの傷んだ旅行鞄のように分厚い埃をかぶって捨てられている場所で、なにかが逃げだそうとしている。わたしは腕時計を見た。「すまないが、そろそろ父の様子を見に行かなくては」

ロレッタはうなずいたあとに訊いた。「お父様の具合はどう？」

久しぶりに、自分のなかに慎重に抑えこんできたものが、ふっとゆるむような不安を覚えた。

「弱っていく一方だよ」わたしはそう返事をして窓の外を見た。雨はまだやんでいない。「今夜はよく降るね」立ちあがり、コートを引き寄せた。「それじゃ、金曜日の告別式で会おう」

ロレッタは空になったグラスを見つめていた。「フィリップ、ジュリアンのことをよく知っていたと自分で思う？」

「彼を救ってやれるほど知っていたわけではない。それだけは確かだ」わたしはそう答えた。「だからかもしれないね、一緒にボートに乗っていても、いつもなにも言えないのは」

ロレッタはわたしを見上げた。「人は誰でも、森を通るときに小石を地面に落としていくんじゃないかと思うの。ジュリアンが落としていった小石をたどったら、どこにたどり着くのかしらね」

正解はわたしにはわからなかったし、わかりそうにもなかった。彼女はわたしが黙っているので、本人も言うつもりのなかった生煮えの答えを口にした。

「ただ延々と小石の跡が続いているだけだったりして」彼女は悲しげな笑みをかすかに浮かべて見せた。

わたしはコートをつかんで言った。「そうかもしれない」

これで会話はおしまいになるだろうと思ったが、ロレッタは奥になにかを秘めた暗い目で言った。「ボートではわたしも黙ったままだわ、きっと」

ロレッタの心に強烈な感情が湧き起ころうとしているのがわかる。目に見えるほどはっきりと。それは抑制された静かな情熱ともいうべきものだった。少しずつ死に向かっていくコリンを看病しながら、彼女は何年ものあいだ自宅で仕事を続けてきた。それでもなお、彼女の心には貪欲な好奇心がいまもほとばしっているのだ。

「ボートでジュリアンにかけるべき言葉をこのままずっと見つけられなかったら、わたしはきっとマーシャ(チェーホフ作『かもめ』の登場人物)みたいに生きていくでしょうね。黒い服を着て、一生喪に服すのよ」

芝居がかった言い方だが、いまはそれにふさわしい劇的な場面なのだと思った。それから間もなく、店の外に出てタクシーを呼び止めたとき、彼女の言ったことはわたしにもあてはまるのだと突然気がついた。あれは彼女にとってもわたしにとっても真実なのだ。わたしたちが心から愛していた男は自ら命を絶ってしまった。たった一人で旅立ち、妹にも親友にも引き止めるチャンスを与えてくれなかった。

　ふとした瞬間に、世界全体がよってたかって自分に意地悪をしていると感じることがある。そのたびに思い浮かぶのは、ヴァージニア州のツーグローヴスにあるわたしの父の家でのジュリアンだ。彼は父とクロッケーに興じ、それをロレッタとわたしが横で眺めていた。自信に満ちあふれた気迫のこもった打ち方で、ジュリアンはボールを針の穴に通すように正確にコントロールした。わたしはあのときすでに、ジュリアンはいったんやると決めたことは必ずややり遂げるだろうと予感していた。負け知らずのジュリアンは父との勝負で見事に勝利をおさめ、飛びあがって喜んだ。きらきら光る夏の空気が祝福するように彼を包みこんでいた。

　始まりはあんなにもまばゆく輝いていたのに、なぜ世界は陰謀を企て、彼にああいう暗黒の結末を迎えさせたのだろう?

2

向こう岸に戻りたくても、橋が二度と渡れなくなっているとすれば、あきらめてこちら側の岸でなんとか折り合いをつけていくしかない。だから、父のアパートメントへ向かうタクシーのなかで、わたしは自分の人生のプラス面を挙げてみた。ささやかなものなら、おいしい食べ物との出合い。大きなものは、妻との暮らしで見いだした安らぎ――そういえば、ジュリアンは若い頃に安らぎを得られなくて、やがては探し求めるのをやめてしまったのだった。

　そんなことをつらつら考えるうちに、どういうわけか、ジュリアンの著書のなかのアンリ・ランドルーに関するくだりを思い起こした。フランスの悪名高いその連続殺人犯は、ギロチン刑の執行が迫るとようやく重い口を開き、台所で複数の死体を焼却したときの模様を赤裸々に語った、と書いてあった。死期が近づくにつれ、ランドルーはますます饒舌になった。ジュリアンの記述によれば、死刑執行前の数日間は自分の犯した罪を静かに悔い改めるどころか、市場でおしゃべりする洗濯女も顔負けの能弁ぶりだったという。

ジュリアンはそうではなかった。ロレッタから聞いた彼の死の直前の様子が、サンルームに一人座って、アルゼンチンの地図を広げている姿が、ごく自然に目に浮かぶ。だが彼の頭にどんな考えがよぎっていたのかは、神様しか知らない。最後の数時間、ひょっとして彼は過去に接点を持った最初の悲劇に心を引き戻されていたのではないだろうか？　もしそうだとすれば、なぜ？

もちろん、この疑問に答えなどあるはずない。むなしい努力はやめにして、ジュリアンの前半の人生について記憶をなぞってみることにした。

彼はわりあい裕福なアッパーミドルクラスの家に生まれた。父親のジェイムズ・ウェルズは国務省の役人で、わたしの父とは親しい友人同士だった。母親はロレッタを出産した際に亡くなったので、以後、兄妹はずっとナニーに育てられた。ジュリアンとロレッタが小学生のとき、父親は心臓の持病により退職した。それから数年後にモントークの農家を購入し、そこで五十五歳で亡くなった。

父親の死はジュリアンに底知れぬ打撃を与えた。彼はそのショックを何カ月も引きずり、亡き父の幻影めいたものに悩まされた。まるでハムレットの父親の亡霊みたいだった、と本人は表現していた。父親との死別を引き金に、ひとかどの人物になってみせるというジュリアンの決意は、いっそう強まったように思う。だが彼にとって父親の存在はあまりに大きく、心に決してふさぐことのできない空洞ができてしまった。

「少年にはヒーローが必要なんだ」と、彼はわたしに言ったことがある。その先は聞かなくても、なにを伝えたいのかはわかった。父親を亡くしたために、ジュリアンは人生のヒーローも失ったのだ。

ジュリアンの父親は几帳面な人だったので、十五歳のジュリアンと十二歳のロレッタに確かな財産を遺した。大部分はまとまった金額の生命保険で、モントークの家屋と土地のローンは保険金で完済された。独身の叔父もすぐにモントークに移ってきて、二人の兄妹の父親代わりになろうとした。しかし寄宿学校の学費がかさみ、そこに大学の授業料が追い打ちをかけ、遺産の残りを食いつぶす結果となった。そんなわけで、ジュリアンがコロンビア大学を卒業し、ロレッタがバーナード・カレッジを出る頃には、二人に残された財産はモントークの家だけになっていた。

この時期の出来事でわたしが意外に思うのは、父親が他界するという不幸があったにもかかわらず、ジュリアンが非常に堅実なしっかり者だったことだ。のちの彼がどちらかというと無軌道、無計画で、感情に乏しかったことを考えると、不思議としか言いようがない。わたしは父から厳しい道徳教育を受けた――父は貧しい人々や人権を侵害された人々に同情を寄せ、辛抱強い善良な人間にいつの日か富が分け与えられることを心から願い、息子のわたしに美徳のうちでもとりわけ大切な慈悲の心について事あるごとに説き聞かせた。ジュリアンにはそういう経験はなかったが、そっくり同じことを自分で自分に教え諭していたようだ。そんなわけで、夏休みごとにわたしの実家で過ごすようになって、父から食卓談義で聞かされた話――おもに普遍的な善と正義の旗のもとに戦った先祖の武勇伝――は、最後の仕上げのようなものだった。

それはそうと、どうして自分はジュリアンの個人史など振り返っているのだろう？　いまさらそんなことをして、どうなるというんだ？

どうにもならない。当然のことだ。だから、自分の気まぐれに説明をつける必要はないだろう。思いあたることがあるとすれば、さっきのロレッタとの会話だ。あれに刺激されて、探偵にでもなったつもりで、ジュリアンの人生について推理してみたくなったのかもしれない。数々の異質な手がかりをはらんだ謎を解き明かそうとするかのように。いや、正確には探偵とはちがう。謎めいた目的にとりつかれた小説家のほうが近いだろう。たとえるなら、エリック・アンブラーの小説『ディミトリオスの棺』に出てくる作家、チャールズ・ラティマーだ。彼はギリシャ人の不思議な悪党について語るハキ大佐の話に耳を傾け、すでに死者となっているそのディミトリオスという男はいったいどういう人物だろう、と考える。そして、話を聞けば聞くほど、なぜか理性や分別に反して、自分でそれを突きとめたいという願望が徐々に高まっていくのだ。

ジュリアンがヴァージニア州のわたしの実家で過ごしていた夏を再び思い起こした。当時、ロレッタはニューヨーク州北部のシアター・キャンプに参加するか、コネチカット州に住む叔母の家に滞在するかしていた。ツーグローヴスでは暑くて気怠い日々が続き、池で魚釣りをしたり、カヌーで川下りをしたり、書斎で一緒に読書したりして過ごした。父の雑談につきあわされることもあった。聞き手はもっぱらジュリアンで、話題は国務省に入ってキャリアを積むことについてだった。ジュリアン、きみならいま私がやっているのとは全然ちがう任務に従事するだろう、きっと〝ジェームズ・ボンド〟ばりの活躍ができるだろう、と言っていた。

父がそう考えるのも、もっともだ。ジュリアンは生まれつき人目を引く颯爽とした容姿の持ち主だったから。ポロのマレットを振ったり、黒い馬にまたがって生け垣を飛び越えたりするのがいかにも似合いそうだった。クラシック音楽を好み、絵画に対する審美眼もそなえ、筋力とは関係の薄い趣味を持っていたが、それでもジュリアンは非常に男らしい印象を与える人間だった。男性からも女性からも好かれた。父が言っていたように、そういう人間はそうそういない。ときどきわたしは、ジュリアンを見ていてイヴリン・ウォーの小説『回想のブライズヘッド』に出てくるセバスチャンを連想した。二人には幸運な星のもとに生まれてきたという共通点がある。だがセバスチャンは酒に溺れたせいで身を持ち崩し、昼間はぼんやりして死人と大差ないありさまだった。対照的にジュリアンはつねに身だしなみがきちんとしていて、いつでも仕事に飛びだしていける感じだった。酒はほとんど口にしなかった。よく、彼がうちの果樹園で一人きりでいるのを見かけた。ペカンの木の幹に背中でもたれ、枝が描きだす奇妙なパッチワークをじっと眺めている様子だった。

ジュリアンについては数えきれないほどの思い出があるが、いまふと頭に浮かんだのは、プリンストン大学にわたしを訪ねてくれた日のことだ。その記憶は哀調を帯びた旋律のリフレインにも似て、気分を高揚させたかと思うと、波が砂をさらっていくように荒々しく沈める。あのときわたしは学生寮の自室でベッドに腰掛け、たまたまローレンス・スターンの『センチメンタル・ジャーニー』を読んでいた。

「スターンは同じ十八世紀の作家トバイアス・スモレットのことが大嫌いだったんだ」ジュリアンはそう言って、そばにあった椅子をわたしの前に置き、そこに腰を下ろした。「スモレットの旅行記を、〝意地悪く偏見だらけだ〟と言って批判した」

すらりとした長身のジュリアンは、しわひとつない黒っぽいズボンに白いシャツを着て、袖は肘が少し隠れるあたりまでまくり上げていた。大学ではスポーツにも打ちこんでいたが、彼が全身にみなぎらせていたのは、健全なむきだしの闘争心というより、アメリカ流の揺るぎない自信だった。ほしいものをただ手に入れるのではなく、楽々と、まるで向こうから飛びこんできたみたいに当たり前の顔をして手に入れる、と表現すればいいだろうか。

「本当に英語学を専攻する気かい、フィリップ？」彼は尋ねた。

わたしは彼を見て言った。「英語学じゃだめなのかい？」

「だめだなんて言ってないさ。だけど、それだと将来は椅子に座ったままじっとしている職業に就くことにならないか？」

そうなると、ジュリアンはわたしのような生活を自分は送るわけがないと思っていたようだから、アルゼンチンへ行ったあとに訪れた暗い人生は彼にとってまったくの予想外だったわけだ。

アルゼンチン。

やはりあそこからなのだろうか、ジュリアンの人生が急降下を始めたのは。

この問いはジュリアンがずっと持ち続けたテーマのひとつにつながっていく。人生を川にたとえれば、どんな人生にも合流点や急流、暗流がひそんでいて、そこを泳いでいくあいだには光輝と歓喜に満ちた幸福を味わうこともあれば、恐ろしい怪物に遭遇することもあるだろう。このことはジュリアンの文章でもたびたび触れられている。偶然の出会いやとっさに出た言葉、あるいは誰かとのなにげない会話など、さして重要とは思えない事柄が、人生に決定的な変化をもたらす、といった内容だ。ジュリアンの著書『クエンカの拷問』では、ラム肉を売るごく普通の男が、重大な犯罪に発展する疑惑に火をつける。

犯罪、と頭のなかで繰り返してから、わたしは思考のスイッチを切った。ちょうどウエストエンドと七十八丁目の角が視界に入ったのだ。

「そこの、日よけが張りだした玄関で停めてくれ」わたしはタクシーの運転手に告げた。「青い日よけだ」

タクシーは数メートル進んでから停止した。わたしは料金を払って、車を降りた。制服姿のドアマンが歩み寄ってきて会釈した。「お父さんの具合はどうですか?」

「なんとか踏ん張っている」わたしは答えた。

「お大事にとお伝えください」

この建物のエレベーターは、古めかしくて優雅だ。全面が黒い板張りで、真鍮の装飾がついている。にもかかわらず、どこか軍隊を思わせ、戦場の偵察に訪れた最高司令部の人間を監視塔へ運ぶ装置のようだ。おかしなことに、またジュリアンのことを思い出した。今度はワーテルローの戦いについて彼が言った言葉だ。その日、彼とわたしは目をかっと見開いたライオン像の下を歩いていた。ジュリアンは、戦いの直後にワーテルローを訪れた旅行者たちの手記を引いて、このように語った。戦場には白い紙くずが散乱していたそうだ。両軍の兵士たちの便箋だった。血しぶきの飛んだ、恋人やわが子にあてた手紙。手書きの文字で綴られたそれらの手紙は、サーベルの刃や砲火によって容赦なく破壊されていた。そういったイメージをいくつも連ねていく手法は、のちのジュリアンの著作に影響を与えている。彼も殺人を、あるいは大量虐殺を、胸を刺すような痛烈な表現で描写した。

この突然ひらめいた記憶に、自分がマルセル・プルーストの小説から抜けだしてきたような錯覚を覚えた。『失われた時を求めて』に登場する物憂げなスワンが、菓子のマドレーヌをかじったり、でこぼこの石畳の道でつまずいたりした瞬間に、過去へすっと引き戻されるのと同じだ。もしそうならば、早く頭から振り払わないといけない。記憶というのはある時点で、無数の地雷がばらまかれた砂浜と化してしまうからだ。砂に埋まっているのはほかでもない、人生で失った多くのものである。

居間へ入っていくと、父は窓辺に座って、雨に濡れた通りをじっと見下ろしていた。わたしがドアを開けるときに鍵の音が聞こえたはずだが、父はなんの反応も示さなかった。ぴくりとも動かず、肩をいからせ、顎をつんと上げている。目にはいつもの熱を帯びた輝きが宿っている。

「遅参であるぞ、フィリップ」父は口を開いた。

遅参、という言葉は、父が頑固に使い続けている古風な言いまわしのひとつだ。使い続けないと、新しいだけの奇をてらった言葉に陣地を明け渡すことになる、と当人は主張している。古いものを維持することが重要なのは、新しい物事を正しく判断する基準がなくなってしまうからだそうだ。もっとも、べつに恨みがましい気持ちからそう言っているのではなく、父の態度には五セントの葉巻がなくなったと愚痴をこぼす偏屈な老人のような気むずかしさはみじんもない。だが、古き良き価値観の擁護者をもって任じているふしはある。ツーグローヴスの書斎で、ジュリアンと一緒に葉巻をくゆらせ、ポートワインを飲みながら、よくそういうことを話題にしていた。やけに哲学者ぶった態度だったが、実際にはたいして物知りだったわけではない。

しかし、博識な人間になりたいと望むことは、知識そのものと同じくらい人間にとって価値のあることだろう。だからわたしは、昔から父の姿勢を尊敬していた。ジュリアンはほかの誰よりも、父に対するわたしの深い愛情を理解してくれていた。ある日、ツーグローヴスの庭を二人で散歩していたとき、彼は兄弟のようにわたしの肩に腕をまわして言った。「自分の父親にそういう気持ちを抱けるのは幸運なことだよ、フィリップ。男には尊敬できる相手が必要だ」。何年もあとにザルツブルグで、ジュリアンは才能の劣った者を軽蔑するモーツァルトについてこう言った。「誰にも尊敬の念を抱けない男というのは孤独だね」その口ぶりからすると、ジュリアンは孤独を最悪の運命と考えていたようだった。彼だったら、地上で最も下劣な男にさえ科さないほど重い刑であるように。いまにして思えば、彼はときどき孤独の刑を自分自身に科していたのではないだろうか。

「どうしてこんなに遅くなった？」父が訊いた。

「ロレッタと会っていました」わたしは説明した。「二人で一杯やっていたんです」

父は軽くうなずいた。「ジュリアンのことは本当に残念だった。告別式で会ったら、私に代わってお悔やみの言葉を伝えてくれ」

父は告別式に出席しないとすでに決めていた。身体のあちこちが痛いと訴えるので、わたしも無理強いするつもりはなかった。いまの関節炎の状態では、モントークまで車に乗っていくのはつらいだろう。

「今日のニュースを聞いたか？」父が言う。「ヨーロッパでまた爆弾騒ぎがあった。植民地主義の代償を支払わされているのだ。復讐されたくなければ、よその国を侵略したりしないことだ」

国務省の役人として、父は長年身を粉にして働いてきた。混沌とする世界情勢にいつも憂いのまなざしを向けながら、省内のあちこちの部署を駆けまわって調整役に徹し、長い在職期間をワシントンのCストリートにある古い灰色の建物で過ごした。以前、父は冗談交じりにこんなことを言っていた。実に似つかわしい場所に建っているよ。あのあたりはフォギーボトムの名で知られる、霧がよく発生する地域だからね、と。

「ソビエト連邦が崩壊したとき、数年で平和が実現するだろうと誰もが思ったものだ」父はそう言ったあとで、いらだたしげに頭を振った。「ところが、人類というのは平和に生きるようにはできていないようだな。争いのもとになる火種をいくらでも拾い集めてくる」

父は平和のために生涯を捧げようと決意したが、その大志は完全にではないにしても、フォギーボトムのあるポトマック河畔で泥に浸かった。というのは、若気の至りで、父はいくつかの急進的自由主義の組織に関与するという過ちを犯してしまったからだ。しかも、それはまだ始まりでしかなく、その後も父の経歴を危険にさらす問題が雨あられと降りかかった。はしょって説明すると、冷戦期の父は温かい心を持っていて、それゆえにがむしゃらに働き、なんとか本物の権限を与えられる地位に就きたいと望んでいた。しかし、個人の権利は国益よりも優先されるべきという強固な信念があだとなって、とうとう希望は実らなかった。父の見解は第三世界の急進的な改革主義者たちからは支持され、多くの友人を得たものの、ワシントンには一人も賛同者がいなかった。

この失敗は父のプライドに深い傷痕を残した。先祖代々、軍人としても外交官としても豪胆な実務家ぞろいの家柄だけになおさらだ。先祖の肖像写真は、いま父のアパートメントの壁にずらりと並んでいる。軍服の男もいれば、夜会服の男もいるが、いずれも勇敢で、戦場の銃弾にも交渉のテーブルにもひるまず立ち向かう不屈の闘志の持ち主だった。

国務省で不遇をかこっていたことを考えると、引退すれば父も気が楽になるだろうとわたしは思った。だが、そうではなかったようで、父はニューヨークへ引っ越すことさえ気が進まず、ツーグローヴスの家に一人ぼっちで暮らしていた。最後まで残っていた古くからの友人が亡くなったとき、ようやくわたしの再三の頼みを聞き入れて、北への転居を決断してくれた。ニューヨークに来れば都会ならではの気晴らしを楽しめるし、息子のわたしもいる。実際、転居したことを父が後悔している様子はなかった。ただ、ときおり孤独な気分に陥るらしく、窓から高層ビルが建ち並ぶ空を静かに眺めていた。父にとっては、カイロのイスラム教寺院の尖塔と同じくらい異国の風景に見えたことだろう。

「調子はどう?」わたしは訊いた。

「上々だ」父は答えた。

父の椅子の脇に置いてある小さな木製テーブルには、錠剤の入った容器が整然と並んでいるが、なんだか天板から発芽した弱々しいオレンジの芽みたいだった。老いることとは単に歳を取ることではなく、衰えて不快感が増すことなのだ思う。そうした苦痛は、この先なにひとつ良くならないと気づくと、ますます耐えがたいものになる。今日の夜明けよりも明るい夜明けはもう来ないのだ。その悲しみをいっそう深くする死への恐怖が、ときどき父の目に宿る。数年前から視力が衰え始めている目に。近頃はスパイ小説やウェスタン小説を読むのはあきらめ、代わりにジョン・ウェインやゲーリー・クーパーが出てくる似たり寄ったりの西部劇を通して、老いていくばかりの父にとっては現実離れしたヒーローたちの活躍を鑑賞している。

「ロレッタと、ジュリアンのことを話しましたよ」わたしは言った。「彼女の話では、ジュリアンは次作の構想を練っていたそうです」

「ほう、それは驚いたな。まだロシアから戻ってきたばかりだったはずだが」

「ええ。でも、ジュリアンは休みをほしがるやつではなかったですからね」わたしは言った。「チカチーロの本が片付いたので、すぐに次の本の調査に取りかかったんでしょう」

「チカチーロ?」父は訊き返した。「誰だね、それは?」

「ロシアの連続殺人犯ですよ」

父は首を振った。「そんなやつらのことを考えながら、よく暮らしていられたな、ジュリアンは」

「作家のなかには、おぞましい出来事に心を惹きつけられる人間もいます。チェーホフはそれでサハリンまではるばる旅をしたし、ロバート・ルイス・スティーヴンスンも――」

「もういい。私に言わせれば、不健全きわまりない」父は片手をすばやく振って、わたしの言葉をさえぎった。「わざわざ泥沼にはまるようなまねをするのは不健全だ」父は前かがみになって片方の膝をさすり始めた。「ジュリアンが私たちのところで過ごした最初の夏を思い出すよ。日がな一日、釣りをしたな。覚えているか?」

わたしはうなずいた。「ロレッタはたしかシカゴの叔母さんのところにいたんでしたね」

「だがジュリアンはツーグローヴスに来た」思い出を語ることで、気持ちが少し高ぶったようだ。「果樹園を長い時間散歩したな」

二つの果樹園、という意味の堂々たる名称を持つツーグローヴスは、控えめに言っても瀟洒《しょうしゃ》な家で、広々とした土地に建っていた。だが、『風と共に去りぬ』のタラほど立派なものではない。それでもツーグローヴスを実際に訪ねる前のジュリアンは、知り合ったばかりの相手にこんなことを言って、わたしをからかった。「ぼくら一般人が住んでいる家には町名や番地がついているだろう? だけどね、こちらのフィリップさんの家には住所なんかない。ツーグローヴス、これだけで通じるんだよ!」

「あの夏、ジュリアンはおまえの命を救ってくれた」父が言った。

水中へ鮮やかに飛びこみ、わたしのほうへ猛然と泳いでくるジュリアンの姿がよみがえる。わたしは遠くまで泳ぎすぎて疲れ果てていた。もしジュリアンが助けに来てくれなかったら、まちがいなく溺れていただろう。長年にわたって、父はその出来事を繰り返し口にしてきた。もちろん、ジュリアンは一度もその話を持ちださなかったが。

「ジュリアンなら、国務省で幹部の地位まで昇りつめたと思いますか?」わたしは訊いてみた。

「いいや、たぶん無理だったろう」そう答えた瞬間、父は急に不機嫌になった。「さて、そろそろベッドに入るよ、フィリップ」

父は黒い木製の、鷲の頭をかたどった真鍮の握りがついているステッキを、王笏《おうしゃく》かなにかのようにいかめしく握った。そして椅子から立ちあがり、ステッキの助けを借りて背筋をぴんと伸ばし、堂々とした足取りで悠然と部屋を横切っていく。わたしはよけいな手出しをしないよう気をつけながら、かたわらに付き添う。いずれ手助けは必要になるだろうが、こうして父が介助なしで歩けるうちはいらない。父のやりたいようにさせている。

廊下を半分ほど進んだところで父は立ち止まり、第一次世界大戦の軍服を着た、自分の父親の肖像写真に向かってうなずいた。

「ジュリアンと、この写真について話し合ったことがある」父は言った。「ツーグローヴスの書斎に飾ってあったときにな。私の父は人を殺したことがあるのかと訊いてきた。私は、たぶんあるだろうが、大戦時は砲兵隊の将校だったから、殺した相手の姿は見ていないはずだと答えた。するとジュリアンは、そういう殺し方は、至近距離で相手の目を見ながら殺すのとはまったくちがうと思う、と言ったよ」

「彼はまさに至近距離での殺人について書いていますよ」わたしは言った。「『クエンカの拷問』という本のなかで。ジュリアンは犠牲者の妹に、殺されるときの兄の姿を想像させるんです。殺人者が感じたにちがいない、自分の顔にかかる、死にゆく者の吐息を。ジュリアンがどんな表現を用いたか、はっきり覚えていますよ。〝湿った末期の息〟と書いていました」

「湿った、か」父はつぶやいた。「死ぬ寸前の息が湿っていると、ジュリアンはどうやって知ったんだろうな」

父は再び歩きだそうとしたが、急に動きを止め、振り返ってわたしを見つめた。思わずこちらの足がすくむほど、鋭い視線だった。

「おまえはだいじょうぶなのか、フィリップ？」父は訊いた。

「ええ。どうしてですか？」

「様子がおかしいからな。ただそれだけだ」

「だいじょうぶですよ。どこもなんともありません」

わたしはきっぱりと言った。「ジュリアンのことを考えていただけです。彼は自分の本で取りあげた犯罪にかなり深くのめりこんでいたんだな、と」

「ジュリアンは感受性が豊かだったな」父は言った。「ただ、病的なほど過敏なところがあった」

父は背中を向けると、寝室のほうへ歩きだし、わたしもそばに付き添った。父はもうパジャマを着ていたので、ガウンを脱ぐと、そのままベッドにもぐりこんだ。わたしの手伝いはいらなかったが、わたしに見守っていてもらう必要はあった。


わたしはまだジュリアンのことを考えていた。「彼はメフィストフェレスみたいでした」と父に言った。

「どこへ行くにも地獄を連れていく」

文学談義などたくさんだ、とばかりに父は片手を振った。わたしが文学とからめてなにか言うのを、父はいつもいやがる。書物の世界は、父が目指し、とうとう成就できずに終わった世界とはあまりにかけ離れているのだ。

「ジュリアンのことが哀れだよ」父は静かに、沈痛な声で言った。「妻子もなく独りぼっちだった。いろいろな意味で無駄な人生を送ってしまった」絶望的なまでに無駄な人生だった、とばかりに首を振って、こう続けた。「ジュリアンが知っていたのは暗闇だけだった」

3

人間はその人が抱く疑問でできている。わたしは自分の心のなかで、ジュリアンが知っていたのは暗闇だけだった、という父の言葉に対して疑問がつのっていくのを感じた。なぜなら、わたしは若いときのジュリアンを、全速力で駆ける輝かんばかりに明るい彼を見ているからだ。父と同じように、ジュリアンも世界をよりよいものに変えたいと願っていた。もちろん人間の歴史が恐ろしい事実に満ちていることは知っていたが、そういう暗部に焦点を合わせて物事を考えようとはしていなかった。その頃の彼はまだ、人生はいくらでも思いどおりにできると信じこんでいたし、世の中の悪いものは、貧困や弾圧などのように規模が大きいから見つけやすいとも考えていた。そういう搾取や圧政をおこなう勢力に、若きドン・キホーテよろしく敢然と立ち向かっていくつもりだった。彼はうぶでお人好しだったが、だからこそ純粋でいられたのだ。自身が善良であることに気づいていて、そのことに幸せを感じていた。

自分の知っているなかで一番善良な人、一番愛している人、そして誰よりも真の偉業を成し遂げる能力のある人、そういうかけがえのない人が池へ歩いていってボートに乗り、岸から三十メートル離れたところまで漕いで、袖をまくりあげ、手首を切ったとしたら、きっと誰もが同じ疑問にさいなまれるはずだ。あのボートに乗っていたら、彼にどんな言葉をかけただろう、どうすれば彼を救えたんだろう、と。

もし訊かなければ、自分が壊れてしまう気がしないか？

とにかく、その二つの問いを心で繰り返すたびに感じる鳴りやまない不安の正体についても、いずれ突きとめなければならないだろう。突然ナイフで切りつけられ、生温かい血が腕をこぼれ落ちていくような感覚なのだ。

建物の外に出ると、さっきのドアマンが壁にもたれて煙草を吸っていた。「雨は上がりましたよ」と彼は言った。

玄関の日よけから踏みだして、急速に澄み渡っていく空を見上げた。雲はもうちぎれた断片が残っているだけで、あちこちに星がまたたいている。マンハッタンでは珍しい光景だ。

「ああ、すっかり上がったね」わたしは言った。「よかった、歩いて帰るよ」

「注意されちまいましたよ」ドアマンはいたずらっぽくウインクして、低い声にせせら笑うような響きをにじませた。

「注意？　どんなことを？」なにか不吉な話でも耳にしたのかと思って訊いた。

「喫煙です」ドアマンは答えた。「管理組合が、こうやって煙草を吸ってるのはけしからんと」

「ああ、なるほど」わたしは言った。

ドアマンはわははと笑った。「だけどちゃんと外で吸ってるし、労働組合も吸いたければ吸ってもかまわないと言ってますんでね」

「もちろんそうだとも。じゃ、おやすみ」

ブロードウェイに向かって歩き、それから道を折れて南へ向かった。これまで何度もたどってきた道順だから、世界最長と称される街路のこの界隈はわたしにとって慣れ親しんだ眺めだった。しかしそれでも、どこかがかすかに変わっているように見えた。わたしのなにかが変化しているのだろうか。妻が死んだあと、分厚いかさぶたで覆われているからこれ以上奥へは広がらないだろうと思っていた傷が。いままでは守られていた部分が。

ジュリアンが衝撃的な形で、しかも痛々しいほどの孤独のなかで死んでいったという事実は、わたしの心をざっくりと切り裂いて、消えない疑問と無数の記憶をあふれださせた。彼の思い出がまたひとつ胸に去来する。

わたしたちはギリシャに滞在していた。ジュリアンはそこでアントニス・ダグリスの事件を調査していた。売春婦を何人も殺害したということを除けば、とりたてて特徴のないトラック運転手、つまりはありきたりの殺人者で、ジュリアンが興味を駆り立てられるような相手ではなかった。アテネの小さな料理屋でウーゾを飲みながら、ジュリアンはこんなふうに語った。殺人事件をなぞるのは、濁った海で鮫を追いかけるようなものだよ。鮫はこっちの魚を食べたかと思うと今度はあっちの魚というように気まぐれで、それを記録していくのはものすごく骨の折れる作業なんだ、と。わたしが思うに、ジュリアンが求めていた悪党は、組織立った陰謀の中枢にいる人物だったのだろう。

結局、ギリシャにはジュリアンの書きたいものはなにもないとわかったのだが、滞在中にわたしたちは人里離れた土地をいくつも訪ね歩いた。有名なマニ地方もそのひとつだった。ちょうど偉大な旅行作家パトリック・ファーマーの本を読んでいたジュリアンは、ある晩、エーゲ海を見下ろす岩だらけの断崖に張ったテントのなかで、ファーマーがこの地方で参列した葬式について語り始めた。その葬式では、死んだ男の魂は厳格なギリシャ正教の流儀にのっとって聖母マリアに託されるのだが、一方で昔からの風習も受け継がれていて、魂が無事に冥界への川を渡れるよう、渡し守カロンへの駄賃として棺にコインを入れたという。それについてジュリアンが添えた一言は、いまもわたしの耳の奥に残っている。〝すべての穴は地獄に通じているのさ〟。

死を目前にした日々、自宅のサンルームにいたジュリアンも地獄の業火に向かって爪で穴を掘っていたのだろうか？

この疑問は、呼び起こされたばかりの記憶とともに、わたしのまわりに降り積もっていく落ち着かない気分と結びついた。そのせいで自分の人生の軸がかすかにずれ、もっとはっきり言えば、軸がぐらついて、鮮やかだった色模様にぼんやりと影が差した。まるでジュリアンの死がわたしの人生に疑問を投げかけ、バランスを突き崩したかのように。こうなったらわたしは、深く理解していると思っていた男のことを自分がいかに知らなかったか、という明確な事実に真っ向から勝負を挑むしかない。

そう心に決めた瞬間、別の記憶がよみがえった。今度はジュリアンとロンドンのグローヴナー・スクエアを歩いていたときのことだ。ジュリアンは途中ではたと立ち止まり、前方を指差した。「あそこがアドレイ・スティーヴンスンが死んだ場所だ」

ジュリアンがさらに続けた説明によると、そのアメリカの政治家は知人と戦争の話をしながら、そして自分が年老いたことをつくづく感じながら、ここを歩いていたそうだ。「アドレイ・スティーヴンスンの死とともに、数えきれないほどたくさんの秘密が葬り去られたことだろう」ジュリアンはそうしめくくった。

きみの死とともに葬り去られた秘密もあるのか？

ジュリアンがひどく動揺している、とロレッタが知らせてきたことを思い出した。その前から、ジュリアンは眠らずにうろうろ歩きまわって、気分が沈んでいるというより悩み事を抱えている様子だったそうだ。それに、こうも言っていた。どこから見ても、あの最後のときまで、ジュリアンは死を決意している人というより、生きる方法を絶え間なく手探りしている人のようだった、と。

間もなくリンカーン・センターまで来た。どういうわけか、まだ自分の部屋へまっすぐ帰る気になれず、丸い噴水の囲いに腰を下ろして、交響楽団のコンサートか劇場を目指して広場を足早に横切っていく最後の人の群れを眺めた。大学を卒業した一週間後にジュリアンと会ったのもここだった。彼はすでに国務省に就職のための願書を送付してあった。以前から希望していたその仕事についてなにか話すのかと思っていたが、彼の口から出たのは思いがけない言葉だった。「どこかへ行かないか、フィリップ？　外国へ。ヨーロッパじゃだめだ。全然ちがう感覚を味わえる土地でないと」

「たとえば、どこだい？」

彼は一瞬のためらいもなく答えた。「きみのお父さんにアルゼンチンを勧められた。政情不安の真っ只中にある国を自分の目で見ておくべきだと。危険と隣り合わせで生きるのがどういうことか感じ取るためにも」

もちろんわたしも、アルゼンチンがきわめて深刻な政治的弾圧の渦中にあることは知っていたし、それゆえに、だからこそ、アルゼンチンはわたしの〝必見の場所〟リストには入っていなかった。

「アルゼンチンはあまり気が進まないな」わたしは言った。「たとえ安全が保証されていてもだ」

「きみは安全策を選ぶタイプなのか、フィリップ？」

「そうだよ」わたしは答えた。

「なあ、そう言わずつきあってくれよ。きみも仕事が始まるまでまだ一カ月あるんだから」

わたしはなかなか決心がつかなかった。

「頼むよ、フィリップ」ジュリアンはなおも食い下がった。「自分の人生をコーヒースプーンみたいなちっぽけなもので計るのはよせ」

彼がT・S・エリオットの詩に出てくる哀れで感傷的なJ・アルフレッド・プルフロックを遠回しに持ちだしたのは、明らかにわたしを挑発してアルゼンチン行きにうんと言わせようという意図からだった。けれども、いまあの場面を思い返すと、わたしがはっとさせられた原因は自分の迷いというより、ジュリアンのあふれんばかりの活力と絶対的な自信だった。彼なら銃弾の雨も歩いてくぐり抜け、無傷で生き残るだろうと感じたのだ。グレアム・グリーンの『おとなしいアメリカ人』に登場するオールデン・パイルのような男だと思った。多彩な才能に恵まれた、最高の人間になる運命を持つ世界の征服者。母国アメリカと同様、不滅で不死身なのだ。

それなのに、すべてが一変してしまうとは。本当になにもかもが変わった。アルゼンチンのあとは。

小説ならば、突然の変化が生じる発端は女性ということになるだろう。ジュリアンは、あの地でわたしたちが会った女性に恋をしたわけではない。しかしそれでも、彼女が突然姿を消したせいで、アルゼンチンでの休日は苦々しい経験に変わってしまった。わたしはその経験をとうの昔にもう済んだこととして無理やり忘れたが、ジュリアンの心にはずっとつきまとい続けていた。それは彼が何年にもわたってわたしたちの会話でたびたびその話題に触れたことからもわかる。サンルームの小さなテーブルで彼が広げていた地図のことを思い浮かべた。最後の数時間も、彼はアルゼンチンのあの出来事を思い返していたのだろうか？

わたしは噴水の縁から立ちあがり、自宅のアパートメントへ向かった。

天井の高い戦前の建物がわたしのすみかだ。上層階の部屋からなら、いまもセントラルパークを望むことができる数少ない建物のひとつだ。帰り着くなり、わたしは疲れて椅子に腰を下ろした。そして正面の書棚にあてもなく視線をさまよわせるうち、刊行順に並べてあるジュリアンの著書に目が留まった。列の先頭、一番左端にあるのは、『クエンカの拷問』だ。

書棚から抜きだしてページを開いた。本の献辞を目でたどる。〝わたしの犯罪の唯一の目撃者、フィリップへ〟。

この〝罪〟とは、ジュリアンがクエンカで起こった出来事について書こうと決めたことを指すのではないか、とわたしはずっと考えてきた。すでによく知られた話をわざわざ語り直す必要などないと思っていたので、彼が忠告を聞き入れるはずがないことはわかっていながらも、そういう本を書いて時間を浪費することのほうがよっぽど罪だよ、と彼に言ったものだ。この献辞はわたしにそのことを思い出させようとしたのだろう。

だから、これまでは献辞を読むたびに笑みが浮かんだのだが、今夜はちがった。クエンカでともに過ごしたわずか数日間にいきなり引き戻された。わたしたちはマドリッドで合流した。のちに何カ国語も自在に操ったジュリアンは、マドリッドで雑用のアルバイトをしながら、最初の外国語を習い覚えているところだった。わたしたちはクエンカに入る前に何日間もスペイン各地を車でめぐった。アルゼンチンで一カ月を過ごしてから一年以上が経過していた。あそこで経験したことはすべて、時の流れとともにきれいに消えてくれるだろうとわたしは思っていたが、ジュリアンはまだそれを引きずり、苦しんでいるようだった。

正午頃にクエンカに到着したわたしたちは、町の通りをしばらくぶらぶらしたあと村の広場にある小さなカフェに落ち着いた。スペインはいろいろと暗い過去を持つことで知られるが、その地で七十年ほど前に起きた犯罪についてはジュリアンもわたしも一度も耳にしたことがなかった。あとになって、わたしがニューヨークを発つときに空港で買った、機内で読むつもりだったが結局は読まなかったガイドブックで短く触れられているのに気づいたが。それはともかく、事件の詳細を知ったのは、英語を話せる元治安判事とたまたまカフェで会ったのがきっかけだった。その老人の話では、看守や囚人、検察官といった事件の関係者を実際に見たとのことだった。

「クエンカの事件のことは誰もよくわからんのだよ」老人は言った。「奇妙な具合にねじれておったからな」

　事件について老人はひととおり詳しく語ってくれた。わかりやすくまとまった話だったが、彼が最後につけ加えた結論はなんとも陳腐なものに感じられた。

「要するにだな、人を一人消すのはいとも簡単なことなんだよ」

　ジュリアンの顔をうかがうと、深く考えこんでいる様子だった。「そうですね」彼は静かに言った。「いとも簡単なことです」

　老人は村の広場のほうを眺め、素行の悪そうなティーンエイジャーの集団を見つけてにらみつけた。少年たちは周囲の迷惑などかえりみず、騒々しい声でしゃべっている。

「ビビアモス　メホル　クアンド　ビビア　フランコ」老人はスペイン語でつぶやいた。そのあとで英語に直した。「フランコがいた時代のほうが暮らしやすかったよ」老人はそう言い残して椅子から腰を上げ、わたしたちにていねいに挨拶をして立ち去った。

　その直後、ジュリアンの視線が庁舎の入口でぶらぶらしている二人の治安警察官に釘付けになった。二人とも長身で肌が浅黒く、短い翼がついたような黒い変わった帽子をかぶっている。クエンカの拷問は、まさにこういう連中の手によるものだった。ジュリアンはしばらくのあいだ無言で彼らを見つめ続けた。

　やがて、急に思いついたようにジュリアンは言った。

「行こう」

　勘定を払って店を出ると、埃っぽい街路を歩いていった。あたりに夕闇が迫り、街灯がぽつぽつとともり始めた。

「誰かが言っていたよ。初めて鞭をふるうまでは、人はなにもわかっていないのと同じだと」ジュリアンがそう言ったのは、町はずれの街道にさしかかった頃だった。「そのあとでは、物事の感じ方ががらりと変わってしまうらしい」彼はそこで立ち止まり、わたしを見つめた。「だが本当に重要なのは、鞭打たれる者がどう感じるかなんだ。罪悪感なんてただのおごりだよ、フィリップ」

わたしの脳裏に、フランスの画家ジェイムス・ティソットのことが思い浮かんだ。彼は鞭打たれるキリストの受難をさまざまな角度からとらえた。キリストを責めさいなむ男たちの顔、顔、顔。ぼかした顔もあれば、くっきりと描きだされた顔もある。

ジュリアンにそうした絵の特色を話して聞かせたあとに、わたしは言った。「偉大な男を鞭打てば、罪悪感はさぞかし大きいだろうね」

「相手が無実の男の場合もね」ジュリアンは言った。

歩き続けて、丘を下り、低地にある橋へと向かった。

わたしはずっと黙っていたが、二人のあいだの重苦しい空気を吹き払いたくて、とうとう口を開いた。

「ところで、アメリカにはいつ戻るんだい?」とジュリアンに尋ねた。

「戻らないよ」あまりに唐突な答え方だったので、たったいま決断したんだろうかと思ったほどだった。

「少なくともアメリカには住まない」

では、輝かしい経歴とは無縁の人生を送るつもりか? 官僚としての出世の道が途絶えてもいいのか? 国務省に入るんじゃなかったのか? 無謀だろうと非現実的だろうと夢があったのに、それを丸ごとぽいと捨ててしまおうというのか?

頭のなかでは疑問が忙しく飛び交っていたが、わたしはただ一言、こう尋ねた。

「気は確かなのか、ジュリアン?」

ジュリアンは立ち止まって、わたしを見た。「もちろんさ」

彼のまなざしには、背筋がぞっとするようななにかが宿っていた。もう少し詳しく話してくれるだろうと思ったが、意外にも彼は押し黙ったまま坂を下り、川と橋のあるほうへ近づいていった。

そんな遠い昔の場面を思い起こして、追憶にふけっていると、電話が鳴りだした。

ロレッタだった。

「ハリーから電話があったわ」彼女は言った。

ジュリアンの担当編集者、ハリー・ギボンズのことだ。

「彼と相談して、告別式の席であなたにジュリアンへの弔辞をお願いできたらということになったの」

前にも言ったことを彼女は再び繰り返す。ごく近しい友人や仕事仲間だけの、こぢんまりした式だから、と。

「ハリーのほうで、あなたが弔辞に入れたいと思うようなことをいくつか用意しているみたい」ロレッタはつけ加えた。「明日の午後、オフィスに来てもらって、二人で話し合いたいと言っているわ」

「了解」わたしは答えた。

やや間があってから、ロレッタの声が聞こえた。

「だいじょうぶなの、フィリップ?」

わずか一時間かそこら前に、父からも同じことを訊かれた。わたしはそのときと同じ返事を返した。「だいじょうぶだよ」

「でも……なんだか口数が少ないから」

「悲しいときはこうなるんだろうね、ぼくは」

「そうね。つらい気持ちはよくわかるわ」そのあと、ロレッタは短い沈黙をはさんで言った。「じゃあ、おやすみなさい、フィリップ」

「おやすみ」

わたしは電話を切り、膝の上の本を見下ろした。表紙に陰惨な絵が描かれた『クエンカの拷問』を。スペインの牢獄の汚らしい片隅で、手枷、足枷をはめられ、震えおののきながら身を寄せ合う二人の哀れな犠牲者。

彼らは恐ろしい瞬間を、近づいてくる拷問人を、このまま未来永劫待ち続けるのである。この表紙を初めて見たとき、わたしは激しい不快感を覚えた。ジュリアンにそれを話すと、彼はネッド・ケリーの死刑執行について語った。流刑地オーストラリアの絞首台に立たされたその粗暴な無法者は、興奮に沸く群衆をちらりと見下ろしたあと絞首人を振り向き、肩をすくめ、最期の言葉を言い放ったそうだ。「人生とはこういうものさ」

表紙のなかの、絶望に追いこまれた者たちの目を少しだけ長く見つめた。とどのつまり、ジュリアンは人生をこういうふうにしか見ていなかったのだろうか？

わたしは本から目をそらして再び窓を見やった。向こうに広がる公園は、いつものように明かりが煌々とともっている。不思議だ。光が届いているはずの場所が、なぜかいまのわたしには暗く見える。

いまのわたしには暗く見える――

思考の尻尾の部分を自分で批評して、やけにぎこちないな、と結論を下した。あまりにも思わせぶりだ。小説で章の終わりにこんな文章を持ってきたら、感性の鋭い読者はきっと不平の声を漏らすだろう。

4

「『メキシコ征服記』を書いたベルナル・ディアスは、コルテス率いる遠征隊に加わって、メキシコシティの中央市場に初めてやって来たとき、人糞から作られた小さな椀が売られているのを見つけた」ハリーは言った。「それらは革をなめすのに使われるもので、革なめし職人たちはなるべくできのいいものを買おうと、真剣に臭いを嗅ぎながら品定めしていたそうだ」

わたしは六番街にあるハリー・ギボンズのオフィスに来ていた。通りを見下ろす大きな窓のある広々した部屋だった。こういう眺望抜群の場所にいると、町の君主かなにかのように偉くなった気分になるだろうな、とわたしは思った。ハリーの場合は明らかにそうだ。

「ジュリアンもそういうたぐいの人間だと私はつねづね思っていた」ハリーが続ける。「気色悪い材料から見事な作品を作りあげる腕のいい職人だとね」

「本人にそう言ったのかい？」わたしは訊いてみた。

「言うわけないさ」ハリーは答えた。「どっちみち、言う必要もなかったしね。クエンカの本を出してからは、ジュリアンはああいうおぞましい作品しか書かなくなったんだから」恐ろしく不快なものを突きつけられたかのように、ハリーは首を振った。「例のアフリカを舞台にしたやつとか」

「スワジランドの話だね」わたしは言った。「うん、確かにあれはぞっとした」

「いや、それじゃないよ」とハリー。「ほら、フランス人のろくでなし野郎の話だよ」彼は嫌悪感に身を震わせた。「あれを読むと本当に暗澹《あんたん》たる気分になる」

ハリーが言っているのは、アフリカ奥地へ分け入って暴虐のかぎりを尽くしたポール・ヴーレについて書いたものだ。

「まあ、一応、ヒーロー物語ではあるけどな」ハリーは言い添えた。

確かにそのとおりだ。ヴーレのあとから現地へ行ったクロップ中佐のことはすこぶる立派な人物として描いてある。クロップ中佐はヴーレの蹂躙の跡をひとつひとつたどって、群島のように点在する村がことごとく破壊され、男も女も子供もむごたらしく殺されているのを目にする。わずかに生き残った者たちも、ヴーレに木から吊り下げられていた。わざとハイエナが足に嚙みつける高さに。そこへ登場したのが勇気と高潔の化身、クロップ中佐だったわけだが、彼もやがてヴーレ一味に殺害されてしまい、お決まりの悲劇はいよいよ結末の場面を迎える。運命は善なるものにまたしても背を向けたのである。

ハリーは椅子の背にもたれ、グレイグース（フランス産高級ウオッカ）・マティーニの飲み過ぎで贅肉がついた丸い腹の上に、組み合わせた両手をのせている。「それにしても、ジュリアンの死はショックだったよ」彼は言った。「きみもさぞかし驚いただろうね」

わたしはうなずいた。

ハリーはいくぶん苦しげに息を吸いこみ、椅子に身体を預けた。「お互い、ジュリアンの最期を見届けたというわけだな」

なんとなく、ジュリアンという一冊の本をそんなふうにぱたんと閉じてしまうのは気が進まなかった。まだ早過ぎはしないか？　ロレッタが言っていたとおり、ジュリアンがアルゼンチンの地図を広げていたのは、新しい構想を練っていた証拠かもしれない。にもかかわらず、一番明確でしっくりくる表現を使えば、彼はそれを捨てようと決心したのだ。

「ジュリアンは次にどんな本を書いただろうね？」わたしはそう訊いてみた。

「さあ、わからないな」ハリーは答えた。「新作のアイデアに関して本人から聞いたことは一度もなかったんでね。どうしてそんなことを?」

「ジュリアンはアルゼンチンの地図を調べていたそうなんだ」わたしは言った。「ロレッタによると、ジュリアンが新作に向けて調査に取りかかるときはいつもそうやって地図を開いていたらしい」

ハリーは首を右に傾げた。「いまさらジュリアンの新作のテーマを知ってどうなるんだい?」

「わからない」わたしは正直に認めた。「ただ、ジュリアンは死ぬ前の数日間、ひどく動揺している様子だったらしい。だから、彼がなにを深刻に考えていたのか、どうしても気になってね。地図のことは、それを突きとめるための手がかりになりそうだと思うんだが」

「手がかりだって?」ハリーは訊いた。「きみは批評家だろう、フィリップ。探偵じゃない。ジュリアンの次作は彼の命とともに去りぬ、だよ」だが、わたしが簡単に引き下がるはずのないことはハリーも承知しているようだった。「わかった、じゃあ話そう」と言葉を続ける。「ジュリアンがなぜアルゼンチンの地図を見ていたのか、はっきりとはわからないが、ペドロ・ロペスについて書こうと考えていた可能性はあるんじゃないかな。〝アンデスの怪物〟と呼ばれた殺人鬼で、なんと三百人もの少女を手にかけた、とんでもないげす野郎だ」

「いつごろ起こった事件なんだい?」わたしは訊いた。

「ひょっとすると、いまも継続中かもしれないな」ハリーは答えた。「ロペスはまだつかまっていないんだ。だから、たぶん——きみと同じで、ジュリアンも自分を物書きではなく探偵だと思いこんじまったんだろう」ハリーはそこで大きなため息をついた。「金にならない路線をいつまで経っても変えようとしない作家にはこれまでさんざん手こずらされてきた、とばかりに。

「というわけだから、ジュリアンが次になにを書こうとしていたかなんてことはもう忘れて、まちがいなく彼の最後の作品となる原稿に目を向けようじゃないか。ジュリアンはあれに根を詰めて取り組んでいた。遺作として出版することになっている。ただ、発表するにあたっては、われわれでちょっとばかり手を加えないといけない」彼はわたしを鋭く見据えて続けた。「本の印象が残忍すぎないようにする必要があるんだ。世間の人々はあまり暗い本は読みたがらないからね」

「それは残念だな」わたしは言った。「せっかくの貴重なものを読み逃すことになるわけだから」

「なんだい、それは?」

「生きることの重みだ」

ハリーは椅子のなかでそっくり返り、胸の前で腕組みをした。「いったいどうしたんだ、フィリップ? なにか悩んでいることがありそうだな」

ハリーにそう指摘されて、自分を悩ませているものの正体が初めてくっきりと立ち現われてきた。

「ジュリアンはわたしになにか隠していたんじゃないか、という思いが頭から離れないんだ」わたしは言った。「彼がそれを打ち明けてくれていたら、わたしは彼を救えたかもしれない」

だがそれは根拠のない言い分で、本当にそうなのかどうかは証明のしようがない。それに、わたしにはやらなければならないことがある。アパートメントに帰ると、ジュリアンの告別式で述べる弔辞の内容を思案した。少なくとも参列者にはジュリアンが得難い人物だったと感じてもらえる式にしたかった。それにはジュリアンが発揮した独特の才能とか、なにか彼特有のものを紹介するのがいい。

なんだろう、それは?

思いつかないまま、頭のなかで別の切り口をあてもなく手探りした。

もちろん、ロシア人を題材にした遺作のことにも触れるべきだろう。そこはハリーの言ったとおりだ。あと、告別式で人々が好むのはやはり故人の逸話や秘話のはずだ。そう思ったとたん、わたしの心はジュリアンと友情を温め合った長い年月をのびのびと縦横無尽に駆けめぐった。だがすぐに、頌徳の辞に盛りこむにはある程度のまとまりが必要だと思い直し、基本どおり、ジュリアンの生涯を年代順に分けて整理していった。少年時代、青年時代、というふうに。だがやってみると、これもあまり役立ちそうになかった。いろいろ考えた末、ジュリアンの生涯は著作に基づいて区分できるのではないかと思いあたった。そこで、弔辞を書く前に彼の著作すべてにあらためて目を通してみようと決めた。それぞれの作品におあつらえむきの箇所がどこか見つかるかもしれない。そういった流れのあとで最後にくだんのロシア人を書いた本を取りあげ、遺作となる未刊行の作品として紹介する、という段取りでいこう。

夕方から夜になろうという頃、気持ちが少し落ち着くのを待ってから愛用の椅子に腰を下ろし、ジュリアンのデビュー作を再び膝に置いた。

『クエンカの拷問』。

ジュリアンが書くはるか以前から広く知られていた犯罪だったが、わたしは事件の成り行きをおおかた忘れてしまっていたので、記憶のスイッチがつながるまでに少し時間がかかった。

一九一一年八月二十一日、ホセ・マリア・ロペス・グリマルドスという名の二十八歳の男が、スペインのクエンカ県にある小さな村オサ・デ・ラ・ベガから近在のトレスフンコス村へ通じる街道を、一人で歩いているところを目撃された。グリマルドスは〝エル・セパ〟という変わったあだ名で呼ばれていた。英語で〝重荷〟の意味がある。文中でジュリアンは、このあだ名を正確に訳すのは難しいが、グリマルドスは短軀で動作がやや鈍い男だったので、たぶん周囲の者たちが彼をうとましく感じて、そう呼ぶようになったのだろう、と述べている。

グリマルドスはフランシスコ・ルイスの農場でときどき働いていたが、八月のその日、最後に姿が目撃されたのは、農場を出て自宅の小さな家に戻る帰り道だった。だがグリマルドスは帰ってこなかった。翌日、妹が警察に捜索願いを出した。行方がわからなくなった当日に、兄が数頭の羊を売り払っていることも伝えた。グリマルドスが羊を売った金を持っていたことは、少なくとも二人の男が知っていた。名前はバレーロとサンチェス。二人とも普段からしょっちゅうグリマルドスをからかっていじめていたので、彼らが金を奪い取ったあとにグリマルドスを殺害したのではないか、という疑いが浮上した。

そこで捜査が始まり、ほかの目撃者たちの証言によって、バレーロとサンチェスに対する嫌疑はますます深まったが、グリマルドスの遺体はおろか、彼が殺されたという確かな証拠も見つからなかったため、結局捜査は同じ年の九月に打ち切られた。

未解決事件ほど心にまとわりつく話はない。

ジュリアンの第一作目はこの断言調の書き出しから始まる。まさにグリマルドス家の人々の心情を表現したものだった。

正義と真実のために苦闘する家族を写し取った筆致は、この本のまさしく精髄だろう。今回再読してみて、ジュリアン自身もそういう箇所に自分の語り口の真骨頂を見いだしたのだとあらためて感じた。彼の文章が本領を発揮するのは、冒頭のスペインのうららかな風景描写ではない。後年の彼の手法を示唆するものではあるが、ただそれだけのことだ。スペインの司法制度に関する事細かな記述でもない。どうしても説明くさくなって、しまいには退屈に感じられてしまう。また、クエンカの一見素朴な風景の陰で渦巻く荒々しい感情を描出した箇所でもない。

ジュリアンによれば、そうした荒々しい感情が噴出する呼び水となるのは、未解決事件に対するやりきれない思いだけではないという。クエンカの住人全員にとって、謎はことごとく解決されなければならず、もし解決されなかったら、この世は悪魔に支配されてしまうからなのだそうだ。

グリマルドス家の面々は揺るぎない信念を武器に、気の弱い哀れなエル・セパを絶対に忘れまいとした。まるで取り憑かれたように、彼を記憶にしっかりととどめ、殺人に正義の裁きが下されることを求め続けた。毎日必ずエル・セパのことを話題にして彼を思い出すという形で、魂のこもった努力を無数に重ねていった。その一方で、ジュリアンは家族のありふれた日常生活も記録している――種まきと刈り入れ、掃除や洗濯、井戸へ往復する水汲み作業。いなくなった家族のことで心に絶え間ない苦痛を抱えながらも、彼らの肉体は日々のつらい労働に耐えていたのである。そして、毎日のように姿を見かける近所のバレーロとサンチェスがエル・セパを殺したのだという確信が、家族のなかで日ごと強まっていった。

エル・セパの家族は事態を見守りながら待って待って待ち続け、一九一三年、クエンカに新しい判事が着任したとき、いよいよチャンス到来と見て再び剣を抜いたのだった。前任の判事が証拠不十分として退けたバレーロとサンチェスに対する訴えは、必ずや復活すると信じて。

新しい判事は若くて熱意に燃え、ジュリアンの記述によれば、未解決事件が亡霊のごとく脳裏につきまとっていた。

バレーロとサンチェスは再逮捕された。今度は治安警察もホセ・マリア・ロペス・グリマルドスの失踪は殺人事件であると断定し、これまで責め苦をこうむってきた家族の恨みをこのまま晴らさずにはおくまいとの見解に達した。

そうして、苛烈をきわめる拷問がバレーロとサンチェスに加えられることになるのである。その状況をジュリアンは微に入り細にわたり綴っている。刊行直後の書評は、手放しで褒めちぎるというわけではないにせよ、該当箇所の真に迫った丹念な描写力に注目し、それを評価するものが多かった。だがいま読み返してみると、拷問の場面が犠牲者たちの視点で書かれていることにまずなによりも衝撃を受けた。クエンカの地を訪れたとき、わたしはジュリアンに、キリストを鞭打つ男たちの表情が描かれたティソットの絵の話をした。ジュリアンも同様に、受難者側の苦しみに重きを置いた。わたしはその著書を再び読んで、ジュリアンの臨場感あふれる筆力にあらためて舌を巻いた。鞭が飛び、鋭い音が響き、皮膚が破れ肉が裂ける。まるで自分が犠牲者の肉体に入りこんでいるかのように、音や痛みがじかに伝わってくる感覚なのだ。

　犠牲者でも加害者でもない立場でありながら、痛々しい傷をあのようにぞっとするほど深くえぐり取って描きだせるというのは、たぐいまれなるすばらしい才能なのではないか？

　まだどうなるかわからないが、このことをジュリアンの告別式で述べる追悼の言葉に織り交ぜたい。

5

「ジュリアンの非凡だった点は、こつこつと地道な努力を重ねたことでも、徹底した調査を心がけたことでもありません。ではなにかと言うと、実は、鞭で打たれるひりひりした痛みや、棍棒の重い衝撃、ナイフの切っ先の鋭さを、読み手にありのままに実感させる能力なのです。ジュリアンの著作には、時の流れによって沈黙させられた者たちの悲鳴が響き渡っています。彼はこの世の苦痛から目をそむけなかった。人の苦しみを安っぽく扱ったり、意図的によけいな手を加えるようなことはいっさいしなかった。芸術家が目指すものは、厳しい真実をわれわれに伝えることです。皆がそれを理解し、そこからなにかを学び取り、人生に当惑しないようにと願って。ジュリアンが成し遂げたのはまさにこれでした。なぜならば、彼は芸術家だったからです」

このように、わたしは弔辞を手短にまとめた。

参列者たちは、モントークの家の芝生にロレッタが設営した白いテントの下で、厳粛な面持ちで耳を傾けてくれていたが、わたしが話し終えると明らかにほっとした様子だった。退屈な話を長々と聞かされるのではないかと思っていたのだろう。

ふと左のほうに視線を向けると、池が日射しにきらめき、岸辺にあの黄色いボートが見えた。

またしてもジュリアンを助けそこなうところだった。

遺作の宣伝を盛りこんでくれとハリーに頼まれていたのをすっかり忘れていた。わたしは聴衆に向かって再び口を開いた。

「ジュリアンがアンドレイ・チカチーロについて書いた本は、『コミッサール』（政治委員。共産主義国で防諜や反共思想の取り締まりなどを担う）というタイトルで来年の秋に刊行予定です」わたしは最後につけ加えた。「皆様、ぜひお読みください」

そのあとで一呼吸おき、「ご清聴ありがとうございました」という決まり文句でしめくくってから、演壇を下りた。

追悼の言葉を述べるのはわたしで最後だったので、参列者たちは椅子から立ってテントを離れ、ロレッタが食事とワインを用意してある家のほうへ思い思いに向かった。彼らの後ろを歩いていたわたしは、テントの端で足を止め、演壇を振り返った。わたしがたったいま立っていた場所には、左右それぞれに、ロレッタが置いたジュリアンの大きく引き伸ばした写真が飾ってある。右側の写真はクレムリンの長い壁を背にした雪景色のなかのジュリアンだ。分厚いオーバーコートを着て、大きな耳当てのついたウシャンカというロシアの毛皮の帽子をかぶっている。ウシャンカは〝耳帽子〟の意味で、見たままの名前がついているのだと、ジュリアンからの手紙に書いてあった。いかにもジュリアンらしい。彼はベルギー人がコンゴ人の背中を叩くのに使っていたカバの皮でできた鞭が〝シコット〟と呼ばれることも、サハラの地下に水脈を探して掘られた迷宮のような坑道が〝フォガッラ〟であることも知っていた——彼の著作にはそういった原語の名詞がいくつも出てくる。

「よかったよ、フィリップ」

振り向くと、すぐそばでハリーがにこにこして立っていた。先日会ったときのやや険悪なムードが嘘のようだ。

「遺作の宣伝もありがとう」ハリーはつけ加えた。「ロレッタがやっと原稿を送ってきてくれてね。かなり奇妙な話だよ」

「どんなふうにだい？」わたしは訊いた。

「ジュリアンが着目したのはチカチーロの妄想なん

だ」ハリーは言った。「あの連続殺人鬼は愛国者としての使命だという妄想を抱いて、子供を殺していたらしい。この子はスパイだ、国賊だ、だから祖国ロシアを守るために倒さなければいけない、という具合にね」後味の悪い会話はそろそろ切りあげたいのだろう、ハリーは家のほうをちらりと見た。「なかへ入ろうか」

「あとから行くよ」わたしはテントに背を向け、演壇の左側の写真をじっくり眺めた。

撮影地はすぐにわかった。二人でブエノスアイレスへ行ったときに、わたしが撮った写真だ。ジュリアンの背後に写っているのはラ・プラタ川。ガイドを連れて、これから船でモンテビデオへ渡ろうとしているときだ。わたしはその一週間後にアルゼンチンを離れたが、ジュリアンは滞在を続けた。

彼があのときアルゼンチンにとどまった重大な目的について、わたしは久しぶりに思いをめぐらせた。手がかりを片っ端から追いかけ、それが空振りに終わるたび、むなしさをつのらせていったジュリアン。ありとあらゆる場所を探したが、どうしても彼女は見つからなかった。死ぬ前の数日間にアルゼンチンの地図を眺めていたのは、過去の失敗を思い返していたのだろうか？　そのことをずっと考え続けたあげく、小さな黄色いボートに向かって歩いていったのだろうか？

サンルームの窓が開け放たれていたので、くぐもった話し声にまざって、マーラーの『亡き子を偲ぶ歌』の旋律が聞こえてきた。ジュリアンはこの曲をツーグローヴスで初めて聴き、この世でこれほど哀切に満ちた音楽はないとのちに語った。

それから一時間ほど、参列者たちのおしゃべりの輪に加わった。ほとんどがロレッタの友人で、兄を亡くした彼女に哀悼の意を示すために集まったのだが、ジュリアンを個人的によく知る者はいなかった。

夕方には全員が帰り、残っているのはロレッタとわたしだけになった。わたしたちはもう日が射さない暗いサンルームに座っていた。ロレッタがキャンドルをほんの数本ともし、室内は薄い黄色の光に包まれたが、ロマンティックな雰囲気というよりも、古びて色あせたように見えた。だがこれは、ただの気のせいなんだろうな、とわたしは思った。心のちょっとしたいたずら、もの悲しい気まぐれ、とでもいおうか。

「ジュリアンはキャンドルの灯が好きだったわ」自分のグラスにスコッチを注ぎながらロレッタは言った。

「あなたもスコッチをどう？」

「いや、まだワインが残っているから」わたしは答えた。

ロレッタが飲み物を用意しているあいだ、わたしは続き部屋の壁に並んでいる書棚を眺めた。数年前にロレッタが造った図書室だ。ありとあらゆるテーマの本がどっさりそろえてある。彼女の心の幅を表わしているのかもしれない。彼女は長いあいだ、息子のコリンの世話をしながらフリーランスの校正者として働いてきた。そのコリンはすでに世を去っている。先天性の変性疾患によって十六歳の短い生涯を閉じた。次第に身体の機能が奪われていく病気で、まず立つことができなくなり、やがて歩くことも話すこともできなくなって、最後は呼吸機能を失う。コリンが生まれて間もなく、夫はロレッタのもとを去った。彼女がモントークのこの家へ移ってきたのはそのあとのことだ。

「ハリーからジュリアンの最新作を受け取った？」わたしの正面にある椅子に座って、ロレッタは訊いた。

「いいや。後日送ってくれるだろう」

ロレッタはグラスを掲げた。「じゃ、乾杯しましょう。ジュリアンの最後の作品に」

わたしはふと思いついて訊いた。「地図はあるかな？　ジュリアンが亡くなる前に見ていたという地図」

「ええ、もちろん」ロレッタは言った。

「見せてもらえないか？」

彼女はもの問いげな目でわたしを見てから立ちあがると、そばにあるテーブルへ行き、抽斗から地図を取りだした。

「前にも言ったけれど、場所はアルゼンチンよ」彼女は地図を差しだした。

わたしはそれを受け取って、広げた。

「なにを見つけようとしているの？」ロレッタが訊く。

「さあ、わからない」わたしは正直に答えた。

ジュリアンが関心を持っていたのは、アルゼンチンのなかでも限られた狭い範囲らしいということは、シャーロック・ホームズでなくてもすぐにわかった。それはパラグアイとの国境とブラジルとの国境にはさまれた人口がまばらな地域で、近くには有名なイグアスの滝がある。ジュリアンはイグアスの滝から、パラグアイとの国境付近に位置するクララ・ビスタという小さな村までの道を鉛筆でたどり、目的地は丸印で囲んである。わたしにとっては聞いたこともない名前の村だったし、ジュリアンとアルゼンチンを旅行した際にも訪れてはいない。

「ジュリアンはただ懐かしんで思い出にふけっていただけかもしれない」ロレッタは言った。「アルゼンチンに行った頃はよかったな、と思いながら。ブエノスアイレスは本当に美しい街だって、いつも言っていたわ。きっと現地のガイドさんの印象がすばらしかったこともあるんでしょうね」

わたしは地図から顔を上げ、もう何年経ったのかわからないくらい久しぶりに彼女の名前を口にした。

「マリソルのことだね」

ロレッタは小さくうなずいた。「話は変わるけれど、今日、ルネに電話したの」

ルネ・ブロサードはジュリアンのアシスタントで、いろいろな役目を受け持っていた。ひとつめはフランス語通訳。ほかには、ジュリアンがパリのアパルトマンを長期間留守にする際、郵便物を整理したり請求書の支払いを済ませたりする細々した雑用。

「もちろん、ジュリアンのことは前に伝えてあったわ。今日彼に連絡したのは、ジュリアンの使っていた物を形見の品としてもらってくれないかとお願いするためなの。ペンなんてどうかしら」

「ルネはきっと喜ぶよ」

「あなたにも渡したいものがあるの」

ロレッタはそう言って立ちあがり、部屋を出ていった。ジュリアンが仕事に使っていた小さな部屋へと階段をのぼっていく足音が聞こえた。

数分ほどで戻ってきたロレッタは、古い革のブリーフケースを手にしていた。

「ジュリアンがいつも旅の道連れにしていたものよ」それをわたしに手渡しながら、ロレッタは言った。

「これは彼と一緒に世界中を旅してきたの」

ブリーフケースはくたびれて色あせ、縫い目があちこちすり切れていた。ジュリアンの人生がいかに活力旺盛だったかが、そこからうかがい知れる。なにかに追われるように猛然と走り続けた人生だった。

「ありがとう、ロレッタ」わたしはブリーフケースを受け取って言った。「大切にするよ。一生の宝物だ」


その晩、自宅に戻ると、ジュリアンのブリーフケースを読書用の椅子のかたわらに置き、『クエンカの拷問』を手に取った。無二の親友だった男の生涯と作品に対する最後の挨拶として、この本を寝る前に読み終えようと思ったのだ。

バレーロとサンチェスは拷問されて口を割り、ホセ・グリマルドスを殺害したこと、そして死体をばらばらに切断したことを自白した。にもかかわらず、不思議なことに、死体を棄てた具体的な場所は二人とも示すことができなかった。この点からジュリアンは、彼らの自白に疑問をはさむ余地は充分にあると指摘するのだが、実際には事実は奇妙に裏返され、逆に二人の有罪を決定づける根拠として見なされた。本文には次のように書いてある。

バレーロとサンチェスが遺体を遺棄した場所について明かそうとしないのは、殺害方法がきわめて執拗で残忍だったことが理由であると当局は判断した。もしも遺体が掘り返されれば、気の弱い哀れなグリマルドスが、まだ生きているうちにひどい暴行を受けたという事実が白日の下にさらされるからにちがいないと。殴られ、切りつけられ、火で焼かれる。目玉をえぐり出され、耳を切り落とされる。膝の骨を砕かれ、指を折られ、全身の皮膚がずたずたに切り刻まれる。悪夢に対する想像はとどまることを知らず暴走し、不明瞭な証拠によって有罪への確信はますます強まっていったのだ。すなわち、クエンカ事件は遺体がなかったがゆえに重大視され、犯罪の重みは何倍にも増し、グリマルドスを殺した犯人の残虐な印象がより強調される結果となったのである。かくして、メドゥーサの頭部から這いだす蛇が激しくのたうつがごとく、人々は憤怒に駆られたのだった。

このような犯罪は極刑に処すべきとして、検察官は死刑を求刑する。ところが、裁判はスペインの司法制度特有の迷宮に入りこみ、ようやく判決が出たのは一九一八年のことで、被告二名に禁固十八年が言い渡された。

服役してから六年後、バレーロとサンチェスは釈放される。驚愕すべき事態が発生したのはその二年後、一九二六年春のことだった。ジュリアンは文中でこのように記している。〝むごたらしく殺されたと長年思われていた気の弱い哀れなエル・セパが、ひょっこり姿を現わしたのである〟。

行方知れずになってからの長い年月、エル・セパは別の村で暮らしていたのだった。最終章で、ジュリアンは読者をクエンカのカサス・コルガダス（「宙吊りの家」と呼ばれる、崖から乗りだすように建っている家）からさらって、大地を俯瞰する旅へといざなう。曲がりくねった川や灌木の茂みを越え、ごつごつした岩が点在する平原を過ぎ、そのあと針路を東にとって海の方角へ向かう。そして海岸線の荒れた田舎道を延々とたどっていくと、バレンシアの花咲く通りが見え、最後はちっぽけな売店の薄暗い室内に入っていく。そこには……

……晩年を送るエル・セパがいた。彼は殺されてはいなかった。息が詰まりそうな狭苦しい店で辛抱しながら働き、クエンカの埃っぽい通りを思い起こすこともなく、人生の安上がりな運試しである富くじを客に売って暮らしていた。こうしてエル・セパは生き延びていたが、棺のように窮屈な空間に閉じこめられ、熱い息を吐いて、おのれの罪から逃れようと暗闇で苦しみもがいていたのである。

わたしは本を閉じ、もうずいぶん前に初めてこれを読んだときのことを思い出した。あのときは最終章を読んでも、特に感銘は受けなかった。それだけに、まったく同じ文章を読んだにもかかわらず、いまはこんなにも激しく心を揺さぶられていることが不思議でならなかった。最終章には、人生とは残酷なまでに気まぐれで、でたらめなものなのだというジュリアンの考えが映しだされている。どんな結果が出るかは誰にもわからない運頼みの富くじ、それが人生なのだと。この路面電車がこのタイミングで、この交差点で停まるのはまったくの偶然であるように、人間にとっても必ずこうなるということはひとつもないのだ。

しかし、ジュリアンの第一作目の最後にこめられた意味は、それで全部だろうか？

『クエンカの拷問』以後に書かれたジュリアンの本や

随筆を残らず思い浮かべてみた。わたしはこれまでずっと、暗い主題を一生の仕事にする人は頭の構造がちょっと変わった人で、切手蒐集家や蘭の栽培にのめりこむ者たちと同類なのだろうと思っていた。

ロレッタは以前、ジュリアンの本は決まって弔鐘の響きとともに幕を下ろすような印象がある、と言っていた。だが本当にそれが、ジュリアンが本をしめくくるときの心情だったのだろうか？ それとも、『クエンカの拷問』の最終章から感じられるとおり、人生は冷酷な詐欺師によってひねりやねじれを容赦なく加えられた複雑怪奇なもので、誰もそれを避けては通れない、ということを言いたいのだろうか？

わたしは本を閉じた。そのあと、我慢できずにもう一度開いて、今度はジュリアンがずっと昔に記した献辞を目でなぞった。〝わたしの犯罪の唯一の目撃者、フィリップへ〟。これまでは、冗談めかした皮肉だろうと思っていた。けれども、その後の彼に起こったことや、あのように自ら人生を唐突に断ち切ってしまったことを考え合わせると、この謎めいた献辞が急にわたしの心につきまといだした。なにかまったく別の、もっと暗い、おそらくはいまだ未解決の犯罪へとつながっていくように思えてきた。

最終章を再び思い返しながら、最後の一文に注意を向けてみた。

〝おのれの罪から逃れようと暗闇で苦しみもがいていたのである〟

献辞のなかで、わたしはジュリアンの犯罪の唯一の目撃者として名指しされている。もちろん、わたしには思いあたるふしはまったくなく、ジュリアンが罪を犯すところなど見たことがない。しかし、ひょっとしてわたしが気づいていない犯罪がおこなわれ、ジュリアンはその罪から逃れようと暗闇で苦しみもがき、とうとう力尽きたのではないだろうか？

第二部

『オラドゥールの眼』

6

「ジュリアンのことが、頭から離れなくてね」わたしはロレッタに告げた。

彼女はニューヨークに来ていた。毎年、息子の命日には決まってそうする。亡きコリンはセントラル・パークが大のお気に入りだった。病気がまだ初期段階で、車椅子に頼らなくても生活できた頃は、母と息子でときどきセントラル・パークを訪れ、通り過ぎる人々を座って眺めていたものだった。たまに、コリンにとって無理でなければ、池のほとりをぶらぶら歩くこともあった。ちょうどいま、ロレッタとわたしがそうしているように。

「落ち着きのない亡霊の存在に、始終悩まされている気分なんだ」わたしはそうつけ加えながら、そばにあったベンチにロレッタとともに歩み寄り、腰を下ろした。

「そうね、確かにジュリアンは落ち着きがなかったわ」ロレッタが言う。「いつもは家に戻ってくると疲れて静かにしていたけれど、最後のときはちがった。彼のなかで小さくて獰猛な動物が爪を立てて暴れまわっているような感じだったわ」

池とは反対のほうを見ると、木陰の薄暗い小道で大勢の人たちが散策を楽しんでいた。「心の底に沈んでいたものが次々に浮かびあがってくるんだ。記憶のかけらが渦を巻きながらくっつき合って、また別のかけらを吸い寄せようとしている」

ロレッタはわたしの話から望ましくない兆候を感じ取ったようだ。「記憶のかけらって、どんなもの？」

と彼女は訊いた。

「たとえば、ジュリアンのデビュー作に書かれている献辞だ」わたしは言った。「それによると、ぼくは彼の犯罪の唯一の目撃者なんだそうだ」わたしは肩をすくめた。「だが、犯罪など目撃したおぼえはまったくない。これまでは、彼がその本を書くことにぼくが難色を示したことを指しているのかと思っていたが、いまは本当にそれがジュリアンの意味している〝犯罪〟なのかどうか、確信が持てない」

この最後の部分は、ロレッタが心にしまっているなにかとつながったらしい。

「そうね、そう言われてみれば、確かに不思議だわ。ジュリアンはたくさんのおぞましい行為について書いていたけれど、そうしたものでさえ彼が犯罪として見ていたとは思えないから」ロレッタの視線は宙を泳いで、公園のなかの大きな灰色の石に留まった。丸みを帯びたなめらかな表面を子供たちが滑り台代わりにして遊んでいる。「もしもジュリアンが、オラドゥールの村で起きたナチスの大虐殺のような行為を実際に目にしていたら、どうなっていたかしらね」彼女はわたしを見て続けた。「きっと、精神的に耐えられなかったと思うわ。現にプリモ・レヴィは自殺してしまったでしょう？　タデウス・ボロウスキも同じ運命をたどったわ」

「二人はあの恐ろしい犯罪の犠牲者だろう？」わたしは口をはさんだ。「加害者とはちがう。彼らは罪悪感から自殺したのではなく、残虐行為の餌食になる者たちを目の当たりにして、そのショックに耐えきれなくて命を絶ったんだ」

「ジュリアンも、残虐行為に苦しむ人たちの姿は無数に目に焼きついていたはずだわ」ロレッタは言った。「でも、それがジュリアンを自殺に駆り立てた原因だとは思えないのよ」

「じゃあ、なにが原因だったんだい？」わたしは訊いた。

　ロレッタはしばらく無言で考えこんだ。やがて、ロを開いた。「ジュリアンが死ぬ数日前のことだった。二人でモントークの家の庭で座っていたとき、わたしはジュリアンの顔を間近でじっくり眺めたの。深い皺がいくつもあって、目は落ちくぼんでいたわ。それで、彼にこう言ったの。『ジュリアン、あなたの顔、これまで書いてきた犯罪が刻みつけられているみたいだわ』って」

　ロレッタの言うとおりかもしれない、と思った。ジュリアンの顔にはクエンカやオラドゥールの影が落ち、青髯公ジル・ド・レやエルジェーベト・バートリ伯爵夫人の朽ちた古城、そしてアンドレイ・チカチーロの荒涼としたウクライナが刻印されているかのようだった。

「そのときのジュリアンの返事が、なんだか謎めいていたの」ロレッタは言った。『いや、刻みつけられているのはたったひとつだけ、ぼくが書かなかったことなんだ』と言ったわ」

　雨の降りしきる街路の記憶がよみがえった。襟を立てて、帽子を目深にかぶったジュリアンの姿が、脳裏にまざまざと浮かぶ。共和国通りの小さな商店の入口で、日よけの下からわたしを手招きしている。彼はわたしの腕をむんずとつかむなり、マリソルからなにか連絡はなかったかと訊いた。

「マリソルの失踪のことだろうか?」わたしはロレッタに尋ねてみた。「ジュリアンはアルゼンチンの地図を見ていたわけだしね」

「彼女の失踪が犯罪がらみだった可能性はあるでしょうね」ロレッタは答えた。

「しかし、ジュリアンがあの件をずっと本に書かなかった理由はいったいなんだろう?」

　ロレッタの表情は、昔のフィルム・ノワールに登場する架空の探偵を連想させた。

「ジュリアンは彼女に恋をしていたの？」ロレッタは言った。

「いいや」わたしは答えた。「マリソルのことを気にかけてはいたが、恋愛感情とはちがう」

「あなたはどうだった？」

「ぼくもちがうよ」

そう答えた瞬間、耳の底にマリソルの声がよみがえった。〝この世でのわたしたちの時間は、盗んできた戦利品を山分けするみたいに夜と昼に区別される〟。

「だが、彼女に人を惹きつける魅力があったことは確かだよ」わたしは言い添えた。

「それはジュリアンも気づいていた？」

「ああ、もちろんだ」わたしは答えた。「だから、彼女を見つけだすために八方手を尽くした。だが当時あそこでは、人が突然消えるのは日常茶飯事だったからね」

消える。まさしくそういう感じだった。しかし、彼女はなぜ消えたんだろう？ わたしにとって、マリソルが急に消息を絶ったことはずっと謎のままで、いまもまったく見当のつかない不可解な出来事として記憶に残っている。死体が発見されたわけではないから、通常の殺人事件の被害者になったとは断定できない。また、国家の政治的弾圧の標的にされたということも、彼女の場合はありそうもない。観光ガイドをしながら服飾デザインを勉強していた彼女が、ときどき作家やタンゴについて人前で意見を述べる以外になにをしていたというのだ？ わたしがそれまで知り合った人たちの誰と比べても、彼女ほど無垢な人はいないと思っていた。

「マリソルのことだが」わたしは言った。「政治とはまったく無縁の人だったんだ。聡明で、意欲にあふれ、努力家だった。自分なりのやり方を持った個性的なタイプだったし、物知りでもあったが、それ以外の部分はどこをとっても、当時のブエノスアイレスにいたほかの大勢の人々となんら変わりなかった」

「でも、ほかの大勢の人たちは彼女となんら変わりなかったのに、失踪しなかったんでしょう？」

わたしはうなずいた。「そうだね」

答えたあとで、話題を変えたほうがいいと思った。「その後、ルネから連絡はあったかい？」わたしは訊いた。

「ええ。でも信じられる？　電子メールなのよ」ロレッタは言った。「彼とは会ったことがないけれど、ジュリアンから聞いていた話では、コンピュータおたくという感じではなかったのに」彼女はとまどった表情で続けた。「ジュリアンが死んだ、自殺だったと伝えたときも、あまり驚いていなかったわ。英語の言いまわしを使うのが好きなのかしらね、ジュリアンは燃えつきたんだ、と言っただけ」

ふと、自分と同じ匂いのようなものを感じて、ルネはわたしと境遇が似ているのではないかと考えた。ルネも妻を病気で亡くし、友人が自殺し、将来への希望も子供もなく、もうあまり先が長くない父親の世話をしながら、自宅の小さなアパートメントにこもって先細りの仕事で細々と暮らしている男なのだろうか？

そう考えたら、暗い気分が胸にのしかかってきたので、それを振り払いながら言った。「それで、ルネはメールになんて書いてきたんだい？」

「ジュリアンの持ち物をどうしたらいいか教えてほしいって」ロレッタは答えた。「パリのアパルトマンに置いてある物のこと」

ジュリアンが使っていた物をルネが無神経にあさるところを想像して、なんとなくいやな気分になった。遺品の整理は誰かほかの者がやったほうがいい。しかし、誰が？　わたしにとって個人的にごく近しい存在で、その仕事ぶりに対しても敬意を抱き、世界各地とまでは言えないまでも何度も外国へ一緒に旅行した、心から愛する友人の大切な遺品。

「ぼくがやってもいいかな？」とロレッタに尋ねた。

彼女は驚いて身体を引いた。「パリへ行くということ？」

わたしはうなずいた。「ルネにまかせると、手当たり次第にゴミ箱に放りこんでしまうかもしれないからね。最後にそんな扱われ方をしたら、ジュリアンの持ち物がかわいそうだ」

ロレッタはにっこりとほほえんだ。「あなたは心底ジュリアンを愛していたのね、フィリップ」

激しい感情に胸を刺し貫かれた。

「ああ、そうだとも」わたしは答えた。「だからよけい、こう思わずにはいられないんだ、ロレッタ。あのとき、あの小さなボートに、ぼくも彼と一緒に乗っていればよかったのにと」

「パリへ行ってきます」次の日、わたしは父に伝えた。

わたしたちは朝食の小さなテーブルで、コーヒーを飲んでいた。

「ジュリアンの遺品を整理しなくてはならないので」と、つけ加えた。

驚いたことに、父は自分自身の過去の記憶に浸って、いきなり昔話を始めた。

「仕事で海外へ出張することはあまりなかったんだが」父は静かな口調で切りだしてから、深く息を吸いこみ、それをゆっくりと吐いて続けた。「ナイル・ホテルに泊まったことがある。ウガンダの首都カンバラだ。イディ・アミン大統領がまだ独裁政権を敷いている時代だった」

父は当時のことを思い出して、胸が痛んだようだったが、意を決した面持ちで話を続けた。

「アミンがナイル・ホテルの豪華な部屋をいくつも占有しているのは周知の事実だった。売春婦を置いておく部屋もあれば、拷問に使う部屋もあった」

その拷問部屋を、父はいま思い浮かべているようだった。わたしの頭にも自然とその光景が映しだされた。血しぶきが乾いてこびりついている壁、背もたれが垂直な椅子、天井から黒いコードで吊り下がった裸電球、排水溝のついた金属製の大きな寝台。サルトルの名言に、〝地獄とは他者である〟というのがあるが、わたしはそうではないと内心で否定した。地獄とはわれわれが他者におこなう行為なのだ。

「アミンがルゥム大司教をホテルの一室で裁判にかけたとき、私はちょうど同じホテルにいた」父は続けた。「そこで国務省の上官たちに直談判して、なんとか裁判に介入させようとしたが、上官たちは口をそろえて言った。ここはわれわれの出る幕ではないし、アミンは確かに冷酷なやつだが、ほかの連中も似たり寄ったりなのだ、と。上官の一人はこう断言していた。『アフリカには大統領など存在しない。族長がいるだけだ』。皮肉にも、コンゴのモブツ大統領も同じことを言ったよ。自らの大量殺人を正当化するためにな」父は肩をすくめて見せた。「まあ、それはさておき、アミンはルゥムに銃密輸の濡れ衣を着せ、なんと屋外で処刑しようとした。それがアフリカ式だそうだ。処刑場所となったホテルの中庭はアミンの民兵で埋めつくされていた。兵士たちはウイスキーをあおり、チャットの葉をくちゃくちゃ噛んで、『殺っちまえ！ 殺っちまえ！』と怒鳴り続けていた。ルゥムは一言も発することなく、その場に立って、目の前にいる好色で凶暴な太った族長の目をただまっすぐ見つめていた」父のまなざしに力がこもり、わたしを鋭く射貫いた。

「ジュリアンが追い求めて書くべきだったのは、そういうことだったのだ、フィリップ」父は言った。「ルゥムのような男たち、この世で善をなしている男たちのことだったのだ」父は肩をすくめた。「ジュリアンが悲劇的な最期を遂げたのは、世の中の暗部しか見ていなかったことが原因だ。そのせいで彼は衰弱し、病んでしまった」

父はジュリアンの仕事について批判めいた意見は一度も口にしたことがなかったので、ジュリアンが進む方向を誤っていると考えていたとは、息子のわたしもいまのいままで気づかなかった。

「書くに値するのは善なる人々なのだと私は思っている」父は穏やかにつけ加えた。

父のこの言葉は、ジュリアンの作品全体に疑問を投じている。なぜあのように過酷なまでに暗いのか、と。それで思い出したのは、以前ジュリアンが書いた、棒で足の裏を打つ刑に関する文章だった。バスティナード、ファランガ、ファラカなど、呼称は刑がおこなわれた時代と国、そして用いる道具の材質によって異なる。ジュリアンは足の構造を詳細に記し、そこがたくさんの小さな骨から成り立っていることや、足の裏に神経が張りめぐらされていること、棒で殴打されれば痛みがどれほど激しいかなどに触れていた。

父は肩をすくめて言った。「まあ、それがジュリアンらしさなのだろう」ジュリアンの本の暗澹たる性質について長々と論ずるつもりはない、と言いたげな口調だった。「いいとも、行ってやればいい」

「そう長くはかかりません」わたしは言った。「まめに連絡は入れますので。スカイプを使えば、父さんと互いの顔を見ながら会話もできますし。もしなにか……あったら、すぐに戻ってきますから」

「ああ、心配ない」父はそう答えたが、わたしがしばらくそばを離れることに不安を感じていることは態度から明らかだった。人は歳を取ると誰でも気が弱くなる。

「これはどうしてもやらなくてはならないんです、父さん」わたしは言った。

父はほほえみ、腕を伸ばしてわたしの手に触れた。「わかっているよ」父の目には言葉では表わせない悲しみが宿っていた。「任務があるのはいいことだ」

わたしは父が国務省で命じられてきた味気ない任務

をひとつひとつ思い起こした。コレラ汚染地域への飲料水の提供、ジャングルの要塞における診療所の設置、干魃による不毛地帯での灌漑。いずれにおいても、父がずっと以前に話してくれたことだが、国務省の〝大局的見地〟が任務遂行の妨げになった。グローバル戦略に基づく封じ込め政策、ドミノ理論、冷戦期の核抑止理論だった相互確証破壊といったものに、父は振りまわされ続けたのである。

「そうですね」と答えてから、わたしは話題を変えた。それからは一時間ばかり、父が最近テレビで観た昔の名作映画について話し合った。西部劇やスパイものだけでなく、一九四〇年代のフィルム・ノワールも好むようになっていて、ハンフリー・ボガードやアラン・ラッドの名前を口にするときの声の調子には、憧憬めいた不思議な響きがこもった。行動派の男でありたいという昔の情熱がいまだに父につきまとい、非難を浴びせ、過去の失敗を突きつけて記憶を汚すのだろう。

「映画でも観ますか？」父が落ちこむのを食い止めたくて、わたしは言った。

「いいや」と父は答えた。内面で気分が沈んでいくのが見えるようだったが、いったん底をついたあと、潜っていたダイバーが水面へ浮上してくるようにゆっくりともとに戻った。「決まって名もない人々なんだよ、フィリップ。われわれの目には見えないほどちっぽけでみじめな者たちが、いつもわれわれの過ちの代償を支払わされる」

父は見るからに気がふさいでいる様子だったので、わたしはさりげなく父の若い頃の話を持ちだした。間もなく父は自分の父親や大学時代のこと、それからわたしの母である妻の思い出を懐かしそうに語り始めた。母もわたしの妻と同じようにまだ若くして亡くなった。「おまえはそろそろ家に帰ったほうがいい」しばらくして、ようやく父は言った。「あとは私一人でだいじょうぶだ」

「そうですね。じゃあ、そろそろ帰ります」わたしは答えた。

父の表情を見ていると、かつてわたしと似たような役目を与えられたが、それを拒むか遂行しそこねた男を連想させられた。「幸運を祈る」父はぽつりと言った。

7

志《こころざし》というのは、なににも代えがたいものだ。よって、世の中でいちばん幸運なのは、重大な責任をともなう役目にやりがいを感じる人である。わたしはどうかと言えば、父のアパートメントで黒っぽい額縁におさまっているご先祖様たちには仲間入りできそうもない。彼らはほとんどが軍人か外交官だったが、父が以前しぶしぶ認めたとおり、諜報活動をおこなうスパイも何人かいた。わたしの人生は彼らのような任務を負うことは決してないだろう。にもかかわらず、アルゼンチンの地図や、マリソルの失踪という厳然たる事実、それに加えて、ジュリアンの献辞に書かれている、わたしが犯罪――それも、ジュリアンの犯罪――を目撃したという意味深長な言葉がひとつにつながって、わたしがパリへ行く目的を作りあげた。わたしにとっては久しぶりの重要な目的である。

自分のアパートメントに帰り着いたときも、心のなかの使命感は少しも薄らいでいなかった。

グラスにブランデーを注ぎ、窓辺のいつもの椅子に腰かけ、夜のセントラル・パークを見下ろした。そうやって暗がりを眺めていると、いつしか記憶の結び目がゆるみ、かれこれ二十年以上も前にジュリアンと行ったベルリンの思い出がわたしをさらっていった。

ジュリアンがその地を訪れることになったのは、一九四四年六月のオラドゥール・シュル・グラヌ村大量虐殺に関与した存命中のドイツ兵たちの居所を探しあて、インタビューを試みるためだった。その残虐行為について書こうと決意していたジュリアンは、パリからベルリンへ向かう列車のなかで、おぞましい内容の詳細な記録に目を通していた。

ジュリアンはそのとき二十七歳だった。定期的に手紙のやりとりはしていたが、わたしたちが前回顔を合わせてからたっぷり一年が過ぎていた。彼の顔には、その一年あまりのあいだに続けてきた旅と調査の苦労がにじみでていた。そして声の響きにも、積み重ねてきた知識と経験の重みが加わっていた。

「新作の進み具合は、どうだい?」わたしは彼に訊いた。

「オラドゥールの事件は書くのが難しいね」彼はそう答えた。

彼の青い目は以前よりも色が濃くなったように見えたが、おそらくそれはわたしの気のせいだったのだろう。それでも、瞳の奥が深い翳りを帯びているのははっきりとわかった。彼が次に書こうと決めた悲劇の舞台である村の、焼き払われて黒こげになった光景を映しだしているようだった。

「無理もないよ。あれだけ悲惨な出来事なんだから」

わたしは言った。

「そういう意味で、書くのが難しいわけじゃないんだ」ジュリアンは言った。「一種ののぞき見趣味というか、見世物のような性質を感じ取ってしまうからなんだ」

　わたしは面食らって彼の顔を見つめた。その瞬間、列車はトンネルに入り、わたしたちは影に吸いこまれた。二人とも黙りこんで、線路のゴトゴトという響きを聞いていた。間もなく列車は暗闇を抜け、再び窓から陽光が射しこんだ。

　ジュリアンの表情がどことなく変わっていた。短いトンネルのなかで、なにか別の暗闇を吸い寄せたかのようだった。

「他者の苦痛にスリルを感じるのは不謹慎だと思うんだ」ジュリアンはそっと言った。「オラドゥールの話を読む人が、精神的なサディズムを体験するようなことはあってはならない」


　いまにして思うと、ジュリアンがのちに彼の作風となる手法を初めて思いついたのは、あの瞬間だったのではないだろうか？

　ひとつだけはっきり言えるのは、著書『オラドゥールの眼』において、ジュリアンは六四二人の犠牲者に主眼を置いているということだ。一人につき一ページを割いて、皆殺しにされた村人全員の『スプーンリバー詞華集』（アメリカの田舎町にある共同墓地の二百四十四の墓碑銘を通して人間模様が描かれる。エドガー・リー・マスターズ著、一九一五年）を作りあげたのである。それによって作品は特異な厳粛さをたたえ、虐殺事件を犠牲者の視点からとらえようとするジュリアンの姿勢が如実に表われている。このような斬新な手法でオラドゥールの惨劇を書いたことは、勇気のある立派な決断だった。あの本には、幼い少女が自分の身体を盾にして人形を守ろうとしている姿など、犠牲者の壮絶な死が胸を引き裂くような鮮明な表現で描かれた場面がいくつもある。

　一方、虐殺の命令を下した人物や、虐殺を実行した者たちについては、詳しい記述をあくまで排除し、名前のないドイツ人たちがときおり垣間見える程度にした。たとえば、村人たちが逃げまどう場面で、兵士の背中や軍靴、軍服の足といった断片的な姿が、写真のフラッシュのごとく一瞬だけ映しだされる。あとは、命令を下す怒鳴り声や、本当の目的を隠してオラドゥールの村人をだますときの猫なで声など、実体のない声として登場するか、ヘルメットをかぶった灰色の軍服姿が筆でさっとかすめるようにぼんやりと現われるくらいだ。

全体として見れば、この作品の完成度はすこぶる高く、ジュリアンが執筆に長年を費やしただけの甲斐があったとわたしは評価した。だが書評家のなかには、著者は虐殺事件の背景にある秩序立った組織の存在を徹底的に隠したがゆえに、オラドゥールの無辜《むこ》の人々が人間の残虐性の犠牲者というより、猛烈な嵐の被災者かなにかのように感じられてしまう、と批判した者もいた。

わたしも出版当時は、本のできばえに感嘆してはいたが、そうした批判も決して的外れではないと思った。オラドゥールの非道きわまりない犯罪は、歴史的に有名な事件である。誰が見ても、ジュリアンは虐殺の実行者たちの存在を意図的に隠したとしか思えないだろう。

では、なぜ彼はそうしたのか？

五番街にあるニューヨーク市立図書館の裏手のベンチに腰を下ろしていたとき、わたしはその重大な質問をジュリアンに直接ぶつけてみた。季節は冬で、二人ともオーバーコートに身を包んでいた。前日に降った雪で、枯れ木の枝はレースのような白い飾りをつけていた。落葉した木々の枝にはどれも純白の装いがほどこされている。ジュリアンはだいぶ長いこと黙りこんだあとに、ドイツ兵を細かく描かなかった理由について語ってくれた。「彼らは忘れ去られるべきなんだ」

殺人者たちの姿を隠すことが比喩のための仕掛けだったかのような口ぶりだった。「覚えておく価値があるのは、罪のない人たちだから」

「でも、罪を犯した悪いやつらのことも、覚えておいたほうがいいとは思わないのかい？」わたしは訊いた。

振り向いてわたしの顔を見たジュリアンは、この話をするのはつらくてたまらないのだと目で訴えていた。「幼い少年が、いつかどこかで、おまえの父親は重大犯罪の共犯だったんだと言われるような目には遭わせたくないだろう？」ジュリアンは語気を強めて言った。

「そんなことしたって、どうにもならないんだから」

「だが、そうしないと、その子の父親は罪を犯しておきながらまんまと逃げおおせることになる」わたしは反論した。「悪事をはたらいた人間にとって、正体を知られるのがいちばん苦しいことなのに」

わたしの一言は急所を突いたらしく、ジュリアンはなにも答えずに黙りこんだままだった。

「マリソルを殺したやつだってそうだ」未解決になっている彼女の事件がふと頭に思い浮かび、わたしは言いつのった。「そいつも逃げおおせた」

ジュリアンは手袋をした手でもう片方の手を包みこんだ。「そのとおりだ」つぶやくように言った。

いきなりマリソルのことを持ちだされて、ジュリアンがひどく動揺しているように見えたので、わたしは急いでつけ加えた。「きみは彼女を見つけるために最善を尽くしたよ、ジュリアン」

それから話題を変えようと、ジュリアンのコートのポケットからのぞいている本に目をやった。

「なにを読んでるんだい？」と訊かれ、ジュリアンはポケットから本を出して見せた。わたしは意外な書名にびっくりした。

「へえ、エリック・アンブラーね。スパイ小説を読んでいるのか」

「暇つぶしにちょうどいいんだ」ジュリアンは言った。

「裏切りと偽名の世界だな」冗談めかしてわたしは言った。「実は別の顔を持つ者たち。血湧き肉躍るスリル満点の物語だ」わたしは笑いながら、さらに続けた。「だが、偉大な文学にはほど遠い」

「きみはきっと驚くだろうけど」ジュリアンは静かに言った。「人生というのは、結局、影のゲームなんだ」

エリック・アンブラーの本をなんの気なしに開くと、ジュリアンがアンダーラインを引いた有名な一節を見つけた。「重要なのは誰が引き金をひくかではない」わたしは声に出して読んだ。「誰がその銃弾の金を払うかだ」

ジュリアンはわたしの手から本を取って、ポケットにしまった。「暇つぶしにちょうどいいんだ」また同じことを言った。「ボルヘスはもう読まないことにしている」

ボルヘスか、と心のなかで繰り返した瞬間、わたしはチャコの大平原の砂塵を肌に感じた。わたしは一度も行ったことがないが、ジュリアンとわたしのガイドが故郷と呼んでいた場所だ。

ボルヘス。

あれは、ジュリアンの心からマリソルが消えていなかったことの証だったのだ。

8

有名な物語のなかでは、男が女を失って嘆くとき、その女は決まって美貌の持ち主だ。ギリシャ神話で城壁の上を歩いたヘレネーが、敵対するスパルタ軍とトロイア軍双方の男たちをとりこにして以来、われわれ男性は、少なくとも文学作品においては、十人並みの器量の女性にはほとんど見向きもしない。

決してマリソルが不器量な女性だったわけではなく、ヘレネーやアンティゴネーのようなまぶしいほどの美女とはちがうと言いたいだけである。たとえるならば、リア王の実直な末娘、コーディリアだ。もの静かで、慎み深く、芯はしっかりしているが、揺れ動く心も併せ持っていた。

わたしたちが泊まっていたホテルのロビーに現われたマリソルは、大草原に静かに吹き渡る、草も気づかないほど小さなそよ風を思わせた。

「マリソルといいます」彼女は少し訛りのある英語で挨拶した。「初めまして。お会いできて光栄です」黒い目がはっとするほど際立っていた。肌は表面が金色を帯びた褐色で、ジュリアンの表現を借りれば、光の加減によっては琥珀の彫刻のように見えた。

その一週間前、わたしの父がブエノスアイレスのアメリカ領事館に連絡を取ったところ、職員の誰かが現地ガイドとしてマリソルを推薦した。彼女は流暢な英語を話し、ガイドとしての評判が非常に良いとのことだった。父が少しおどけた口調で、領事館が調査してあるから身元は確かだ、とつけ加えたのを覚えている。それはつまり、チェ・ゲバラ派の人間ではないということだ。

初対面の朝、彼女は膝がちょうど隠れるくらいのチャコール・グレーのスカートをはき、それと同じ色のジャケットを着ていた。かちっとした白いブラウスの襟は喉のあたりで開いていて、黒い靴はビジネス向きの低めのヒールで、ぴかぴかに磨きあげられていた。だがそんな都会風の装いも、地方で生まれ育った素朴さを完全には隠せなかった。丸みを帯びた目や、やや太い鼻梁、それから黒豹を思わせる光沢のある黒髪は先住民系のものだ。ヨーロッパ系の血が一滴もまじっていない生粋のアルゼンチン人という印象だった。彼女を見て、なにをも寄せつけない神秘的な純粋さを感じる人がいるのは、たぶんそこが理由だろう。ジュリアンもその一人だったとわたしは確信している。

「ブエノスアイレスへようこそいらっしゃいました」彼女はちらりとほほえんで言い添えた。

ブエノスアイレスで見た女性の多くは、キリストの磔刑像を金か銀のチェーンで首からさげていたが、マリソルは木の玉でできた質素なネックレスをつけているだけだった。ジュリアンが言ったように、初めて会ったときから彼女には不自然なところはどこにも見当たらず、堅実で、仕事まじめで、根っから保守的な感じを漂わせていた。のちにジュリアンは、革命に対する過度の熱狂に抵抗する人々を丈夫な煉瓦にたとえ、その煉瓦で築かれた堅牢な壁こそが、急激な変化の波をゆるやかにしているのだと言ったが、彼女はまさにその煉瓦だった。

ジュリアンはマリソルに手を差しだした。「ぼくはジュリアン・ウェルズ。こっちはフィリップ・アンダーズ」

「どうぞよろしく《ウン・プラセール》」わたしたちと代わる代わる握手を交わしながら、マリソルは言った。「ご滞在中にスペイン語を少しお教えしますね」わたしたちを順番に値踏みするように見て続けた。「かまいませんか？」

「ああ、かまわないとも」ジュリアンは答えた。「なあ、フィリップ？」

「もちろんさ」

マリソルはわたしたちを手振りでホテルの出口へ促した。「では出発しましょう。ブエノスアイレスには見どころがたくさんあります」

その日の観光は長時間の町歩きで始まり、大統領府のカサ・ロサーダからラ・ボカまで延々歩かされた。わたしたちを慣れさせるためにそうしたのだろうが、〝あなたたちをまとめたい〟と、正確な英語を話す彼女にしては珍しく意味のわからないことを言った。

彼女は非常に口数の少ない女性で、鮮やかな色とりどりの家々を眺めながらラ・ボカの通りを散策しているあいだも、ほとんど口をきかなかった。まるで、黙って静かに見物することがその場所を知るための鍵、ひいては人生における秘訣だと心得ているかのように。それに、歩いている時間、座っている時間、見る時間、すべてに余裕を持たせようと気を配ってくれたので、わたしたちは焦らずにゆったりと行動することができた。なにより、旅行案内書に書いてあるようなありきたりの情報をぺらぺらしゃべったりしないことが、ありがたかった。一緒に過ごしてつくづく感じたのだが、マリソルは日陰の池のように静かで穏やかな人だった。

夕方になって、ようやくホテルに帰り着いた。マリソルによれば、彼女自身は一度も利用したことはないが、ホテルに入っているレストランはとても評判のいい店だということなので、そこで夕食をとることにした。

わたしたち三人は外のテーブル席を囲んだ。暗くなるにはまだ早い時刻で、都会のにぎやかな昼と安らぎの夜とにはさまれた黄昏どきだった。

「ところで、出身地はどこですか?」ジュリアンはマリソルに尋ねた。

「アルゼンチンとパラグアイを行ったり来たりでした」マリソルは答えた。「子供のときから国境を何度も越えていました」

「それは、どうして？」わたしは訊いた。

「母が死んだので、パラグアイにいる父と一緒に暮らすことになりました」マリソルは答えた。「ところが父もそれからすぐに亡くなって、今度は叔母の住むアルゼンチンに逆戻り。その叔母がもう長くはないとわかると、最後は叔母の知り合いの神父さんに引き取られました。それからはずっと彼のもとで育ったんです」

神父はアルゼンチン北部の、国境にまたがる大草原グランチャコに住んでいるとのことだった。

「あそこはとても乾燥した、なにもない半砂漠地域で、長いあいだ誰も見向きもしませんでした」マリソルは説明した。「そうしたら、そこに石油が埋まっていることがわかったんです」

この石油をめぐる利権争いがチャコ戦争に発展した、と彼女は語った。戦闘は想像を絶するほど激しいものだったそうだ。

「大量の犠牲者が出ました。たくさんの兵士が戦死したんです」彼女は言った。「マラリアにかかる人も大勢いましたが、医師は一人もいませんでした。その戦争のこと、お聞きになったことはありませんよね？」

「ええ、ありません」ジュリアンが答えた。

そう聞いてもマリソルに驚いた様子はなかった。

「わたしたちのことはあなた方にはほとんど知られていないですよね。こういう土地に住んでいる者たちのことは」彼女は言った。「あなた方から見れば、わたしたちなんて突然降って湧いたようにしか見えないでしょうね」

静けさがマリソルを取り巻いていた。その陰気でもあり静穏でもある空気の底から、彼女が母国の人々や正当と認められた目的に対して抱く希望が湧き起こってきたようだった。

「わたしたち全員が望んでいるのは、成功のチャンスなんです」彼女は淡々と言った。

そのあと彼女の目がにわかに明るくなり、プロの観光ガイドに戻った。

「アルゼンチンの味をぜひお試しください」彼女は言った。「国産のワインで、マルベックと呼ばれています。安いものも、値の張るものも、たいして味に差はありません」彼女は柔らかな笑みを浮かべたが、演技しているような作り笑いに見えた。「一度飲んだら、きっとやみつきになると思いますよ。だから、最初は安いのを注文なさったほうが無難かもしれませんね」

マリソルが陽気で屈託のないガイドの役柄を忘れる場面が、その日もう一度だけ訪れた。当時、アルゼンチンは「汚い戦争」（一九七六〜八三年。ホルヘ・ラフェル・ビデラ将軍率いる軍事政権によっておこなわれたアルゼンチン国民に対する弾圧行為。左派ゲリラ取り締まりの名目で政治活動家、学生、ジャーナリスト、聖職者などが拷問を受け、多数の死者と行方不明者が出た）の泥沼状態から脱しようともがいていたのだが、ジュリアンがその現状についてマリソルに意見を求めたときのことだった。

マリソルは思いつめたまなざしで答えた。「わたしたちはみんなこう言っています。アルゼンチンはウン・パイス・ペルディードだと」静かな口調だった。「失われた国、という意味です」彼女は肩をすくめたあとに続けた。「もうひとつ、別の言い方もあります。いまどんな気分かと尋ねられたときに返す、軽くふざけた感じの表現なんです」まわりを見まわして、誰にも聞かれていないことを確かめてから小声で言った。「ホルディード・ペロ・コンテント」

「どういう意味だい？」わたしは訊いた。

マリソルはためらった。「卑猥な言葉なので」

「かまわないよ、マリソル」ジュリアンが促した。「三人とも大人なんだから」

「わかりました」と答えてから彼女は笑った。「はめられたけど満足だ、という意味です」

その夜は九時くらいに解散し、翌朝再び落ち合って観光に出かけた。二日目はほぼ一日かけて美術館めぐりを楽しんだ。マリソルはガイドとしての本領を発揮し、美術館のパンフレットよろしく、一人一人の画家について正確に詳しく解説してくれた。運河沿いをそぞろ歩いて、ブエノスアイレスが誇るオペラハウス、テアトロ・コロンにも行ってみた。三日目はフェリーでモンテビデオへ渡り、さらにそこからボートに乗って、ドイツ人艦長が一九三九年十二月に自国の軍艦グラーフ・シュペー号を沈め、ほうほうの体で逃げていった河口域を見学した。マリソルは驚くほど知識が豊富で、その悲運の艦船が沈められている正確な位置をわたしたちに教えてくれた。

「ここは英語圏の旅行者に人気があるんです」彼女は講義めいた口調でジュリアンに説明した。「ドイツ人もときおり訪れます。それで軍艦が沈められている場所が具体的にわかるようになったんです。ちょうど、わたしたちがいまいる地点です」彼女は朗らかな笑顔を見せた。「こういうとっておきの情報を持っていると、いいガイドになるのに役立ちますよね？」

四日目、マリソルがわたしたちを連れていった先はレコレータ墓地だった。

「とても静かなところですよ」まぶしいほど白い柱廊のある入口をくぐりながら、マリソルは言った。

しばらくのあいだ、住居のような立派な墓のあいだを黙ってゆっくりと、立ち止まらずに歩き続けた。やがてエビータの墓所の前まで来ると、三人とも足を止めた。

「エビータことエバ・ペロンは貧しい家の少女でした」マリソルがおごそかな口調で言った。「ロス・トルドス村出身の、平凡な貧しい少女に過ぎなかったのです」

「あの時代に生きていたら、きみはエビータに投票したかい？」ジュリアンが尋ねた。

マリソルは肩をすくめた。「現在は選挙さえおこなわれていません。悪い選択肢が二つあるだけで、わたしたちはそのどちらかを選ぶしかないのです」彼女は墓石にはめこまれた小さな銘板にじっと目を凝らした。「観光客の方々をここへご案内したときは、人生についてボルヘスが言った言葉を教えて差しあげるんです」彼女は続けた。「それはわたしにとってもためになる言葉なんです」

「ボルヘスのどんな言葉？」ジュリアンが訊いた。

根っから正直な性格らしく、マリソルは言った。

「わたしが訳した英語ではないんですが」

「それでも聞かせてもらいたいな」ジュリアンが促す。

マリソルは誰か別の人が訳した英文を頭にいったん描いてから言った。「では、ボルヘスの言葉はこうです。〝この世でのわたしたちの時間は、盗んできた戦利品を山分けするみたいに夜と昼に区別される〟」

彼女の目にわずかに影が差した。そのあと意志の力が働いたかのように再び明るさを取り戻したが、影は消えないまま瞳の奥にしまわれた。「行きましょう」彼女はそう言って、すばやく向きを変え、再び墓のあいだを歩きだした。「さあ、行きましょう」もう一度言って、手振りでわたしたちを前へ促した。「ガイドはいつも笑顔でいないといけませんね」

マリソルとは毎日一定時間だけの契約だったが、その日は夕方六時以降も追加料金なしでつきあってくれると言うので、レストランに入ってゆっくりと食事をした。そのあとはフロリダ通りをしばらくぶらついた。途中で、二人のストリート・パフォーマーがタンゴを踊っていたので、立ち止まって眺めた。

マリソルは少しすると目をそむけた。わたしは彼女の気分が沈んでいくのを感じ取った。「タンゴは好きじゃないんです」彼女はそう言って、わたしたちを先へ促して歩きだした。「男がさっと前へ出て、女がそれを押しのけてくるりと背を向ける。男はもう一度迫って、女を乱暴に振りまわす。そんなダンスを見ていると、うんざりしてくるんです。少しもロマンティックなんかじゃないわ。英語で言うと、そうですね――

前奏曲のようなものです。そう、あれは暴力への前奏曲なんだわ」

その晩は八時をまわったくらいの時刻にホテルへ戻った。わたしはくたびれていたが、ジュリアンはまだ元気がありあまっていたので、寝る前の一杯をやりに二人でラウンジへ行った。彼が話題にするのはマリソルのことばかりだった。ジュリアンは父親を亡くして以来めったに旅行をしなかったので、異国の女性に興味をそそられたようだった。彼自身はまだ英語しか話せなかったが、彼女は二カ国語に堪能だ。それに、彼女のエキゾチックな顔立ちにも心引かれたのだろう、とわたしは思った。

「彼女は本当に政治活動と無関係なのかな？」彼は訊いた。「悪い選択肢が二つあるだけで、自分たちはそのどちらかを選ぶしかないなんて言っていたが」

「それが本音だろうね」

「いや、貧しい家庭の生まれなら、軍事政権を憎んでいるはずだ」とジュリアン。

「そうかもしれないが、彼女は政治活動に加わるよりも、声をあげずに黙って考えるタイプだと思うよ。弾圧されるのを避けるために」わたしは言った。「ボートに乗って新天地を目指す者たちがいるのはそのせいなんだから」

ジュリアンは少しためらってから言った。「マリソルみたいな人が成功のチャンスを与えられないとしたら、そういう国はどこかとんでもなく間違っている気がするよ、フィリップ」

わたしは笑った。「それはきみが国務長官になったときに正してくれるだろう」と、励ましをこめて言った。

冗談半分でそう言ったのだが、あながち可能性のないことでもないなとそのとき内心で思った。

「無理だよ。ぼくには向いていない」ジュリアンは言った。「完全に政治力学の世界だからね。きみのお父さんもそれはよくご存じのはずだ。そういう経験をたくさんお持ちだから。正しいことをしたいと望んでも、政策自体が悪なんだよ。それでも政策を練らないわけにはいかない」

「じゃあ、これからどうするつもりなんだい?」わたしは聞いた。「なにか仕事をしないと生きていけないだろう?」

「裏舞台の仕事を選ぶだろうね、たぶん」ジュリアンは言った。「秘密の仕事を」

「秘密の仕事だって?」漠然としているが冒険の興奮を感じさせる言いまわしに、わたしはわくわくした。

「暗い路地に入って、秘密の通信箱にメモをこっそり落としてくるとか? まるでスパイだな、ジュリアン」

「確かにそうだね」ジュリアンは言った。「だがフォギーボトムで事務仕事をやらされているよりはましさ」

「事務仕事より危険な目に遭う可能性は大きいぞ」わたしは諭すような気持ちになった。

「危険は承知のうえだよ」望むところだ、とばかりの口調だった。「危険だろうと、ぼくには持って来いの仕事さ」

そう言ってジュリアンは声をあげて笑った。

9

「笑った？」あのときのことを話すと、ロレッタは驚いて訊き返した。

それはわたしがパリへ出発する日のことで、ロレッタがどうしても空港まで送っていくと言うので頼むことにしたのだった。午後遅く、彼女はわたしの自宅に迎えに来てくれた。深緑色のパンツスーツ姿で、疲労の色は跡形もなく、スパにでも行ってきたのかと思うほどさっぱりした様子だった。

「ああ、彼は笑った」わたしは彼女に言った。「だからこっちもジュリアンの言ったことを真に受けなかったんだ」

ロレッタはセントラル・パークを背にして、窓辺の椅子に座っていた。まばゆい光が後ろから射しこんで、彼女の姿は半分シルエットになっていた。「ジュリアンだったら、優秀なスパイになったでしょうね」彼女は言った。「著作を読めば、それはよくわかるわ。情報をまとめて、関連づける能力に秀でていたし、問題の全体像を俯瞰するように広い視野でとらえることにも長けていたもの」

「同感だ」わたしは言った。「ジュリアンはまさにその才能を『オラドゥールの眼』でいかんなく発揮していた。彼の生き生きした詳細な描写に運ばれて、読者はひとっ飛びでフランスからコスメルの石棺へと移動し、その島の住人がいかに小柄か、よって征服者コルテスやピサロの目に南米のインディオたちがいかに小さく映ったかをつくづく思い知らされるんだ」

「ええ、情報の断片をつなぎ合わせる技が抜群にすばらしかったわね」ロレッタは言った。「それに、若い頃のジュリアンだったら、陰に隠れた任務とか秘密の策略とか、そういうものに胸を躍らせるのは当然だと思うわ」

ふと、暗い映画館で座っているかのように、ジュリアンの姿が目の前に映像のごとく浮かんだ。雨の路地裏で、トレンチコートに身を包み、帽子を目深にかぶったジュリアンが、ゴロワーズを吸いながら美しい女性連絡員を待っている姿が。

ちがう、そんなことはあるはずがない、と頭のなかで打ち消した。

ジュリアンが待っていたのは別のものだ。

じゃあ、それはなんだ？

この疑問に導かれるようにして、漠たる不安が胸に押し迫った。すると、わたしは空中高く舞いあがり、ボートの縁に身を乗りだしているジュリアンを見下ろしていた。彼が恐ろしい動作を二度繰り返し、ボートのまわりに真っ赤な血が輪になって広がっていく。水面はどんどん赤く染まって、とうとう池全体が透明性を失ったどぎつい色に変わる。

突然ロレッタの声が聞こえ、わたしは現実に引き戻された。

「渡しておきたいものがあるの」彼女はそう言って、ポケットから一枚の写真を取りだし、わたしに手渡した。「ジュリアンの手帳から出てきたものよ。その手帳は彼が死んだ朝にわたしがあげたもので、あとになって写真がはさんであるのに気づいたの。写真を見て思ったわ。ジュリアンはきっと最初の旅行のことを考えていたんだって」

ブエノスアイレスのオベリスクの前で撮った、ジュリアンとマリソルの記念写真だった。わたしたちがよく待ち合わせに使っていた場所だ。時刻は正午を過ぎた頃で、太陽が真上から射しているため影はほとんどできてない。ジュリアンはマリソルの右側に立って、彼女の腰に腕をまわし、自分のほうへ軽く引き寄せている。

「撮ったのはあなたでしょう、フィリップ？」ロレッタが訊いた。

「そうだ」わたしは答えた。「一緒に過ごす最後の日に撮ったものだ」もう一度じっくり眺めてから、ロレッタの顔に視線を向けた。

「不思議だわ」ロレッタは言った。「ジュリアンはいまのあなたの顔とそっくり同じ表情をしていたのよ」

「どんな表情？」

「おびえているような表情」ロレッタは答えた。「ジュリアンがああいうことになる三日前の晩、二人で一緒に食事をしたときに。ちょうどわたしは仕事で、ソ連時代の諜報活動に関する原稿を読んでいるところだった。そのなかにビーカーというコードネームを持つ、とても頭の切れるスパイが出てくるんだけど、彼は実際には二重スパイで、一方の側のために働いているように見せかけて、こっそりもう一方の側へ情報を流していたの。俳優顔負けの演技力の持ち主でもあったわ。ところが、ある日、別のスパイと一緒にいるとき、自分が裏切り者ではないかと疑われていることに気づくの。相手はこっちの尻尾をつかまえようとしている。なんとか平静を保って、相手の意図を知っていることはおくびにも出さないようにしなくてはならない。これまでは二重スパイであることが露見するのではないかという不安を完璧に隠しおおせた。でもこのときは神経が持ちこたえられず、紙ナプキンの角を無意識に折り曲げてしまった。たったそれだけの些細な動作なのに、その息詰まる瞬間、相手に見られ、それが意味することを気取られしまったとわかった」ロレッタの顔には笑みが浮かんでいたが、楽しそうな表情ではなかった。「似たような話はほかにもあるわよね。たとえば、額に浮かんだ一滴の汗で、仮面の下にびくびくしているスパイの顔が隠れていることを相手に看破される とか」

「まるでコミックだな」わたしは言った。

「わたしもそう思ったわ」ロレッタは答えた。「でもジュリアンにとっては、そう言って済ませられる話じゃなかったのよ。その夕食の席で、彼が浮かべた表情でわかったわ。心がどこかほかの場所をさまよっている感じだった。ひとつだけはっきりしているのは、ジュリアンはビーカーの心理状態がわかったということ。それは一目瞭然だったわ。自分の神経が壊れて悲鳴をあげたことにジュリアンは気づいたんだと思う。一秒か二秒、黙りこんでから、こう言ったわ。『偽りの人生を歩んできた者にとって、真実の代償は計り知れないほど大きい』って」

わたしたちは無言で見つめ合った。そのわずかなあいだに、暗い秘密の糸が二人をより引き寄せ合ったように感じた。

「もうひとつあるわ」ロレッタは言った。「心に引っかかっていることが。それで全部よ、わたしがジュリアンのことであなたに伝えておくべきことは」

彼女は少し言いにくそうにしながら、話し始めた。

「死ぬ前日、ジュリアンは夕食のあとにサンルームへ入っていった。椅子のそばの小さなテーブルに一冊の手帳が置いてあって、彼がそれを手に取って、なにか書きつけているのが見えた。手帳をテーブルの上に戻したあとは、しばらくうたた寝していた。彼を起こしに行ったときに見てみたら、書いてあったのはたった一行だけ。でも奇妙な内容だったから、よく覚えているの」

つかの間、彼女はその奇妙な感じにからめとられたようだった。

「彼が書いた言葉はこうよ。『人生は、結局は、サトゥルヌス（ローマ神話の農耕神。土星の守護神）の罠』」

どういう意味かわからなかった。ロレッタにそう言った。

「わたしもさっぱりわからない」ロレッタは言った。「でもジュリアンにとっては重要な意味があったはずだわ。彼が亡くなったあと、手帳を見つけたんだけど、そのページだけ破り取られていたんだもの。どこを探しても見つからなかったわ。夏だから、暖炉の火で燃やしたということはないし、捨てるか隠すかしそうなところは全部調べてみたのに、とうとう出てこなかったのよ。そうなると、ジュリアンがそれを持っていったと考えられる場所は、たった一ヵ所だけ」

「池だ」わたしは言った。

ロレッタはうなずいた。「破り取った紙切れを隠すことが、ジュリアンのおしまいから二番目の行為だったことになるわ」

「秘匿行為でもあるね」わたしはロレッタの意見につけ加えた。「隠蔽工作だ」頭のなかでカチッと鍵が開いた。「ジュリアンのテーマのひとつでもある」

死の直前にジュリアンの顔に浮かんでいたという、おびえた表情。それと同じものが、いまのわたしとロレッタの顔にも居座っている。

「ジュリアンが、ある伝説について話してくれたことがあるわ。調べていてたまたま見つけたらしいの」とロレッタ。「太平洋諸島の伝説で、『葦の神話』と呼ばれているそうよ。それによると、人間の魂はそれぞれその人の隠された罪に縛られていて、罪のひとつひとつが長い葦のように人に巻きついている。罪がすべてほどけない限り、その人は決して自由にはなれない」ロレッタは言葉が浸透するのを待つように間をおいてから続けた。「ジュリアンは葦でがんじがらめになっていたんじゃないかしら。ときどきそんなふうに考えるの」

「それであああいう死に方をしたと？」わたしは訊いた。

「葦を断ち切ろうとしたかったのよ、きっと」ロレッタは言った。「もちろん、比喩的な意味で」

つけ加えるべき目新しい意見はなにも思いつかなかった。そのあとは別のことを話題にし、時間になると空港に向けて出発した。

その頃には街全体が宵闇に覆われつつあり、ビルの窓にも街路にも明かりがぽつぽつとともり始めていた。それを眺めながら、わたしは自分の旅立ちにふさわしい情景だと思った。

空港へ着くと、車のトランクから荷物を下ろした。

「戻るのは、いつ?」ロレッタが訊いた。

「帰りの便はまだ予約していないんだ」わたしは答えた。

「気分はどう? つらくない?」

「だいじょうぶだ。だが、ジュリアンのもろもろのことで、なんだか途方に暮れているのは事実だな」わたしは本音を伝えた。「事実に正面から向き合うしかないね。比喩だの象徴だのを探すのは、ぼくの柄じゃないから」

ロレッタはほほえんだ。「ジュリアンがよく言ってたわ。なにを探しているのかわからないときのほうが、いろいろなことを発見できるって」

亡き友への敬愛の念が、胸の奥から波のように押し寄せた。彼のふぞろいだが濃厚な作品が、いかに含蓄に富んでいたかを思い出した。ハリーは分類しづらいと言って、しょっちゅう不平をこぼしていたが。ジュリアンは犯罪について書きたいのか? それとも史実について書きたいのか? 〝一般小説〟と〝犯罪実録〟、どっちのジャンルなのかわからないよ、という具合に。しかし、わたしはこう思う。ジュリアンの作品はあらゆる要素が積み重なった金塊の山なのだ。歴史、科学、哲学、さらには莫大な量の引用がぎっしり詰まっている。そういう本だから、書店員がどの分類の棚に入れればいいのか悩むのは当然だろう。ある書店では、考えあぐねた結果、あきらめたように〝旅行〟の棚に突っこまれていたし、なんと、〝吸血鬼〟の棚で見たこともある。

「ああ、ジュリアンは実際にいろいろなことを発見したよ」わたしは言った。

「あなたもきっとそうなるわ、フィリップ」ロレッタはわたしを励ましてくれた。

ふと、彼女が長い年月に読書や家族のつらい体験を通して蓄えてきた、おびただしい量の知識と経験のことを思った。そこから彼女が得た寛大さ、おおらかさを、わたしにも分けてもらえたら、と願わずにはいられなかった。

「ぼくもそう願っているよ」と彼女に言った。「とてつもなく重要なものが、それにかかっているような気がするんだ」

「重要なもの？」

「ぼくたち自身だよ」わたしはさりげなく答えた。理由を言葉で表わすことはできないが、それが真実だと確信していた。

ロレッタは近づいてきて、わたしの頬にキスをした。

「ジュリアンは最高の友人に恵まれたわね」彼女は言った。

10

たぶんジュリアンは、ルネ・ブロサードとのあいだにも良好な友情を結んでいたんだと思う。

彼らが出会ったのはアフリカだった。ポール・ヴーレの非道な行為について調べていたジュリアンは、事実関係を追って、凶行がおこなわれた辺境の地へと足を踏み入れることになったのだった。ジュリアンによれば、ブロサードという男は昔の犯罪が放つ執拗なオーラのようなものをまとわりつかせているのだそうだ。どういう犯罪かというと、真相も性質もまったく明らかにされていないのだが、暴力をふるった側とふるわれた側の形跡はたしかに残っていて、ブロサードにはそうした犯罪にからんだ被害者や加害者の命の気配が感じられるということだった。

わたしはこのルネ・ブロサードと、ジュリアンも一緒にいる場で二、三度顔を合わせたことがあるのだが、彼はいつも目立たない存在でいることに徹していた。それがフランス人流のやり方だからなのか、それとも知らない相手と打ち解けるまでに時間のかかる性格だからなのかはいまだにわからない。もちろん、腹に一物あって、それが態度に表われていたということも充分考えられる。というのも、ブロサードには秘密のベールに覆われているような印象があったからだ。

ずいぶん顔を合わせない間に、彼はだいぶ老けこんでいた。以前はところどころ灰色がまじっている程度だった髪はいまでは真っ白だった。目尻のしわも増え、細面の顔全体にくっきりと深いしわが刻まれていた。おまけにシャルル・ド・ゴール空港の薄暗い照明のせいで、青白い顔は陰気な灰色を帯びていた。

「ジュリアンのことは本当に悲しい知らせだった」ルネ・ブロサードは握手の手を差しだして言った。「ショックだったよ」

「ああ」ルネはうなずいた。

挨拶の言葉を二言三言、交わしてから、ルネは車へわたしを案内し、パリに向けて出発した。わたしはオペラ座からさほど遠くない場所に小さなホテルを予約してあった。

まだ朝早い時刻だったが、機内でたっぷり睡眠を取ったので、すぐにルネと別れてベッドにもぐりみたいという気分ではなかった。そこで、そのへんでコーヒーでも飲まないかと彼を誘い、わたしの滞在中の予定について彼の意見もまじえて打ち合わせをすることになった。

「残念ながら、ジュリアンのアパルトマンに入ってもらえるのはもう少しあとになりそうだ」ルネは話を切りだした。「前もって伝えなかったのは申しわけない。なにしろ今朝になって初めて知ったもんだから」

「なにか問題でも？」わたしは訊いた。

「建物の所有者が二、三日パリを離れてるんだ。戻ってくるまで鍵を受け取れなくてね」ルネはそう言って肩をすくめた。「おれはいつもジュリアン宛の郵便物を受け取りに行くだけだったから、室内に入る鍵は預かったことがない」にやりと笑って続ける。「たぶんジュリアンは部屋の整理整頓はあまり得意じゃなかったろうね」ルネはジャケットのポケットから煙草を取りだすと、箱をとんとん叩いて一本抜き取り、火をつけた。「だが文章は得意だった。すばらしい作家だったよ」最後に会ったときのジュリアンを思い浮かべているような表情になった。「つねに執筆に勤しんでいたよ、タッタッタッタッとキーボードの音を響かせて、昼も夜も休まずに」

「とはいえ、二十四時間ぶっ通しで書き続けるのはさすがに無理だろう」わたしは言った。「たまには息抜きに出かけたんじゃないか？」

「ああ、たまにはね」ルネは言った。「たいていはこの近くのこぢんまりしたバーだった。ピガール広場にある〈シャポー・ノワール〉という店だ」

「思い出した。ジュリアンの手紙にその店のことが書いてあったよ」わたしは言った。「けっこう入り浸っていたようだが」

「あそこは安いワインを置いてるんだ。ジュリアンはいつも金がなくてぴいぴいしてたからな」ルネは言った。「おれは願い下げだね、あんな店は。難民や移民でいっぱいなんだ。アフリカ人やらアラブ人やら、悪さをして逃げてきた連中もうじゃうじゃしていた」

「どういう悪さだい？」わたしは訊いた。

「人殺しだよ」ルネ・ブロサードは答えた。「あの手の店はアルジェリアにも掃いて捨てるほどあるがね。犯罪者は鶏と同じで、一カ所に固まって群れになる。〈シャポー・ノワール〉にいるのも、誰かをあの世へ送ってきた悪党ばかりなんだ」

「もちろんジュリアンを除いて、だろう？」わたしは言った。

「そう、ジュリアンを除いて」ルネはうなずいた。

「それにしても、彼はなぜよりによってそんな店に出入りしていたんだろう？」わたしは訊いた。

「アパルトマンに近いからね。たまたま目について、ふらりと入ったんじゃないかな」ルネは肩をすくめた。「かわいそうな男だったよ、ジュリアンは。ああいう人たちはだいたいそうだ。おれは早くからそれに気づいてた。彼は闇に引き寄せられちまったんだ。オラドゥールでわかったよ」

「オラドゥール」そうつぶやいたとたん、ある考えがひらめいた。「当分ジュリアンのアパルトマンに入れないなら、そこへ連れて行ってもらえないか？」

「ただの崩壊した村だよ」ルネは言った。「まあ、かまわないがね。いつがいい？」

「明日の朝は？」

「それはまた急だね。一日くらいゆっくり休んだほうがいいんじゃないか？　時差ボケもあるだろうし」

「いや、だいじょうぶだ」わたしは答えた。「今夜一晩寝れば、もとどおりだよ」

「わかった。じゃあ、明日、オラドゥールへ行くとしよう」ルネはそう答え、煙草をもう一服してから火をもみ消した。「オラドゥールの件で思い出したが、ジュリアンはドイツ人にはあんまり興味がなかったみたいだが、マルグレ＝ヌは例外だったな」

ルネはわたしがフランス語をさっぱり理解できないことに気づいたようだった。

「マルグレ＝ヌは、〝自らの意志に反して〟という意味の言葉で、第二次世界大戦中にナチス・ドイツに徴兵されたアルザスやモーゼルの出身者を指すんだ。何人かはオラドゥールへも送りこまれた。ああいうことをさせるために集められたようなもんだ。まさに〝自らの意志に反して〟だよ」

わたしははっとした。まさにこれが、ジュリアンが継続して追っていたテーマのひとつだと突然思い当たったからだ。ある偶発的な出来事がいきなり目の前に立ちふさがったのを機に、それまで隠されていた性質が前触れもなくあらわになり、その結果、それを経験した者は永久に暗い驚きにさいなまれ続ける。これこそがジュリアンの掘り下げようとしていた事柄にほかならない。

「ジュリアンは何人かのマルグレ＝ヌに話を聞いた」ルネが続ける。「よぼよぼのじいさんたちだったから、もうこの世にはいない」ルネはずる賢そうににやりと笑った。「どっかの本に書いてありそうな話だろう？　スリラー小説とかに。主人公は目撃者を捜すが、見つけたときには目撃者はすでに死んでるってあんばいだよ」

「三流小説なら、あるかもしれないね」わたしは言った。「ところで、ジュリアンが足繁く通っていたバーのことだが、そこでよく顔を合わせていた相手が誰かいなかったかな？」

ルネはちょっと考えてから答えた。「神父がいたよ。二人でスペイン語で話していた。その神父、アルゼンチン出身だとかで、ジュリアンはその国へ行ったことがあると言ってた。ひどい時代だったときに」

「『汚い戦争』の時代だ。そう、確かに行った」

わたしの言葉にルネはうなずいた。「そういえば、いつかの晩、ジュリアンがアルゼンチンで会った女の話をしてたよ。彼女のことをすごく気にしてるふうだった。感情をおもてに出すことなんかめったになかったのに、そのときばかりはひどく苦しげな顔をしてたからな。心に傷が残ってる感じだった」

「彼女はマリソルという名前なんだ」とルネに教えた。「ジュリアンとわたしがブエノスアイレスに滞在していたときに、彼女は行方不明になってしまった」

ルネは肩をすくめた。「その時代は大勢の女が行方不明になったんだろう？」

「ああ、そうだが、それは軍事政権に拉致された女たちだ」わたしは言った。「マリソルはそういう人たちとはちがうんだ。政治活動にはこれっぽっちも関わっていなかった」

単純過ぎる言葉に聞こえたのだろう、ルネは声をあげて笑った。「これっぽっちも？　どうしてわかるんだ？」

素朴な質問だったが、不意をつかれた。そう言われてみれば、わたしはマリソルが政治活動と本当に無関係だったのかどうか、はっきり知っているわけではない。断言できるだけの根拠はどこにもないというのが事実だ。

それを認めたことで、わたしがこれまでマリソルに対して築いてきた信頼の壁に小さな亀裂が生じたような気がした。実際のところ、マリソルがアルゼンチンの現状を話題にしたのはたった一度きりだ。それも、〝アルゼンチンは失われた国だ〟という一般論めいた意見を口にしたに過ぎない。

しかし、彼女が母国を〝失われた国〟と考えていた理由はなんだったのだろう？　いまになって疑問が湧いてきた。

マリソルは一度もそれを話したことがなかった。ともかく、これだけははっきり言える。ジュリアンがアルゼンチンの政情について意見を述べるたび、マリソルはていねいに耳を傾けていたが、どことなく冷ややかな、しかたなく調子を合わせているような態度だった。恵まれた生活を送っているアメリカ人の存在やその世界観に警戒心を抱いていたふしがある。

そういう彼女の不信感がむきだしになった瞬間があった。ある日の午後、三人でフロリダ通りをあてもなく歩いていたときのことだ。ジュリアンは将来行ってみたいと思っている辺境の地を列挙していったのだが、そのうちのひとつがコルカタだった。

「〝コルカタの土牢《ブラック・ホール》〟をどうしても見てみたいんだ」ジュリアンは言った。「コルカタと聞くと、〝希望なき不毛の地〟という言葉が思い浮かぶ。まさに暗黒の穴、奈落の底だよ」

彼の話をマリソルはいつものとおり注意深く真剣な面持ちで聞いていた。通訳者がまだ完全には習熟していない母国語以外の言語から新しい慣用句やニュアンスを学び取ろうとするように、相手の話を理解するだけでなく、行間に隠れた真意までくみとろうという態度だった。

「あそこでは実際に大事件が起きているんだ」ジュリアンは話を続けた。「大量殺人がね」

ジュリアンはさらに、正確な日付や場所の情報をまじえながら事件の特異性を事細かに語った。インド軍によって大勢のイギリス人捕虜が換気口のない牢獄に押しこまれ、一晩中放置されたあげく窒息死や圧死を遂げたのだと。

「その事件を知って、イギリスはどんな対応をしたんですか?」とマリソルは訊いた。

「インド人は残忍だと結論を下した」ジュリアンは答えた。「そして、インド征服に向けて方針を固め直したんだ。つまり、今後はいっさい――」

「手加減はしない、と?」マリソルは小さな声で言った。

彼女が誰かの話に途中で口をはさむのを耳にしたのは初めてだった。彼女らしくないことだった。しかも、そのときの口調はまぎれもなく辛辣さを含んでいた。もちろん、かすかに感じ取れる程度だったので、当時の若者が共通して抱いていた反植民地主義の感情を投影しただけなのか、それともそれ以上のなにかがあったのかは判断がつかなかった。要するに、いまルネと話している意味でマリソルが政治的だったかどうか、言い換えれば、「汚い戦争」の標的になりうる政治思想の持ち主だったかどうか、わたしには否定も肯定もできないということだ。

マリソルとジュリアンのそのちょっとしたやりとりを話して聞かせると、ルネはしばらく押し黙ってから言った。「まあ、とにかく、あなた方の身にはなにも起こらなかった。あなたとジュリアンのことだ。ジュリアンもこのことはよくわかってたはずだが、不穏な事件がしょっちゅう起きていた国で、二人とも無事で済んだ」

「ああ、そうだね、ジュリアンもわたしも無事だった」わたしはそう答えながら、アルゼンチンで行方不明になった多数の人々のことを考えた。連日、行方不明者の母親たちが五月広場に集結し、抗議デモをおこなっていた。だが、そうした数々の騒乱を思い返してもなお、目立った形で政治的な意見を表明することもなければ、政治活動に参加することもなかった寡黙なマリソルが、「汚い戦争」の弾圧による犠牲者の一人になったとはどうしても思えない。ああいう危険とは別のところで、ジュリアンやわたしと変わらず、安全に過ごしているような気がする。彼女がどこかのじめじめした独房で最期を迎えたという最悪のシナリオを一度も思い描かなかったのは、それが理由だ。殴られ、痛めつけられ、自らの汚物にまみれて倒れ、朦朧とした意識のなかで拷問者が近づく恐ろしい足音を聞いている。彼女がそんな目に遭っている場面など、これまで想像したこともなかった。

「さっきからずっと黙りこんでるね」ルネが言った。

彼の声で、頭のなかの地獄絵よりはだいぶ危険の少ない世界へ引き戻された。

「そうだったかな？」わたしは言った。「気がつかなかったよ」

ルネは残りのコーヒーを飲み干した。「じゃ、明日はオラドゥールだ」

翌朝、わたしたちはパリを発った。雨の降る温かい日で、街路は灰色の霧に覆われていたが、霧は次第に薄れていき、一時間もすると明るい太陽が顔を出した。オラドゥールへ向かう道路はパリを南下し、フランスがドイツ占領下にあった時代のヴィシー政権が拠点をおいた場所――ドイツに支配されていた、あるいは支配されているふりをしていたとフランス国民が認めている地域――へと続いている。ドイツの言いなりだったピエール・ラヴァル首相が、非フランス系ユダヤ人たちを死に追いやった悪名高い国外追放命令を出したのも、この場所だ。戦後、ラヴァルは反ユダヤをはじめとする対独協力政策を主導した罪で起訴され、銃殺刑に処せられた。

こうしたことは、オラドゥールの本を執筆中だったジュリアンからの手紙に書かれていたのだが、彼はラヴァルの死を時系列に沿って詳しく記述するなかで、死刑執行の日の戦犯に意外にも同情のまなざしを注いでいた。ラヴァルは服毒自殺を図るものの、青酸カリ入りの瓶をよく振らなかったせいで未遂に終わったこと、十二時間に及ぶ処置のあとに刑場へ引かれていく際、愛国者の名誉を手放すまいと三色旗のスカーフを巻いていたこと、銃声が鳴り響く寸前に「フランス万歳！」と叫んで、最後に愛国精神を高らかに宣言したことなどが記されていた。

このような視野の広さと細部の描写を継ぎ目なく合体させた書き方は、それ以降のジュリアンの著作すべてに共通する特色だった。オラドゥールが近づいた頃、わたしはそんなことを考えて、ジュリアンの作家としての才能にあらためて感服したのだが、前日にルネからジュリアンの暮らしぶりを聞いたせいで、尊敬の念がいっそう強まったことも確かだった。フランスでのジュリアンは孤独な生活を送っていた。ピガール広場のみすぼらしいバーの常連になり、外国からやって来たうらぶれた連中と交わっていたのである。

午後早く、オラドゥールに到着した。徒歩で村をめぐりながら、日が傾くにつれて深まる土地の雰囲気を徐々に感じ取っていこうと心積もりしていた。ひととおり見終わる頃には、ちょうどジュリアンがこの村をあとにした時間になっているだろう。あの本の最終章に書いてあったように、膨大な時間をかけたインタビューを終え、ひっそりとした村の通りを歩きまわり、調査をすべて完了してここを去ったときのジュリアンと、少しでも体験を共有したかった。

車は村のはずれにあるビジターセンターのそばに駐めた。そのあと数時間、ジュリアンの本を手に、廃墟と化した通りをゆっくりした足取りで進んだ。ルネはやや退屈そうに横を歩いていた。ほかのまばらな観光客にまじって、崩れた建物のあいだを縫い、教会の黒こげの聖堂でしばしたたずんだ。火を放たれた聖堂では大勢の村人が生きたまま焼け死に、外へ逃げだした者は銃で撃たれた。ピネード家の三人の子供たちが隠れていたアヴリル・ホテルの前でも足を止めた。村が燃え、煙と炎がホテルを包囲する。三人はとうとう外へ逃げだし、地上に上がる階段の途中でナチス親衛隊の兵士と鉢合わせするが、なぜか見逃され、無事に逃げおおせたのだった。それを思い出しながら、わたしはホテルの裏口にまわって、その階段を見た。

見学のしめくくりに、村人数名の遺体が投げこまれたという井戸に立ち寄った。ジュリアンもまちがいなくこの場所に立ったはずだ。あたりを一望できるこの場所から廃墟と化した村を見渡したとき、彼の胸にどんな思いが去来しただろう。わたしは想像をめぐらしてみた。

一九四四年六月一〇日、このオラドゥールは数時間にわたって地獄絵さながらの様相を呈した。きっとジュリアンはそのときの惨状を細部にわたって思い描いたにちがいない。なぜなら、村を襲った壮絶な恐怖が、彼の著書を通してありありと伝わってくるからだ。彼は村の悲劇を六四二名の犠牲者の視点からとらえようとしたが、本のおしまいの部分で描かれるのは、彼自身の目から見た、悲しみに打ちひしがれたまま永遠の眠りについている村の情景である。最後に出てくる場面は井戸の脇の広場だったので、わたしは同じ場所に立ってジュリアンの本を開き、その箇所を穏やかだがはっきりとした声で朗読した。

広場は薄暮に包まれようとしていた。午後にドゥスールトー医師が運転してきた車は、彼が駐めた場所にそのまま残されている。ただし、変わり果てた姿で。時の流れが塗料を剝がし、金属部分を錆びつかせてしまったのだ。無理もないだろう、すでに廃墟のようだった建物でさえ歳月とともにさらに朽ちて、完全な廃墟と化しているのだから。殺戮の現場はどこも荒廃している。ローディー家、ミロード家、そしてブショール家の納屋、ボーリューの鍛冶場、ドゥスールトーの自動車修理工場。サン・ジュニアン村に続く街道沿いの小さな酒屋、女性や子供が大勢集まっていた教会。教会の鐘楼は破壊されてぼろぼろでも、あのときと変わらず街道を見下ろしている。だが女性や子供は亡骸となって、恐怖の染みついた土地から遠く離れたリモージュの村へと運ばれただろう。こうした名もなき場所の表札はもう色が剝げ落ちているから、すぐに塗り替えなければ。石壁に表札を固定していたボルトも錆びついているから、すぐに取り替えなければ。オラドゥールの建造物を、村の通りを、あの日の惨事をことごとくよみがえらせ、廃墟をもとの姿に戻してやることは、終着点へと続く道である。そうして最後の幕を下ろしたときに初めて、悪夢の数時間を生き残った者たちは本当の意味で生き返り、受難の地となる前のオラドゥールを見てきた者たちはようやく安らかな眠りにつくだろう。

胸を打つ余韻をつかの間味わったあとにわたしは本

を閉じ、ルネを見た。

「そんじゃ」彼は言った。「そろそろ行くとするか」

ほんの数分で、ルネが予約しておいたホテルに到着した。隣村にあるこぢんまりした静かな宿で、ホテル内にあるレストランもとても感じがよかった。もっとも、ルネが生粋のフランス語で、自分のポムリット（揚げたじゃがいも）にはケチャップをかけてくれ、と頼んだときはウェイトレスもさすがに驚いていたが。

「アメリカ人だったら、人目を気にしてフランスでは絶対にそんなことはできないよ」わたしは彼に言った。

ルネは笑った。「そうだろうね。だがおれはフランス人だから、やりたいようにやれる」

ルネは食欲旺盛で、空腹はいつもとことん満たすことにしているのか、見事な食べっぷりだった。質素倹約の生活を送っていたジュリアンとは正反対だな、とわたしは思った。

「楽しそうにしているジュリアンを見たことはあるかい？」わたしは訊いた。「たとえば、元気に笑いころげているような姿を？」

「彼は暗いことしか考えてなかったよ」ルネは答えた。「生まれつきそういう性格だったんだろう」

「いや、ちがうよ」わたしは否定した。「若い頃は陽気で自信に満ちあふれていた。いつも冗談ばかり言って、人をおちゃらかし《horse around》ていたんだ」

「おちゃらかす？」

「ふざけてからかうことだよ」

「変わった表現だな。馬なんて言葉を使うのか」

「そうだ」

ルネはメモ帳を取りだして、書き留めた。「まあ、しかし、おれの知ってるジュリアンは、あなたが言うような〝人をおちゃらかす〟性格じゃなかったよ」ポケットにメモ帳をしまいながら彼は言った。「そんなことをするのは〈シャポー・ノワール〉へ行ったときくらいじゃないかな」ルネは左右の大きな手でグラスを包みこみ、前後に揺らしながら続けた。「映画から抜けでてきたような場所だよ、あのバーは」

「どんなふうなんだい？」わたしは訊いた。

グラスの動きが止まり、ルネはいつもの機敏なまなざしに戻った。「行ってみりゃわかるよ」彼は言った。

11

しかし、わざわざ行ってみる必要があるだろうか？ジュリアンの著作には〈シャポー・ノワール〉のことは一度も出てこない。手紙のなかにちらほら登場していた程度だ。それも、どちらかというとおおざっぱな描写で。だが、いかにもピガール地区界隈にありそうな、場末の安っぽいバーだろうということは推測できた。わたしが想像したのは、打ちっ放しのコンクリートの床に、ふぞろいなテーブルと椅子がごたまぜに詰めこまれた店だ。ジュリアンの表現を借りると、常連客は外国から来た移住者の雑多な寄せ集め。ジュリアンは店全体の雰囲気についても何度か記していたが、わたしの記憶に残っているのはひとつだけで、こういう文章だった。〝男たちが愛について語るときもあれば、殺人について語るときもある、そんな店なんだ〟。気の利いた言いまわしではないか。覚えていたのはきっとそれが理由だろう。

ともあれ、ジュリアンが〈シャポー・ノワール〉にちょくちょく通っていたのはまちがいない。おそらくそのせいだと思うが、よれよれのトレンチコートを着た独りぼっちのジュリアンが自然と頭に浮かぶ。通りが雨に濡れて光り、ピガール広場の有名な風車の明かりが霧の向こうにぼんやりと見える夜の街を、とぼとぼと歩いているジュリアンが。

もちろん、これはわたしの空想が作りあげた肖像だ。しかしそれでも、架空の場面を思い描くことで好奇心はますますつのり、とりわけジュリアンが〈シャポー・ノワール〉を描写するのにあのような不吉な表現を用いたわけを知りたくてたまらなくなった。愛と殺人が紫煙とまざって渦を巻き、からみつき、もつれ合った酒場とは、いったいどんなところだろう？

「ジュリアンが読んでたスパイ小説に出てきそうな店だよ」翌日、朝食の席でわたしが〈シャポー・ノワール〉の話題を持ちだすと、ルネはそう言った。「冷戦時代からあるんだからね。映画のなかのウィーンにちょっと似ているんじゃないかな」そのあとにルネは『第三の男』のテーマ曲を軽く口ずさんだ。「そういえば、いまのあなたの役割は、あの映画に出てくるアメリカ人みたいじゃないか？」短く笑って言い添えた。「死んだ友達を捜してるんだから」

わたしは自分を映画の登場人物になぞらえてみたことは一度もなかった。ましてやグレアム・グリーンが脚本を書いたフィルム・ノワールとの共通点など考えもしなかった。だが言われてみれば、『第三の男』の主人公マーティンズと心情面で多少重なっている気もする。言うまでもなく、わたしは彼とちがって売れない三文小説家ではないし、墓地で謎めいた美女と出会う可能性もありそうにない。ただし、比較的平穏な人生を送り、常識的な範囲の冒険しか体験したことがなく、株式市場以外では危険を冒さずにきたマーティンズが、謎を秘めたハリー・ライムの調査にどんどんのめりこんでいくときの心境は、いまのわたしが抱えているものと似ていなくもない。

それに、たとえハリー・ライムのことがなにもわからずに終わっても、彼に対する友情や尊敬の念はびくともしないと確信するマーティンズに、なんとなく共感を覚えたのも事実だ。映画のなかで、そのことをハリー・ライムの元恋人アンナ・シュミットがマーティンズ本人に突きつける有名な台詞がある。「あなたがなにか見つけだしたからといって、その人が変わるわけじゃないわ」。これはジュリアンの足跡を追うわたしにもきっとあてはまるのだろう。わたしは善良な人間というのは金鉱と同じで、深く掘れば掘るほど広がって、核の部分は目がくらむほどまばゆく光り輝いているると信じていたのだから。

オラドゥールを歩いてじっくり見学したことで、親友はやはり根っからの善人だったのだと確信を深めた。ジュリアンが無実の犠牲者たちを著作の中心に据え、彼らの声を丹念にくみとる一方、悪逆無道な振る舞いに及んだ者の声はいっさい遮断しようと、芸術家らしい独自の感性に基づいて決断したのは、善人だからこそなのだ。彼のそうした手法で、村人は一人一人がくっきりと浮き彫りになり、逆にドイツ人兵士たちは消えたも同然になる。

消えた――。

その言葉がわたしの脳裏でマリソルとつながった。彼女が消えたことはジュリアンの心をかき乱し、彼女を見つけだせなかったことはジュリアンの人生に汚点を残した。そして明るい希望とともに始まったアルゼンチン旅行は予期せぬ方向へ転がって、暗い結末を迎えたのだった。

アルゼンチン旅行が最初は明るい希望に満ちていたのは本当だ。わたしたち三人はいつも一緒にいて、映画『突然炎のごとく』に出てくる若者、ジュールとジムとカトリーヌみたいだった。愛の三角関係ではなかったが。

そう、ジュリアンはマリソルと熱烈な恋愛関係にあったわけではない。にもかかわらず、彼女が行方不明になると、まるでいなくなった恋人を捜すように必死で手がかりを追った。はるばるチャコまで足を運び、彼女の育ての親である神父とも会った。

わたしもマリソルがいた頃に神父と会ったことがある。歳は六十代半ばと聞いていたが、それよりもずっと老いて見えた。髪は灰色で、顔のしわは深く、貧しい信者たちのために骨身を惜しまず尽くしてきた苦労が外見に表われている、というのが初対面の印象だった。

「叔母がわたしを預けにいったとき、彼はもうおじいちゃんだったわ」ある日の午後、神父に会いに行く道すがら、マリソルは言った。「それでも見ず知らずの女の子を引き取ってくれたんです」

そのときのマリソルは普段の都会的な感じとはちがう服装で、髪に飾った小さな白い花が、俗っぽいブエノスアイレスではまず見かけない素朴な趣を添えていた。それは育ての親への感謝の表われであり、彼女の心は――全部ではなくとも――いまも神父とともにチャコにあることを示すしるしでもあったのだとわたしは思う。

老司祭は公園のベンチに一人きりで腰を下ろしていた。わたしたちが近づいていっても、彼はまっすぐ前を向いたまま首にかけた木製のロザリオをいじっていた。

「あそこにいらっしゃるのがロドリーゴ神父です。わたしがブエノスアイレスへ出られたのは、あの人のおかげなんです」そう言いながら、マリソルはわたしよりもジュリアンのほうを意味ありげに見つめているような気がした。「まさにチャコの聖人です」

数メートルの距離まで近づくと、ロドリーゴ神父は髪の色や肌の印象よりもずっと歳を取っているように見えた。信仰心の厚さの分だけ歳を重ねたとでもいおうか、苦しい試練に直面してきた証なのかもしれない。

わたしたちがすぐ目の前まで来て初めて、神父はマリソルに気づいてよろよろと立ちあがった。

「おお、わが愛しき娘よ」彼はそう言って腕のなかにマリソルを引き寄せた。

マリソルは神父の両頬にキスをしてから、振り向いてわたしたちを紹介した。

神父はまずジュリアンと握手を交わし、そのあとわたしのほうを向いた。

「お父上の評判はかねがね耳にしているよ」神父が差しだした手を、わたしは握った。「立派なアメリカ人だそうだね。われわれの友人、エルマーノ・エン・ラ・ルチャ」

「スペイン語はよくわからないのですが」わたしは正直に言った。

「闘いのなかにいる兄弟、という意味よ」マリソルが教えてくれた。

闘いのなかにいる兄弟？

ロドリーゴ神父がなんの話をしているのか、見当もつかなかった。

「お父上は国民のために心を砕いておられる」ロドリーゴ神父は言った。「そのように聞いているよ。きみの国の首都にいるわたしの友人たちのあいだでも、お父上は有名でね。お気の毒に、ご自身の国ではあまり味方がいらっしゃらないようだが」

話しているあいだ、わたしの手を握ったまま優しく振り動かしていた神父は、ここでようやく手を離して訊いた。「ところで、娘のマリソルとはどうやって知り合ったのかな？」

その質問はわたしに向けられたものだったが、答えたのはジュリアンだった。

「アメリカ領事館を通してです」とジュリアンは言った。

ロドリーゴ神父は不機嫌そうな表情になってジュリアンに顔を向けた。「領事館の者たちはこの国の悪いやつらと手を結んでおる」険しい口調で言ってから、今度はマリソルを見た。「いいか、おまえ、言動にはくれぐれも気をつけるのだぞ。連中はスパイだからな」

スパイ。ジュリアンはその言葉に注意を引かれたようだった。

「本当ですか?」とジュリアンが訊く。「誰が雇っているスパイなんですか?」

「大統領府のカサ・ロサーダ、つまり軍事政権だよ」ロドリーゴは答えた。「スパイが危険分子を見つけて告げ口をする。そうして目をつけられた者たちは、次々と行方がわからなくなるのだ」彼はマリソルの顔を見つめ、節くれだった人差し指を唇にあてがった。「注意するのだぞ」それから近くのベンチを目で示した。「さあ、向こうでゆっくり話そう」

全員が腰を下ろすと、ロドリーゴ神父はあたりをさっと見渡して言った。「それにしてもサン・マルティンは美しいな。子供のとき以来だよ、ここに来たのは」

神父と落ち合ったサン・マルティン広場はブエノスアイレスの中心部にある心地よい公園で、マリソルがジュリアンとわたしと会うための待ち合わせ場所に指定したこともあった。レティロ駅にも近い。マリソルによれば、神父はその日の夕方にブエノスアイレスを発って自宅へ戻らねばならないそうだ。わたしはあまり気乗りがしなくて、ジュリアンに無理やり引っ張られてきたようなものだった。どうやら彼は、ロドリーゴ神父にぜひ会っておきたいとマリソルに伝えていたようだ。

くつろいだ様子の神父はだいぶ老いて見えるだけなく、身だしなみもおろそかになっている感じを受けた。足首まである長い法衣《カソック》を着ていたが、白いカラーは少しほつれ、襟にはところどころ小さなかぎ裂きができていた。身の回りの世話を手伝ってくれる人がいないのだろう。わたしが少年の頃に属していた教区では、司祭たちをいつも下着にまで折り目がついているほどきちんとした身なりにさせておくため、せっせと世話を焼く口やかましいご婦人方がいたが、チャコにはそういう人材が不足しているようだった。

南米では革命的な思想に賛同する聖職者はいわゆる〝時の権力者〟によって罰せられている、と父から聞いていたが、ロドリーゴ神父の場合は窮乏生活を余儀なくされたことで、聖人のオーラを身につけたように感じられ、聖職者の本来あるべき姿を見せてくれている気がした。豪華な祭服や宝石で飾り立てているわけではない、壮麗な大聖堂に住んでいるわけでもない、くたびれた粗末な平服を着ている田舎司祭こそが、聖職者の鑑ではないかとさえ思った。

「さて」ロドリーゴ神父は最初にジュリアンをちらりと見て、そのあとわたしに視線を戻して話を切りだした。「きみたちはマリソルが生まれ育った土地について、本人から話を聞いておるかな?」

多少は聞いていたが、ジュリアンもわたしもロドリーゴ神父の話にしばらく黙って耳を傾けた。チャコの住人が貧困にあえぎながら一生を送るしかない現状を、満足に教育を受けられず、将来に望みを持てない若者たちの実態を、神父はていねいに語った。彼はマリソルにだけはそういう運命から逃れてほしいと願った。また、彼女にはチャンスをものにして道を切り開いていくだけの知性と志が宿っていると信じていた。

「マリソルは立派に期待に応えてくれたよ」ロドリーゴ神父は誇らしげに言って、娘を抱き寄せた。「いまの彼女はチャコにいた頃の少女とは全然ちがう」

マリソルは自分の髪から小さな白い花を抜き取って、神父に差しだした。「わたしはいつまでもチャコの少女よ」と彼女は言った。

サン・マルティン広場にはすでに夜の帳が下り始めていた。ロドリーゴ神父は難儀そうにベンチから立ちあがった。

「そろそろ行かねばならん」彼は言った。「もうじきバスの時刻だ」

マリソルは老人の腕に手を添えて支えた。「駅までお見送りするわ」

「ぼくもなにか手助けを」ジュリアンが速やかに申しでた。

「いいのよ」マリソルはやんわりと断った。「これはわたしの役目だから」

その場面でわたしが感じたのは、善良なる魂の確かな存在だった。愛と義務、犠牲、つぐない。それらすべてが結合したものを英語で表わすのは不可能だが、強いていえば、〝恩寵〟だろうか。

「いや、ぼくも行くよ。行きたいんだ」ジュリアンはきっぱりと言った。マリソルと同じ役目を分かち合いたいという思いにあふれているように見えた。

マリソルはジュリアンの協力を受け入れるべきかどうか迷うと同時に、彼の強引さにとまどっている表情だった。

「この若者たちにも一緒に来てもらおうじゃないか」ロドリーゴ神父はマリソルに言って、陽に焼けた手を彼女のなめらかな腕に置いた。「互いに理解し合うための道筋は無数にあり、われわれはそれを学ばなければならない」

老神父の双眸は嘘偽りのない誠意をたたえていた。もしそれがなかったら、いまの言葉は映画の脚本のなかのわざとらしい説教にしか聞こえなかったろう。失笑を買わずにそんなことを口にできるのは、バリー・

フィッツジェラルドが『我が道を往く』で演じた老神父くらいしかいない。映画の台詞として聞けば、陳腐でもったいぶっていて、実にごもっともな教訓だが、〝キリスト者の完全〟を目指す老人が言うと、本心からの誠実な意見に受け取れる。

老神父はほほえんだ。「では行くとしよう」ジュリアンとわたしに軽くうなずいた。きみたちも一緒にどうぞという合図だ。

駅までの道のりはたいしたことはなかったが、コンクリートの長い急な階段を下りていくのはけっこう骨が折れた。途中で速度が鈍り、立ち止まって休まなければならなかった。ロドリーゴ神父は足もとがおぼつかなかったので、マリソルとジュリアンがしょっちゅう腕を取って両側から支えてやらなければならなかった。

レティロ駅は人でごった返し、立錐の余地もないほどの混雑ぶりだった。なにしろジャングルに切り開かれた一世紀前の入植地ではなく、一九八〇年代のブエノスアイレスなので、積みあげたダンボール箱を紐で結わえて運んでいる者もいた。だが大半の人々は使いこまれた普通のスーツケースや旅行かばんを手に歩いていて、アメリカ国内のバス発着所とさして変わらない光景だった。

チャコ行きのバス乗り場にほかとちがう点があるとすれば、チャコほど遠くない、そしてチャコほどさびれてはいない沿岸地域へ向かうバスよりも、乗客が貧しく無気力で、あきらめきった表情をしていたことだろう。ロドリーゴ神父の説明によれば、彼らは大豆や、さとうきびや、とうもろこしの農場で雇われている賃金労働者だということだった。

数分待ったところで、バスが来た。

ロドリーゴ神父は立ちあがった。「きみたちに神の恵みがあらんことを」そう言ったあと、彼はマリソルのほうを向いて、黒い木の玉をつなげたロザリオを取りだした。「チャコから持ってきたものだ」

マリソルはそれを受け取って、自分の首にかけた。

「肌身離さず身につけるわ」

年老いた司祭は笑みを浮かべた。「身体を大切にな」彼はマリソルに言った。「そして、どうかわたしのことを忘れないでおくれ」

バスが動きだすと、マリソルは窓に向かって手を振りながら、ロドリーゴ神父の姿を最後にもう一目見ようと首をいっぱいに伸ばした。神父は向こう側の席に座っていたので、視界をさえぎられていたはずだが、バスが闇にのみこまれてしまうまで、あきらめずに神父の姿を捜し続けていた。

「彼はいつ逮捕されてもおかしくないね」ジュリアンはしかつめらしく言った。それからマリソルをじっと見て続けた。「公園で、アメリカ領事館にいるスパイがどうのと言っていたが、ああいう話を政府側のスパイが耳にしたら、危険人物だと思うだろう」

マリソルははっとしてジュリアンを見た。彼の言葉を深刻に受け止めたのは見ていて明らかだった。

「危険人物？　ただの田舎の司祭よ」マリソルはロドリーゴ神父からもらった首飾りを指先でもてあそび始めた。「政府にとってはなんの脅威にもならないわ。チャコに住んでいる司祭の話にいったいどんな影響力があるというの？　カサ・ロサーダにすれば塵か埃みたいなものよ」

ジュリアンは警告とはっきりわかる声で言った。「塵や埃であろうと容赦なく踏みつぶされるんだ」遠ざかっていくバスに目を凝らして、なおも続けた。「カサ・ロサーダにいる軍事政権の上層部は、どんな小さな芽も根こそぎにする」

居丈高な感じのする、確信に満ちた言い方だった。まるでアメリカ領事館とカサ・ロサーダの首脳陣のあいだに密約でもあって、それを詳細に把握しているかのように。もちろん、ジュリアンがそんなことを知っているとは思えない。だがマリソルは彼の言葉を本気にしたようだった。それ以上はなにも言わず、サン・マルティン広場へ戻る階段をうなずいて示しただけだったが。

「あそこにこぢんまりした感じのいいカフェがあるの」彼女は指差した。「〈ラ・フローラ〉というお店」

すぐに彼女の言った小さなカフェに入り、屋外のテーブル席に腰を落ち着けた。どういうわけか、ジュリアンはわたしが読んでいる最中の本を話題にして、ある点についてわたしに議論をふっかけてきた。その種の問題について彼が見誤ることはめったになかったのだが、そのときはちがった。わたしは確信があったので俄然張り切って、自分の意見が正しいことを証明するため泊まっているホテルへ本を取りに戻ることにした。大人げないとはわかっていたが、いつも自信満々の親友を言い負かすまたとないチャンスだと思ったのだ。ホテルまではほんの一ブロックの距離だったので、たいして時間はかからなかった。正しいのは自分だとわかっている。早くそれを説明したい。わたしははやる気持ちを抑えながら意気揚々と店に戻った。ところがテーブルに近づくと、ジュリアンとマリソルがなにやら深刻そうに話し合っているのが見えた。ジュリアンのほうは前に身を乗りだし、マリソルのほうは恐ろしい警告を受けたばかりのように、それまで見たこともないほど不安げな表情をしていた。ところが、わたしの姿に気づいたとたん、二人とも真剣な態度をすばやく振り捨て、なにもなかったような顔をした。マリソルが先に帰ったあと、わたしはそのことをジュリアンに尋ねてみた。

「さっき、マリソルとなにを話しこんでいたんだい？」

「べつになにも」という答えが返ってきた。

ジュリアンはそれしか言わなかったが、あの会話の緊迫した空気を思い起こして、気まずい思いにとらわれたらしく、なにか悪さをした子供みたいに後ろめたそうな顔つきになった。

「マリソルはロドリーゴ神父を大事に思っている」ジュリアンは言った。

「ああ、そうだね」わたしは答えた。「彼が窮地に陥らないことを祈るしかないが、一寸先は闇だからね。どうなるか誰にもわからない。ジュリアン、きみの言ったとおりだよ。アルゼンチン政府はロドリーゴ神父のような人にも容赦しないだろう」わたしは街路に目をやった。「マリソルも言っていたが、ここは失われた国だ。左派が権力を掌握すれば、現在の右派と同じように独裁政権になるだろう」

ジュリアンは静かにうなずいた。

「マリソルみたいに政治とは無縁でいるほうがいいんだ」わたしは言った。「どちらの陣営も正気ではないんだから」

わたしたちはしばらく黙ったまま座っていたが、ジュリアンの視線が不可解なほど揺れ惑っていて、暗い森のなかで必死に道を見つけようとしている者を思わせた。

わたしは思いきって訊いてみた。「どうかしたのか、ジュリアン?」

彼はわたしの顔を見て、唇を開いたが、結局はなにも言わずに顔をそむけ、サン・マルティン広場の深まる夜の闇を見つめた。

「なんでもないよ」彼は小さな声で答えた。

ここでもう一度尋ねれば、ジュリアンは胸にしまっていることを打ち明けてくれる気がした。だが長い一日のあとで、わたしは疲れきっていた。

「さて、そろそろベッドにもぐりこみたくなったな」わたしは言った。

ジュリアンは公園のほうに顔を向けたまま言った。

「おやすみ」

わたしはホテルの部屋へ戻り、寝支度をととのえた。

ベッドに入る前に窓の外をのぞいて、さっきのカフェを見下ろした。ジュリアンはまだそこにいた。さっき別れたときと同じ、サン・マルティン広場のほうを見つめている。その距離からでも、彼が悩み事を抱えているのは一目で察せられた。

あのとき、彼のそばへ行ってやればよかった。人生がすべてハッピーエンドならば、友人もきっと幸せになれただろうに。その場合は、たぶんこんな筋書きだ。ある男が窓から外を見下ろして、友人が薄暗い明かりのなかにいるのに気づき、原因まではわからなくとも、なにか悩んでいることを知る。だがベッドを振り返ると、そこにもぐりこみたい欲求に駆られた。柔らかい枕と、肌触りのいいシーツを思い浮かべ、早く夢の世界へいざなわれたくなった。くたくたに疲れた身体が安らかな眠りを欲していた。しかし、最後は服に着替え、通りへ下りていき、友人のテーブルに近づいて一言だけ声をかける。「話してみろよ」と。たとえ若くて未熟でも、この男はきっとそうしたはずだ。時として、そういうちょっとした意思表示が、結果を大きく変えるのだと知っていたにちがいないから。

人が幸福になるような筋書きの人生ならば、この男はどんなときでもささやかな行為の大切さに気づき、必ず実行しただろう。

わたしはそれをわかっていながら、行動を起こさなかった。

それでも、あのときの場面を脳裏に呼び起こしたいま、ロドリーゴ神父が逮捕されそうだというジュリアンの見解は果たして正しかったのだろうか、という疑問があらためて湧いた。よし、パリに戻ったら、その答えを探してみよう。

12

パリのホテルに帰り着くと、すぐにニューヨークにいる父にスカイプで電話をかけた。番号を押してから少し待たされた。父は応答するまでいつも時間がかかるのだが、今回はパリに着いた晩に話したときよりも長くかかった。

ようやくパソコンの画面に映しだされた父は、もう寝る恰好をしていた。ニューヨークはまだ夕方にもなっていないはずだが。

「はっきり見えますよ」わたしは父に言った。

父はほほえんだ。「おまえの顔もだよ。画期的な方式だな、これは」

しばらくはありきたりの世間話になった。ニューヨークとパリの天候を報告し合い、世界とアメリカのニュースをほんのいくつか上っ面だけなぞり、そのあとルネと会ったときの模様や、彼とオラドゥール・シュル・グラヌ村へ行ったことなどを話題にした。

ひととおり伝え終えてから、わたしはこう訊いてみた。「父さん、覚えているかな。ジュリアンとぼくがブエノスアイレス滞在中にロドリーゴというお年を召した神父と会ったことを」

「もちろん、覚えているとも」父は答えた。「その神父が私の名を知っていたそうだね。おまえからそれを聞いたときは驚いたよ」

「ロドリーゴ神父がその後どうなったか知りませんか?」

「ジュリアンがはるばるチャコまで会いに行ったときには、もういなかったらしい。それはおまえもジュリアンから聞いて知っていると思うが」

「ええ、二人目の失踪です」わたしは言った。

「ジュリアンはそう考えていたな」父は答えた。

「じゃあ、ジュリアンは父さんにそのあたりの事情を詳しく話したんですね？」

「ああ」父は答えた。「おまえたちと会った際、その神父がかなり危険な発言をしていたとな。しかし、具体的な内容をジュリアンから聞いたが、私はどこが危険な発言なのかさっぱりわからなかったよ。当時わが国アメリカが、アルゼンチンの軍事政権に多かれ少なかれ肩入れしていたことは、誰でも知っている共通認識だったからな」

「でも、それ以外にロドリーゴ神父が行方不明になる原因がなにかあるんでしょうか？」わたしは訊いた。

「まあ、自分の意思で姿をくらます者がいてもおかしくはないだろう」父は言った。「あの時代のアルゼンチンならば、国外へこっそり脱出したくなる動機は山ほどあったはずだからな」

「ロドリーゴ神父がアルゼンチンを出たいと思う理由はなんだったと思いますか？」

「理由はないはずだ。彼が見たままの人間ならばな」

「地方在住の司祭に過ぎないならば、ということですね？」

コンピュータの画面のなかで父がうなずいた。「たとえ多少口が軽くてもな」

「ロドリーゴ神父はただの聖職者ではなかったかもしれないと言いたいのですか、父さん？」わたしは訊いた。

「当時のアルゼンチンでは、そういう聖職者が利用されていた可能性もあると言いたいだけだ」

「誰にですか？」

「もちろん都市ゲリラのモントネーロスだよ」父は答えた。「多数の聖職者がモントネーロスのために活動していた」

わたしが話の内容を理解できずにいることを父は顔つきから察したらしかった。

「おまえたちがアルゼンチンへ行った頃には、すでにモントネーロスの大部分は活動をやめていたはずだ」父は説明した。「しかし、あの軍事政権が発足する前は、モントネーロスは自分たちに敵対する者たちを片っ端から殺害していた。よって、もしロドリーゴ神父がモントネーロスの一員で、自分の正体が発覚した、もしくは発覚しそうだと気づいたならば、身の安全のために国を出るしかないと判断してもおかしくはなかろう」

「どうやって脱出したんでしょうね。貧しい教区の司祭でしたから、難しいと思うのですが」

「だがモントネーロスに属していたのなら、そこから逃亡費用を出してもらえたはずだ」父は言った。

「モントネーロスの資金はどういう金だったんですか?」

「誘拐と銀行強盗で貯めた金だよ」父は答えた。「一回の誘拐で六千万ドルを手に入れたこともあった。身代金の支払額としては史上最高額だ。ギネスブックにも記録が載っている」

「ジュリアンが神父とモントネーロスとの関わりをなにか嗅ぎつけていたとは考えられませんか?」わたしは訊いた。

「さあ、どうかな」父は答えた。「なぜそんなことを訊くんだね?」

「ジュリアンはロドリーゴ神父がもうじき逮捕されるかもしれないと考えていたんです。そんなようなことをマリソルに言っていました」

父の顔が急にこわばったように感じられた。「そのあたりのことは私にはわからん」と静かに言ったあと、ほんの一瞬のことだが、照明が落とされて暗くなった劇場内で、これから怖い映画が始まるのを待っている観客のように見えた。

「ジュリアンはなにも言っていなかったんですか?」わたしは訊いた。「アルゼンチンから帰国したあとも」

　父は首を振った。「あのあとは彼とはめったに話す機会がなかったからな」

　それは事実だった。アルゼンチンから戻ったあとのジュリアンは、わたしの父とゆっくり会うことはほとんどなかった。せいぜい、大勢の人が集まる公の場で顔を合わせる程度だった。たとえばロレッタの結婚式とか、コリンの葬儀で。

「いいかね、フィリップ、ロドリーゴ神父のような善人が悪人に丸めこまれて操られるというのは決して珍しくはないんだよ」父は過去に裏切り行為をいくつも見てきた男の口調で静かに言った。

「でも、ロドリーゴ神父がモントネーロスの手先かどうかなんて、ジュリアンには知りようがなかったんじゃないかな」わたしは疑問を口にした。

「そのとおりだ」父はきっぱりと言った。「その種の極秘情報は、アルゼンチン政府とのあいだになんらかの接点がない限り手に入れることはできない」

「ジュリアンがカサ・ロサーダとつながっていたなんてことはあるはずない」わたしは断言した。

「ああ、もちろんだ。ないに決まっている」父は答えた。「カサ・ロサーダは悪党の集まりだからな」父はすぐ目の前にその悪党どもがいるかのような険しい目つきになった。「連中は市民を慈悲のかけらもない残酷なやり方で拷問した」

　父が鬱々とした気分になっているのは一目瞭然だったので、わたしは話題を変えようとした。

「それにしても、ロドリーゴ神父がいまも健在かもしれないと思うと、なんだかわくわくしてきましたよ」わたしは快活に聞こえそうな口調で言った。「モントネーロスが国外逃亡に手を貸したのだとしたら、ロドリーゴ神父はまだどこかで生きているかもしれませんからね」

　このとき、ジュリアンが〈シャポー・ノワール〉でしばしば会っていたという司祭の姿が、わたしの脳裏にぼんやりと浮かびあがった。「どこかの国のどこかの街で」わたしは独り言のようにつぶやいた。

「そうだな。どこかの国のどこかの街で」父はおうむ返しに言った。再び父の表情が暗くかげった。「この世はねじれている。おまえがこれから触れようとしているのはそういう場所なんだよ、フィリップ」

「父は最後にそう言ったんだ。ぼくがこれから触れようとしているのはねじれた世界だって」同じ日の晩、ロレッタに電話をした際に父と交わした会話について伝えた。

ロレッタはわたしの話をずっと静かに聞いていたが、話が終わったあとも少しのあいだ黙っていた。

「その司祭は本当にモントネーロスの一員だったと思う?」ようやく口を開き、彼女は訊いた。

「わからない」そう答えたが、頭のなかではその可能性を早くも肯定し始めていた。ロドリーゴ神父が革命的な思想に傾倒して、なんらかの形でモントネーロスに協力していたというのは決してありえないことではない。やがて軍事政権から追われる身となり、国外へ逃亡するしかないと判断したのではないか?

その考えをロレッタに伝えた。そのあとで、自分でも半ば信じているかのようにつけ加えた。「ロドリーゴ神父はひょっとしたらこのパリにいるかもしれないね。ジュリアンが足繁く通っていたという小さなバーに現われるということもありうるよ。ルネの話では、ジュリアンはその店で聖職者の男とちょくちょく言葉を交わしていたらしいから」

わたしはこれを、通俗小説のプロットをざっと説明するみたいに冗談めかして言ったのだが、ロレッタの返事は真剣味を帯びていた。

「お父様が正しいわ」彼女は言った。「この世界はねじれているのよ」いったん切ってから言い添えた。

「気をつけてね、フィリップ」

不吉な予兆が、あたりに弔鐘のように響き渡った。それはロレッタの言葉が運んできたものだった。ほかの誰でもない、ロレッタの警告なのだから、わたしはそれを心に留めるべきだったのだろう。だが〝サトゥルヌスの罠〟はすでに仕掛けられている。ジュリアンはそれを知っていた。だからわたしもなにも知らないまま先へ進むしかなかった。

第三部　『恐　怖』

13

著作『恐怖』のなかで、ジュリアンは殺人鬼ジル・ド・レ男爵の犠牲になった少年の一人について、次のような興味深い空想をしている。

恐怖に至る経路は平坦でも直線でもない。坂や階段を上り下りし、廊下を通り、トンネルを抜けた先に隠されている。そこに行き着いた者は、決して人目に触れない秘密の部屋で、驚愕と戦慄の瞬間を迎えるだろう。

人は誰でも、心の奥に秘密の隠し部屋を持っているんだとわたしは思う。そこにしまわれているのはたいていの場合、やや風変わりな欲望か、漠然とした憂いや不満といった他愛のないものなのだろうが、どんな人も他者に知られたくないなにかを抱えているはずだ。しかしジュリアンは、秘密の部屋が必要な人間には少しも見えなかった。父親が亡くなったときでさえ、悲しみに打ちひしがれ、深い喪失感に見舞われながらも、そこから懸命に立ち直って再び前へ歩きだした。そのあとは日増しに元気を取り戻し、一カ月も経つと、もとどおりに回復したように見えた。偉業を成し遂げて、名声を世に表わしたいという思いは以前より増していたようだが。

どん底から這いあがったその強靭な精神力だけをとっても、彼は充分尊敬に値したが、のちに仕事の実績を積んでいくにつれて、肉体的にもたくましい男なのだと感心させられた。彼は実に勇敢な旅人で、月面を歩いているのかと錯覚したにちがいないほど遠い最果ての荒野を横断した。エジプトを放浪していた詩人ランボーは、後悔の念をひりひりするような言葉で綴った書簡を残している。「なぜだ、ああ、なぜ、ここにいるのだ?」彼のペンから悲痛な叫びがほとばしる。きっとジュリアンもどこかの見知らぬ海を漂流したことだろう。言葉も習慣もわからない異国で、孤立して、友もなく、金もなく、歴史上の卑劣な凶悪人どものことで頭をいっぱいにしながらさまよったことだろう。そうやって世界を旅するには人一倍勇気がいったはずだ。ジュリアンはそれを立派にやってのけたのである。

だが、彼の勇猛さはたまに暴走し、びっくりするほど向こう見ずな行動を取った。わたしは彼の腕にもそれ以外のところにも傷や痣が残っているのを見たことがある。どこでどうやって負った怪我なのか、本人は一度も話してくれたことがないが、ひょんなきっかけから、どういう事情かおおよその見当はついた。

そのときわたしたちはチュエカのあたりを歩いていた。そこは当時のマドリッド近郊でどこよりも危険な地区だった。とあるバーから、二人の若い男が千鳥足で出てきて、明かりが煌々とともるグラン・ビア通りに向かって歩いていくのを見かけた。途中、彼らはローマの若い女が建物の壁際にうずくまって物乞いをしているところへ通りかかった。普通は皆、そういう者には目もくれず通り過ぎるのだが、二人の若者は立ち止まって女をからかい始めた。「おい、見ろよ、こいつ」一人が言った。「汚い売女め、腐った臭いがするぜ」もう一人も言った。

ジュリアンとわたしがそばへ行ったときには、酔っぱらった若者たちの嫌がらせは暴力にまでエスカレートしていた。一人が足を上げて靴の爪先を女の胸に押しつけ、口汚い卑猥な言葉でののしっていた。

ジュリアンがスペイン語で言った。「おい、ちょっかいを出すな」

静かな口調だったが、酔っ払いに足を下ろす暇も与えず猛然と飛びかかり、体当たりを食らわせた。二人とも勢いよく路上に倒れこんだ。わたしは邪魔しないようにした。相手の片割れも加勢しなかったので、ジュリアンと酔っ払いの二人はしばらくもみ合いながら路上を転がったあと、起きあがった。最後はスペイン人のほうがぶつぶつと捨て台詞を吐いて、おぼつかない足取りで去っていった。

ジュリアンに怪我はなかったので、わたしたちはそのまま帰途に着いた。だが、彼はいずれまた同じことをするのではないか、次は無事には済まず、こっぴどくやられるのではないかと心配になった。ああいうふうに悪いやつに立ち向かっていくのは文句なしに立派な行動で、弱きを助けようとする気高い無私の精神の表われである。しかしそう考える一方で、ジュリアンがあのような行動に出る動機はいったいなんだろうと疑問に思いもした。自分の勇気を試したいという衝動に駆られたのか？　偉大な業績への志は、自己犠牲の行為を積み重ねてこそ成就できると考えていたのか？　殉教は時として、崇高な精神の結実というより、功名心の表われなのだとわたしは知っていた。ジュリアンも偉業を達成したいという希望がしぼんでいくことに危機感を覚え、無謀にも極端な利他的行為に走ってしまったのではないか？

結局、疑問に対する答えは出なかった。だが熟考を重ねるにしたがって、ジュリアンの心にうずまっていたものを、たとえば欲求や自責の念を感じ取れるようになった。それらは彼を知るための手がかりになるはずだ。いまさら答えを追い求めたところでなんにもならないのはわかっていたが、それでも〈シャポー・ノワール〉を一度のぞいてみようと決心した。運が良ければ、ジュリアンと言葉を交わしたことのある人物にめぐり会えるだろう。ジュリアンがマリソルのことを話したかもしれない人物に。

行ってみて、ルネの言葉どおりだとわかった。〈シャポー・ノワール〉はいかにも諜略ものの小説に出てきそうなバーだった。店の造りが、というより、店の雰囲気が。薄暗い店内には煙草の煙が立ちこめていたが、たとえ実際には煙がなかったとしても、絵や文章で描写するときはつけ加えたくなるだろう。煙のほかに、奇妙に波打つぼんやりした照明も。その不規則な明かりは人々の姿を半分闇で覆い、影法師を描き、不思議な模様を浮かびあがらせていた。この人は額、あの人は顎、というように各人の顔をパズルのピースのように断片的に照らし、または影に沈め、まるで眼帯をつけているように見える人もいた。乱雑に並べられた木製テーブルも描き入れておこう。店の奥の片隅にリネンのスーツを着た二人の男を座らせてみるのもいいだろう。片方の男は針のように細く刈りこんだ口髭を生やし、もう一人はきれいに剃りあげ、パナマ帽を頭にのせている。まわりではさまざまな外国語が蝙蝠のようにひらひらと飛び交う。スペイン語に答えるギリシャ語。こそこそと話すくぐもったドイツ語らしき言葉。白い磁器のカップで紅茶を飲んでいる赤いフェルト帽をかぶった男はトルコ語。彼の左側にいる夜会服を着たイギリス人は、大使館での豪華なパーティーの帰りに高級娼婦でもあさりに来たのだろうか。きっとアメリカ人もいるだろう。黒っぽいスーツを着て、隅の席に一人おとなしく座っている。素朴で気が小さそうだが、外見にだまされてはいけない。手には拳銃がしっかりと握られているはずだから。

そのアメリカ人はわたしかもしれない、と思った。拳銃は持っていないが、離れた隅の席でうつむき、〈シャポー・ノワール〉の常連客たちを黙って見つめている。

店は真夜中を過ぎてからにぎわうとルネに教えられていたので、わたしは夜の十二時をまわって間もない頃に行った。期待していたような大勢のいわくありげな客でひしめいている状態ではなかったが、すでにテーブルはいくつか埋まっていた。ルネから聞いていたとおり、客の大半は外国人だった。ただし、泥棒や闇取引の商人に見える者はごくわずかだ。数人のアルジェリア人たちがひとかたまりになって小さなテーブルを窮屈そうに囲んでいる。東インド人も固まって店の一番奥に陣取り、不安そうな目であたりの様子をうかがっているが、彼らが警戒しているのが警察なのかアルジェリア人なのかは定かでない。あとはフランス人か東欧諸国の人たちだった。一度だけ、ドイツ語がちらりと耳をかすめた気がしたが。

言うまでもなく、〈シャポー・ノワール〉は波止場どころか完全な内陸にある。だがなんとなく港町の腐ってじめじめした空気がまとわりついている。マルセイユやナポリに似ているのだろうか。しかし一方で、どういうわけか――北アフリカ人の姿がちらほら見えるせいかもしれないが――スパイ小説を念頭に置いて考えると、イベリア半島にある古代のカディスを連想してしまう。紀元前にフェニキア人が築いた交易拠点のカディスには、あらゆる種類の冒険者と逃亡者が住んでいた。二つの大陸から流れてきた犯罪者にとって、安全で居心地のいい場所だったにちがいない。おそらく世界で最初の〝陰謀の町〟だったのだろう。

わたしが〈シャポー・ノワール〉へやって来たのは、ジュリアンがここでしばしば会っていたという司祭に――ルネの芝居がかった英語表現によれば、二人は〝闇の密談〟をしているみたいだったそうだ――偶然出会うことを期待したからだった。ルネはその司祭について外見の特徴や印象を話したあと、軽く探りを入れるような口調で、よかったら一緒について行ってあげようかと言ったが、わたしは丁重にお断りした。ジュリアンも最初に店を訪れたときは一人きりだったろうから、なるべく彼と同じ体験ができるよう、わたしも一人で行くべきだと思ったのである。〈シャポー・ノワール〉でジュリアンが見たものを見て、ジュリアンが話をした相手と話をしたかった。彼が行ったところへわたしも行って、研究対象だった邪悪な人間に彼がなりきろうとしたように、わたしも彼になった気持ちで物事を体験する必要があった。もちろん、そういう道筋をたどることにはつねに危険がつきまとう。別の人間の神経経路に入って、急流に身をまかせようというのだから。それでも一歩一歩、自分が引き寄せられていくのを感じた——おびき寄せられている、と言ったほうが正しいかもしれない。ジュリアンの心と人格に少しずつ深く埋まっていく気がする。昔、ツーグローヴスの近くにあった丘で、二人して洞窟を探検したときのように。わたしが彼の後ろをついて行く。いつも彼が前を歩いた。洞窟の入口で、彼はわたしを手招きして言う。「おい、来いよ、フィリップ。なにがそんなに怖いんだ？」わたしはしぶしぶ前へ進みながら、声に出せない返事を胸の内でつぶやく。「全部だよ。なにもかもが怖い」

あの場面の再現なのだと思った。ジュリアンのあとについて洞窟の奥深くへ、より狭い場所へと入っていく。暗くて窮屈で、息苦しくなりそうな岩の隙間。〈シャポー・ノワール〉はあの洞窟の奥と似ている。

当然だが、わたしに話しかけてくる者は誰もいない。むしろそのほうが助かる。わたしのつたないフランス語ではあまり通じないだろう。そんなわけで、こちらから常連客に話しかけて会話に持ちこむのはまず無理だ。せいぜい「この店に来ていた作家を知っていますか？」ということくらいしか訊けそうにない。

それでも、〈シャポー・ノワール〉で夜を過ごせば、ジュリアンも抱いたであろう〝寄る辺ない者〟の心境を味わえる気がした。なぜかこの店には、永久に失われてしまった貴重なものを思わせる気配が棲みついているからだ。ここはある者にとっては二度と帰れない故郷なのだろう。また別の誰かにとっては政治上の理想郷、あるいは人生における、やむにやまれぬ事情で実現がままならない甘美な夢なのだろう。

ルネは調査能力の面ではなかなか優秀で、わたしの知らないうちにこつこつと情報を集め、〈シャポー・ノワール〉でジュリアンが話をしていたという司祭の身元を突きとめていた。ルネによると、その人物は〝書類上の問題〟によって最近拘留されたが、いまはもう自由の身になっているそうだ。近いうちに〈シャポー・ノワール〉に顔を出すだろうから、会えるかもしれないよ、とのことだった。

ルネの予想は的中した。

父と電話で話したときに、その司祭はひょっとしてロドリーゴ神父ではないかとかすかな期待を抱いたのだが、ルネの説明を聞いて期待はますますふくらんだ。革のような褐色の皮膚をした老人で、がりがりに痩せ、腰が大きく曲がっているのだとか。マリソルが心から慕っていたロドリーゴ神父は生きていれば八十代のはずだから、そういう外見なら矛盾はない。もしも父の漠然とした推測が正しければ、どのくらいの金額かはわからないにしても、モントネーロスからいまも資金提供を受けている可能性がある。わたしが思うに、ロドリーゴ神父は肉体が老いていることを除けば、本質的には昔とほとんど変わっていない気がする。世俗の共産主義は現在ではずたずたに引き裂かれて、もはやぼろくず同然だが、あの司祭はキリスト教という枠のなかの急進主義、言ってみれば素朴な平等主義をいまも夢中で信じているのだろう。

しかし、その晩〈シャポー・ノワール〉でわたしが会った男は、ロドリーゴ神父にしてはあまりに若すぎた。身長もロドリーゴ神父より低い。ころころに太っていて、肌は浅黒く、だいぶ薄くなった黒髪を左耳のすぐ上の分け目から頭頂部に向かって撫でつけていた。

「ほう、あなた、ジュリアンの友人なんですか」そばに行って声をかけると、彼にそう言われた。

スペイン語訛りの強い英語だが、ほかの国の言葉も複数まざりあっているので、各地を放浪してきた人のようだった。彼の話す言葉には、当人がこれまで旅した国の指紋がいくつもついていた。

「初めて会ったのはジュリアンがブルターニュから戻ったばかりのときだったよ」と男は言った。

彼が浮かべた笑みは憂いのようなものを含んでいて、これまでの人生で体験した旅が困難なものだったことを示唆していた。目の表情とはそぐわない笑みだった。「私がマルベックというアルゼンチン産ワインを飲んでいたら、ジュリアンがそれを目に留めてね」男は言った。「彼のほうから近づいてきて、自己紹介したんだ」男はわたしにさっと手を差しだして名乗った。

「エドゥアルドだ」

「フィリップ・アンダーズです」そう答えたのは、エドゥアルドも姓を教えてくれないかと期待したからだった。

だが期待ははずれた。わたしたちは店の奥まった場所にある小さなテーブルに腰掛けた。エドゥアルドは壁を背にする椅子を迷わず選んだ。つねに店の入口と出口、両方に目を光らせるのが習い性になっているらしかった。

「最初の話題はクエンカのことだったよ」エドゥアルドは言った。「ジュリアンはスペインのあの地域にずいぶん長く滞在していたそうだ」そこで温かみのある笑顔になったが、次に彼が口にした内容は温かみとは相容れないものだった。「だいぶ昔の話だが、私はまだ血の気の多い若者だった頃、ある男を殺そうとクエンカへ行ったことがあってね。そいつはサラゴサで私の妹の人生を狂わせた。麻薬漬けにしたあげく殺したんだ。そいつはあちこちで毒をまき散らしていた。私が手を下す前に別の人間がそいつの心臓にナイフを突き立てたのは、返す返すも残念だ。この世の見納めに、私の顔をしっかりまぶたに刻みつけてほしかったんだがね」彼はバーテンダーに手を振って合図し、ワインをボトルで注文した。マルベックではなかったが。ワインが来ると、彼は二個のグラスにたっぷり注ぎ、自分のグラスを小さく掲げて見せた。「ファシスト流の乾杯を知っているかね？」

「いいえ」

「スペイン内戦の名残なんだ」エドゥアルドは言った。「反乱軍が蜂起したのはサラマンカだった。信じられるかね？　サラマンカといえば最古の大学が建てられた町、いうなればスペインにとって知の中心地だよ。わが国の偉大な哲学者ミゲル・デ・ウナムーノの眼前で争いが勃発するとはね。クーデーターを起こしたのはフランコ率いる反乱軍の隻眼隻腕の将校だった」彼はわたしのグラスに自分のグラスを軽く触れさせて言った。「死よ、永遠なれ」

乾杯の挨拶としては愉快な言葉ではなかったが、わたしもグラスに口をつけた。

「おもしろい男だったよ、ジュリアンは」エドゥアルドはグラスをテーブルに置いた。「彼と話すのは非常に楽しかった」

「どんな話をしたんですか？」わたしは訊いた。

エドゥアルドはにっこり笑った。「いろんな話だ。ジュリアンは物知りだったし、大変な読書家だったよ。あのときはちょうど、邪悪な女たちのことで頭がいっぱいだったようだ」

わたしはジュリアンが執筆の材料にした悪女たちを思い浮かべた。老婆ペリーヌ・マルタン、それからバートリ伯爵夫人。

「ええ、彼はそういう女たちの本を書きました」わたしは言った。

「そうだね。だが彼の話題の中心だった女は、本に書かなかった人物なんだ」エドゥアルドは言った。「本には書かなかったのに、ジュリアンはその女に並々ならぬ関心を寄せていたようで、しょっちゅう彼女の話をしていた」

「誰なんですか、その女は？」

「名前はイルマ・グレーゼだ」

聞いたことのない名前だ、と思ったわたしの表情を読み取って、エドゥアルドは言い添えた。「ラーフェンスブリュックの女性看守だよ」

「ナチスの強制収容所の？」

エドゥアルドはうなずいた。「そうだ」

のちに調べたところ、イルマ・イーダ・イルゼ・グレーゼは一九二三年にドイツのメクレンブルク＝フォアポンメルンヴェルヒェンで生まれた。父親は酪農労働者で、早くからナチ党員となり、彼の政治思想に娘が幼いうちから染まっていたのは想像に難くない。十五歳のとき、イルマは成績不振で学校を退学になった。成績がふるわなかったのは、いじめに遭っていたためと、ナチの青年組織であるドイツ女子同盟に狂信的に傾倒していたためだった。退学後はナチ親衛隊《SS》のサナトリウムで看護助手として働いた。その後、見習い看護師になろうとするが、職業安定局の許可が下りなかったため、しかたなく一時しのぎに店員として働き、そのあとは農場を転々としながらきつい農作業に従事する。そうこうするうちに、ようやく本人が天職と思える看守の職に就いたのだった。最初の勤務地はラーフェンスブリュックで、次にアウシュヴィッツへ転属となり、乳しぼりの仕事に甘んじていた頃には想像もしなかった強い権力を与えられる。そう、あのアウシュヴィッツ強制収容所という地獄に、彼女は異常なまでの熱を注ぎこんだのだ。

「その女の残酷なことといったら、とても言葉では表わせないほどだ」エドゥアルドの話は続く。「彼女の恐ろしい行為をジュリアンは具体的に教えてくれたよ。重いブーツを履いて、いつも乗馬鞭を持ち、餌を与えられず空腹で気が立った犬どもを囚人にけしかけたそうだ。囚人たちの苦痛が、彼女にとっては快感だった。まったく人間のやることじゃない。化け物だ」

「ジュリアンはなぜ彼女について書こうとしなかったんだろう?」わたしは疑問に思った。

エドゥアルドは肩をすくめた。「単純過ぎるからでしょうな、たぶん。ジュリアンに言わせれば、彼女は〝ただの殺し屋〟なんだそうだ。彼がそのとき夢中になっていたのは別の人物で、〝恐怖〟と呼んでいた」

その女は本名をペリーヌ・マルタンというが、フランス語で〝恐怖〟を意味する〝ラムフレイ〟の別名でも知られていた。ジュリアンは彼女について、長年ジル・ド・レの手先だった老婆だと記している。彼女は連続殺人鬼のために餌食となる少年たちを誘拐していたのだが、黒いフードのついた長い灰色のローブというなんとも気味の悪い恰好をしていたにもかかわらず、その術に大変長けていたという。ジュリアンの本によれば、ジル・ド・レの裁判では、多くの殺人で彼女が関与していたことが明らかになった。その内容は恐ろしい童話を地でいくものだったにちがいないが、それよりもっと驚かされたのは、彼女の持つ悪魔じみた能力だったそうだ——なかでも人をあざむくことにかけては卓抜した才能を発揮したらしい。

言うまでもなく、彼女は殺人のかどで逮捕されたのだが、自白の内容はジル・ド・レ裁判の証言のなかでもっとも生々しく、おぞましいものだった。その後、彼女はナントの刑務所に送られ、おそらくかなりの高齢だったせいだろう、獄中で死亡した。こうして彼女の話はしめくくられる。少なくともジュリアンの本では、それが結末になっている。

「まさに恐怖の権化ともいうべき女だ」エドゥアルドは言った。「その女にジュリアンは相当な関心を寄せていた」

「ええ、そうですね」わたしは同意した。「ただ、あの本のなかでは犯罪そのものよりも、彼女が自分を巧みに偽るずるがしこさにジュリアンは力点を置いていたように思いますが」

エドゥアルドは笑った。「気のいいおばあちゃんに見せかけたわけですな。うむ、あなたの言うとおりだ。ジュリアンがあの女のなかに見出した邪悪さとは、まさにそれだよ。ジュリアン本人がそう言っていたからまちがいない。犯罪よりも欺瞞だとね」

「欺瞞、か」わたしはエドゥアルドの言葉を小声で繰り返した。その言葉で、ジュリアンが〝ラムフレイ〟の本性について、切れ味の鋭い表現でこう書いていたのを思い出した。その女のうわべの優しさや実直さ、ひたむきさや謙虚さは、彼女が握っているナイフのぎざぎざの刃と同じなのだと。

エドゥアルドは暗がりをちらりと見て、なにか不安なことを思い出したらしく、表情に突然動揺がよぎった。「ときどき思うんだが、ジュリアンは若い頃に誰かにだまされた経験があるんじゃないだろうか」彼は言った。「それはありうることだろうか？ そういう人間に心当たりはないかね？」

「いいえ、わたしにはありません」と答えてから、自分にとってますます色濃くなってきた事実をつけ加えた。「でも、ジュリアンにはわたしの知らない部分がたくさんありそうなので」

わたしたちはそのあともしばらく会話を続けた。そして話すうちに、ジュリアンはエドゥアルドに個人的な事情をずいぶんいろいろ打ち明けていたことがわかった。子供時代のこと、父親を亡くしたこと、そのせいで心にぽっかりと大きな穴があいたような深い喪失感を味わったこと、それ以後は父を殺すことは息子をも殺すことなのだと考えるようになったこと。妹のロレッタとの旅行や、ツーグローヴスで過ごした日々のことも語ったそうだ。

会話を通して、エドゥアルドのこともいくらかわかってきた。なんといっても驚いたのは、彼は司祭でもなんでもないということだった。本当は司祭ではないのに司祭のふりをして、偽造した身分証明書でヨーロッパ各地をこっそり逃げまわってきたらしい。そうした放浪生活にジュリアンは興味を引かれていた、とエドゥアルドは言った。ジュリアンに過去の体験を根掘り葉掘り訊かれたそうだ。その会話のなかで、エドゥアルドのほうもジュリアンの若い頃の旅について尋ねた。するとジュリアンは、まず最初に父親やロレッタと一緒に行った楽しい旅行について幸せそうに語り、そのあとでアルゼンチンで見聞きしたことを話したという。エドゥアルドによれば、そのときはだいぶ重い口調だったそうだ。

「アルゼンチンはジュリアンにとって居心地のいい場所ではなかったらしい」エドゥアルドはわたしにそう言った。「ブエノスアイレスには、諜報部員と呼ぶのか密偵と呼ぶのか、とにかくそういう輩がうじゃうじゃしていたそうだ」

「それは本当ですよ」わたしは答えた。「わたしたちが訪れたときは、『汚い戦争』がまだ続いていましたからね」

エドゥアルドはうなずいた。「そこで不幸な出来事があったとジュリアンは言っていた。知り合いの女性が不幸な目に遭ったと」

「ええ、わたしたちの観光ガイドをしてくれた女性なんです」わたしは答えた。「わたしたちの滞在中に、彼女が忽然と姿を消してしまって、いまだに行方がわからないんです」

「ジュリアンは彼女に恋をしていたんでしょう？」エドゥアルドは言った。

「いいえ」わたしはきっぱりと否定した。「彼女のことをとても気にかけてはいましたが、恋愛感情とはちがいます」

エドゥアルドは面食らった表情になった。「では、ジュリアンには別に好きな女性がいたと？」

「彼本人からは一度もそういう話は聞いたことがありませんね」わたしは言った。「なぜそんなことをお尋ねになるんですか？」

「ジュリアンは誰かに裏切られたように見えたからだよ」エドゥアルドは答えた。

「それはどういう？」わたしは訊いた。

「一生忘れられないような、ひどい裏切りに遭った感じだった」エドゥアルドは言った。「たいていの男にとって、心に深い傷を残す原因になるのは女だ。まあ、しかし、ジュリアンには当てはまらないようだ」

エドゥアルドは少しのあいだ黙りこんだ。ジュリアンのことを考えているのは明らかだった。やがて、彼は言った。「ジュリアンはロシアの独房について話していたな。グラーグ集中収容所の囚人たちが、壁に必ず書き残す言葉があるそうだ。ただし、お父さんとか、お母さんとか、神様とか、そういう誰もが想像するような単語とはちがう」エドゥアルドはその話を聞いたときの場面を思い起こしたのだろう、目の前にいるジュリアンの真剣な表情をのぞきこむようなまなざしになった。「それは、〝ザチェム〟という言葉なんだ」

「ザチェム？　意味は？」わたしは訊いた。

「〝なぜ〟だよ」エドゥアルドは答えた。彼のいぶかしげな目つきは、深い懸念の色が加わって重く沈んだ。「ジュリアンの心の壁にも同じ言葉が書かれていたんだろうと思う。裏切りの意味を問う〝なぜ〟がね」

14

わたしはその晩遅く、ベッドに入ったものの寝つかれないいまま、ジュリアンと乗ったブエノスアイレス行きの飛行機でのことを思い出した。あのときの彼は子供のように無邪気にはしゃいで、のちの世捨て人じみた孤独な男とはまるで別人のようだった。ピガール広場のバーに通い、虫も殺さないような顔をして残虐な犯罪に手を染めていた悪女たちについて語り、エドゥアルドの意見によれば、心に〝なぜ《ザチエム》〟の文字を刻みつけられた男とは、似ても似つかなかった。

いま、〝ザチェム〟という言葉を耳にした瞬間の得体の知れない胸騒ぎを思い起こしながら、『恐怖』の完成原稿を携えてフランスから帰国したジュリアンと久しぶりに会ったときの記憶をたぐり寄せた。会話のなかで、特に忘れられないのは、この世で最も残酷な行為は欺瞞だと思う、とジュリアンが言ったことだった。エル・セパは近隣の住民たちをあざむいて、自分が死んだように見せかけた。ドイツ軍兵士たちはオラドゥールの村人たちに嘘をついて、身分証明書を確認に来ただけだと信じこませた。ラムフレイことペリーヌ・マルタンは哀れな子供たちをだまして、殺人の犠牲者になるとわかっていながらジル・ド・レのところへ連れて行った。

「それがきみのテーマになりそうかい?」わたしはあのときジュリアンに訊いた。「欺瞞が」

それを聞いたとたん、ジュリアンがさっと身体をこわばらせ、心のまわりに防御の壁を張りめぐらせたのがわかった。彼は視線をさまよわせ、最後に自分の手を見つめてから答えた。「ソローが書いた一節についてよく考えるんだ。〝子供は戯れに蛙を殺すけれども、蛙は真剣に死ぬ〟」
妙なことを言いだすんだな、とわたしは思ったが、明らかになにか気に病んでいるジュリアンに悩みを打ち明けさせる糸口になりそうだった。それなのに、わたしはなんて鈍感で無神経だったのだろう、せっかくのチャンスをふいにしてあんな浅はかなことを言ってしまうとは。

「その文章はソローがプルタークの著作から拝借したものだね」わたしは得意になって知識をひけらかした。「で、プルタークはというと、紀元前ギリシャの哲学者ビオンの表現を使ったんだ」

ジュリアンはうなずいた。「ぼくたちは皆、泥棒だな。スパイ、密偵、諜報員なんだ」

「人の心を巧みに操る魔術師」翌朝、ホテルのレストランで朝食の席に着いたとき、ルネが言った。「ジュリアンはスパイとか秘密諜報員のことをそう呼んでたっけな」

「わたしたちが滞在した頃のブエノスアイレスにはそういう連中がうじゃうじゃしていたと、ジュリアンはエドゥアルドに語ったそうだ」わたしは言った。「おそらく、そのとおりなんだろうが、ジュリアンがその手の事情に通じていたはずはないのに、なぜそんなことを口にしたのか不思議だよ」

「それより、ジュリアンの言ったことをなぜそんなに気にするんだい？」ルネは訊いた。「なんだかずいぶん心に引っかかってるみたいだが」

ルネの言うとおりだった。わたしは急に胸がちくちく痛みだした。ジュリアンがなにを知っていてなにを知らなかったのかは、もう確かめようがないのだと思うと、いまだに激しい不安に駆られる。

「いつだったかは知らないが、ジュリアンは人生のある時点で裏切りに遭ったと信じこんでいたんだ」わたしは言った。「エドゥアルドがそう言っていた。かなり確信のある口調でね」

それからわたしは、前の晩にふと思い起こしたことをルネに語り聞かせた。『恐怖』の原稿が完成した直後のジュリアンと交わした、曖昧で謎めいた会話の内容や、欺瞞という最大の犯罪について話していたときに、ジュリアンがひどく不安そうな面持ちになったことなどを。あのときの彼は、まるで真っ暗な部屋のドアを開けてしまったかのような表情だった。

「ジュリアンはスパイに関する本は書いたことがないだろう?」わたしは言った。「不可解なのはそこなんだ。スパイだの密偵だのと真剣な顔で口にしたが、それらを題材にした本は一度も書いていないんだからね」

「うん、確かに書いてないね」ルネは相槌を打って、食後の煙草に火をつけた。「スパイに特別な関心があったようには見えなかった。もっとも、さっきの話じゃないが、変装みたいな人の目をあざむく方法には興味を持ってたと思うよ。おれの前でも、そういうことをちょくちょく話してた。だましのテクニックみたいなものは、おれもアルジェにいた頃にいろいろ見たんだ。アルジェリア人は人をだますのが大の得意だから。テロリストどものことだがな。このことはジュリアンにも話してやったよ。やつらは祈禱の最中に暗号をやりとりするんだ。唱えているコーランを少しだけわざとまちがえて。そのまちがいの部分が暗号というわけだ」ルネは笑った。「病気の症状を暗号に使うこともある。たとえば、胃の不調は、びびってるやつがいるから作戦から外そうぜって意味だし、頭痛は、いかれた間抜けどもに次のビルを爆破させたり次の警官を銃撃させたりする前に、新しい装置を開発するか、技術的問題を解決しないとまずいって意味だ」

ルネは笑って続けた。「ま、半分は子供の遊びみたいなもんだな」

「子供の遊び」わたしはおうむ返しにつぶやいた。危険で物騒なテロ計画が幼稚ないたずらと大差ないように思えてしまうことにショックを受けた。

ルネは煙草をゆっくりと深く吸いこんだ。「そう、子供の遊びだ。ジュリアンもそれはわかっていた。その証拠に、マタハリのことをこんなふうに話してたよ。あの女はゲームを楽しんでただけだって。もちろん、彼女が撃ち殺されるまでの話だがね。それについては、『弾丸が命中した時点で、もうゲームではないんだ』と言ってたな」ルネはわたしをまっすぐ見つめた。「大人にならないやつってのは平気で恐ろしいことをやる、次から次へと悪事をはたらく、とジュリアンは考えてた。だから彼によれば、大人にならないことは犯罪に等しいんだそうだ」

「なにが言いたかったんだろうね、ジュリアンは」

ルネは心の深いところから荒々しい衝動がこみあげたとでもいうように、煙草を乱暴に押しつぶした。

「ジュリアンとはよくアルジェリアの話をした。爆弾テロの実行犯だった少女たちのことをな。おれはジュリアンに教えてやったんだ。あの女の子たちはテロリストだが、公園で遊んでる子供たちと見分けがつかないって。ボールの代わりに爆弾を投げてるだけだからって」

そこでルネは急に口をつぐんだ。話しているうちに、ふとなにかを思い出したようだった。

「どうしたんだ、ルネ?」わたしは訊いた。

やけにまじめくさった口調で、ルネは言った。「そういえば、この話をしたとき、ものすごく変な顔つきをしてたよ、ジュリアンが。これこそが真実だと腑に落ちて、嫌悪感に襲われてるって感じだったな」

「そのとき彼はなにか言ってたかい?」

「ああ、さっきおれが話したことをね。大人にならないことは犯罪に等しいって」ルネは答えた。

ルネは椅子の背にもたれ、新しい煙草に火をつけた。そして何度か深く吸ってから、おもむろに言った。

「かわいそうなやつだったな、ジュリアンは」

「古風な空想家だったんじゃないかな」わたしは言った。「若い頃は世の中を変えたがってたしね。そういう青臭いところがあったんだろう」

ルネは首を振った。「いいや、ジュリアンは現実を明確にとらえてた。一度、こんなことを言ったよ。『愛とはなにか知ってるかい、ルネ？　物事を見誤ることなんだよ』ってな」ルネは小さく身じろぎした。

「空想家の男なら、そんなことは言わないはずだからね」

なんて暗い言葉だろう、とわたしは思った。明晰なまなざしにさらされたら、どんな愛も生き残れない。愛までが巧妙な欺瞞になってしまうなんて、そんな考え方は救いがなさ過ぎる。

「われわれ人間は錯覚という名の巨大な蜘蛛の巣にからまっているんだと、ジュリアンは考えていたようだね」わたしは言った。

ルネは、うなずいた。

「幸せになるためには、錯覚や幻想も必要だと思うが」わたしはそうつけ加えた。

ルネはしばらく煙草の火を見つめてから、わたしを見上げた。「こういうことを彼はあなたには話さなかったわけか。つまり、人生の悲しい真実は」

痛いところを突かれた思いだった。「わたしみたいなやわな人間には直視できないと考えたんだろう」

ルネはにやりと笑った。「ジュリアンがこう言ったことがあったな。『友への愛情の深さは、彼になにを打ち明けるかじゃなくて、なにを打ち明けずにおくかで測られるんだ』とね」

わたしが長いあいだ必死にしがみついていた蜘蛛の糸が、ぷつんと切れたみたいに感じた。

「それはつまり、ジュリアンは友までをもあざむくつもりだということだろう？」わたしは言った。「自分の都合で」

ルネは肩をすくめ、最後の煙草を吸った。「あ、そうそう」急に思い出した口調で言う。「パリへ戻ってきたよ。大家が」

わたしはきょとんとしてルネを見つめた。

「ジュリアンのアパルトマンの所有者だよ」

「ああ、そうだった」

ルネはいぶかしげな目になった。「もう部屋の鍵はいらないんだろう？」と彼は言った。「ジュリアンの持ち物を調べるのは、あんまり気が進まないんじゃないかな？」

「どうしてそんなふうに思うんだい？」わたしは訊き返した。

ルネは肩をすくめた。「男の部屋には秘密がつきものだ。アルジェリアで経験したから、よく知ってる。決まって秘密が出てくるんだ。しかも、だいたいは好ましいものじゃない」

わたしは手を一振りした。「ジュリアンの部屋からなにが見つかろうと怖くはないよ。そもそも、このためにパリへ来たんだからね」

ルネは煙草をもみ消した。たったいま自分の捕虜に、過酷な運命を回避するための最後のチャンスを与えたばかりといった風情で。「オーケイ」彼は言った。

「自分で決めたことだ、好きにすればいい」

「実を言うとあのとき、ジュリアンの部屋に入って彼の持ち物を調べることを、本当に自分は望んでいるのかどうかよくわからなくなったんだ」その日の夜、わたしはロレッタに電話して、そう打ち明けた。彼女にはエドゥアルドとの会話を細かく伝え、続いて朝のルネとのやりとりについても全部話した。もちろん、ルネが最後に言った不安をかきたてる不吉な警告のことも。

「ところがその一方で、ジュリアンの部屋を見たくて矢も盾もたまらなくなったことも事実なんだ」わたしはつけ加えた。「ボートに乗ったジュリアンの姿が脳裏にまざまざと浮かんで、彼を止めなければ、彼を救う方法がもしあったのなら、それをなにがなんでも探しださなければ、という差し迫った思いに駆られたんだ」

「未解決事件のファイルを血眼になって調べている刑事みたいだわ」ロレッタは言った。「あなたの場合は、そのファイルにジュリアンの名前が書いてあるのね」

「そうだ」わたしは言った。「まさにその刑事の心境だよ。ただ、友人に打ち明ける打ち明けないとか、人をあざむくうんぬんの話には、胸騒ぎを覚えずにはいられないよ、ロレッタ」ほほえんでみたものの、ぴりぴりした感じになった。「スリラー小説なら、ぼくが真実に行き着くのを阻止しようとする連中がそろそろ登場しそうだね。銃撃するか、車で轢き殺すかするんだろう。だが今回は、ジュリアンの痕跡を消そうとしているのは当の本人という気がするよ」自分がたったいま言ったことを頭のなかでもう一度なぞってから続けた。「ジュリアンはイルマ・グレーゼという女性のことをなにか言ってなかったかな？」

「聞いたことがないわ」ロレッタが答えた。

「ジュリアンは彼女について本には書いたことはないが、並々ならぬ関心を寄せていたらしい」わたしは言った。「ラーフェンスブリュック強制収容所の看守だったんだ。残酷無比な」

ロレッタは無言だったが、彼女の心のなかで不安がさざ波となって広がり始めたのがわかった。

「ジュリアンは以前、〝美しき野獣〟と自分で名付けたものについて話してくれたことがあるわ」ロレッタは言った。「美貌や天真爛漫さを利用して、人をあざむこうとする女たちのことよ」

ジュリアンはイルマ・グレーゼのような、自分の本性を巧みに偽って悪事をはたらいた女たちに関心があった。わたしはそのことをあらためて考え、ほかにどんな人物がいたか頭のなかで一人ずつ挙げていった。『恐怖』では本筋から離れて、フランス革命期にマラーを殺害したシャルロット・コルデーについて考察している。自分は一人の男を殺すことによって十万人を救うのだ、と確信していた女だ。同書ではマタハリにも焦点が当てられている。それ以外にも革命家、暗殺者、スパイ――いずれも人をだました女たち――について長々と論じている。いずれの人物も美しい仮面の下によからぬ魂胆を隠していたのだが、ときおり仮面の下には優しさや純真さ、無邪気さが隠されていることもあった。そういう女たちは邪悪な犯罪者であるにもかかわらず、うわべはさして危険には見えない。まるで彼女のように……

その人物の名前が頭をよぎった瞬間、わたしは凍りついた。

マリソル。

15

夜更けになってマリソルのことを再び思い起こしたとき、彼女とともに呼び覚まされたのがアルゼンチンの思い出ではなく『恐怖』のなかの一場面だったことで、わたしは意外の感に打たれた。あとでその本を開いて、自分の記憶ちがいではないことを確かめた。それはこういう場面だった。

ラムフレイが森の薪小屋の陰に立って、一人の幼い少年が草の生い茂った小道を楽しげにスキップしながらやって来るのをじっと見ている。ラムフレイは焼き菓子がぎっしり詰まったバスケットを手に持っている。少年が近くに来ると、彼女はバスケットにかぶせてある布を少しだけずらして、おいしそうな甘い香りを

〝あたりの腹を空かせた空気〟に放つ。バスケットを覆っている布は完全には取り払わず、〝この時点ではまだかぎ爪ではない指で〟つまんだままだ。なかに入っているお菓子をすぐに隠そうとしているのがわかる。このしぐさから、少年に焼き菓子をあげるつもりがないことは明白だが、つかの間だけ、布をつまんでいる指は静止する。その息詰まる一瞬は彼女の善良さの表われだ。この少年は彼女にとって初めての餌食だったから。彼女が手招きすると、少年は近寄ってくるが、これはただのゲームだと思っているから、お菓子を勧められてもいらないと言うだろう。そこで彼女はゲームではない証拠に布をめくり、お菓子を手に取って少年に差しだす。少年は迷わず受け取った。その瞬間、運命はラムフレイを裏切り、彼女の行く手に待ちかまえる断崖を隠してしまう。断崖から落ちるまで彼女をだまし続けるのである。

もちろん、このくだりはおもにラムフレイに関する記述なのだが、読んでいるうちに、彼女が無残な死へ招き寄せようとしている少年をいつの間にかジュリアンに置き換えている自分に気づいた。これはまちがいなく、ロレッタが口にした〝美しき野獣〟という言葉に刺激されて生まれた悪夢のシナリオだ。このままだと一晩中それに苦しめられるのは目に見えていたので、わたしは書評を頼まれていた本に逃げ道を求めることにした。ありがたいことに、その本はジュリアンの暗い色調の著作とは正反対の、心地よく軽やかな作風で、視力を失った教師と人間の言葉を話す犬との心温まる交流を描いた感動的な物語だった。

「ジュリアンのアパルトマンにはいつ入れるんだい？」翌朝、ルネと顔を合わせたときにわたしは訊いた。場所はホテルの小さな朝食ルームだった。あまり懐具合がよくない宿泊客に薄いコーヒーとまずいパンを提供している。

ルネはそのパンをうろんな顔つきで見た。「パリでこんなひどいパンにお目にかかるとは思いも寄らなかったよ」彼は言った。「イギリス産かもしれないな」コーヒーをかき混ぜて口をつけたが、表情からするとそれも彼の口には合わなかったようだ。「今日から入れるよ」

わたしはコーヒーを一口飲んだ。「これからすぐでも？」

「お望みなら」ルネは言った。

「ジュリアンの持ち物はまだ部屋にあるんだろう？」

「ほかにどこにあるっていうんだい？」とルネ。「断っとくけど、部屋はサンドニ通りだからね」彼は薄笑いを浮かべた。「ジュリアンはいつも売春街の近くに住むんだ。といっても、そういうお楽しみにふけってたとは思わないが」

「本心では逆のことを思ってるようだね」わたしは言った。「理由はなんだい？」

ルネはわたしの質問をしばらくじっくり考えてから、右手を挙げ、こぶしを握った。「いいかい、あなたに奥さんと子供がいて、それから友人もいるとしよう。そうすると、あなたはこういう状態だ」ルネはこぶしを小さく振って見せた。「だが、娼婦と一緒にいるときは、こんなふうになる」ルネは籠のなかの小鳥を逃がすようにこぶしをぱっと開いた。「普段ほかの人たちに隠している本音を話せるからね。こんな人生はいやだとか、友達は馬鹿ばっかりだとか、仕事がきつくて死にそうだとか、自分はくだらない人間だとか、なんでもかまわずな」悲しみめいたものがルネの瞳に浮かんだ。「ジュリアンにはそれがわかってた。『堕落した者と一緒にいれば、自分も堕落できる』と前に言ってたよ」ルネは開いたてのひらを握りこぶしに戻した。「だがそうわかってても、彼はずっとこの状態だった。歯を食いしばって我慢して、必死に自分を保ってたんだ」

ルネらしい物の見方だな、とわたしは思った。とっぴで、いささか極端なきらいがある。たとえ彼の言っていることが真実だとしても、ジュリアンがぎゅっと固めていたこぶしを開いて、血管をナイフで切り裂こうと決めた原因が、本当にこぶしのなかに握っていたものなのかどうか疑問に思わずにはいられなかった。

一時間後、わたしたちはジュリアンのアパルトマンに到着した。ルネは前もってビルの所有者に連絡して、鍵を一階に住んでいる老女に預けておいてもらっていた。彼女は北アフリカの出身だった。顔を合わせたとたん、ルネはその老女をあからさまな疑いの目で見た。アルジェリアで暮らした後遺症みたいなものだろう。なにしろ、女たちがバスケットに爆弾を入れて持ち歩いていた国だから。

「オーケイ、上へ行こう」階段へわたしを促しながらルネは言った。「足もとにはくれぐれもご注意を。おれたちフランス人はこういう言い方をするんだ。〝ここじゃナポレオンだって小便ちびる〟って。木造の階段を信用しちゃいけない」

あらかじめ心の準備をしていたにもかかわらず、わたしは階段をのぼっていくにつれて妙な胸騒ぎを覚えた。ジュリアン本人のそばへ近づいていくような感覚だった。当然かもしれない。ここは彼がいくつもの長旅を終えたあとに必ず戻ってきた場所なのだから。

それだけに、室内へ足を踏み入れた瞬間、思わず「なぜだ？」と自問した。空虚で、わびしくて、人が長年暮らしていた部屋にはきっとあると誰もが思うくつろぎの雰囲気が完全に欠けていた。この部屋に来れば、ジュリアンが本の執筆に傾けていた情熱の片鱗を多少なりとも見られるだろうと期待していたのに、実際に目にしたのは彼の孤独の痕跡だけだった。壁には薄暗い室内に彩りを添えてくれる絵画は一枚もなく、人と会う約束を書き入れたカレンダーさえない。それから、ラジオやテレビも。仕事中や仕事を終えたあとに音楽を聴いてくつろぐというようなことは、ジュリアンの生活にはなかったのだ。

そこはうら寂しい通りに面した五階の屋根裏部屋だった。小さな窓がいくつかついていたが、かなり長いこと閉めきられていたらしく、開けるのに苦労した。だが開けたおかげで陽が射しこんで、粗末な部屋の様子がはっきりとわかった。鉄製のベッドに、小さな木の机。まったくの予想外というわけではなかった。ジュリアンは修道士のように質素な暮らしを送っていたのだ。それで思い出したのは、彼とモン・サン＝ミッシェル修道院を訪れた日のことだった。わたしたちは塔の最上階へと階段をのぼっていった。昔、修道士たちがノルマンディー海岸の厳しい寒風にさらされながら座っていたという部屋へ。その凍てついた吹きさらしの写字室で、修道士たちはひたすら写本を作る作業に一生を費やした。寒さのあまり凍ってしまったインクを小さな金属の棒で割りながら。ジュリアンも、居心地の悪そうなこの部屋で、精神的にはモン・サン＝ミッシェルの修道士に劣らぬほど世の中から隔絶され、世捨て人か隠者のごとく暮らしながら、暗い本を書き続けていたのだ。

部屋の壁面は書棚でほぼ埋めつくされていて、ジュリアンが執筆のための調査に用いた文献が隙間なく並んでいた。おそらく五百冊はあるだろう。その大半は彼が関心を持った犯罪の時代背景に関するものだった。たとえば、クエンカの事件が起こった時代のスペイン、それから同じヨーロッパではオラドゥール事件の頃のドイツとフランスの本。いくつかの棚にはラムフレイ関連の資料が詰まっていた。エルジェーベト・バートリ伯爵夫人の伝記もかなりの数がひとまとめにしてあり、それと一緒に事件当時のハンガリー史もそろえてあった。ただし、彼女の犯罪に関する研究資料は数がぐっと少ない。アンドレイ・チカチーロ関連の文献は本棚を丸ごとひとつ占領していた。この殺人者が生きた時代のロシア、すなわち暗黒のスターリン主義時代に関する書物も少しまじっている。

「ジュリアンが借りていた部屋はここだけかい？」ルネにそう訊いたのは、ジュリアンがこんな寒々しい場所ではなく、もう少し生活するのに適した場所を見つけていてくれたらという願いからだった。

「おれが知ってるのはここだけだ」ルネは答えてから室内を見まわした。陰気くさい部屋にうんざりしているようだ。

「そこにあるのはなんだろう？」わたしは訊いた。

ルネはわたしが指した金属製のずんぐりしたファイル・キャビネットを見て、肩をすくめた。

ルネのどうでもよさそうな態度にかちんと来たわたしは、彼を無視してキャビネットに歩み寄り、ひとつきりの抽斗を開けた。

小説の世界なら、そこがジュリアンの〝秘密の部屋〟だったという展開になるのだろう。抽斗を開けると、思わず息をのむほどすばらしい魔法の瞬間が訪れ、すべてが明らかになる。そうしてわたしは、ジュリアンを救えたであろう大事な真実を手にしてニューヨークへ戻るのだ。

だが、現実の人生はそう簡単には手の内を明かしてくれない。抽斗のなかにあったのは五つのフォルダで、それぞれに地名が書かれていた。クエンカ、オラドゥール、ブルターニュ、チェイテ、ロストフ。いずれもジュリアンを暗黒の磁力でもって引きつけた地である。それら五つのフォルダの下から六つ目が出てきた。ラベルにはなんの文字も書かれていない。

わたしはルネを振り返った。「ちょっとこれに目を通すから、もう帰ってくれてかまわないよ」彼にそう言った。

ルネは部屋に二脚ある椅子のひとつにどすんと腰を下ろした。「いいよ、ここで待ってる」

「そうか、わかった」わたしはフォルダをすべて持って机に行き、そこにある小さなランプのスイッチを入れてみた。ジュリアンがここに住まなくなってから一カ月以上過ぎているので、ルネが電気を止めてもらう手続きをしているだろうと思ったが、意外にもランプはついた。そのぼんやりした光の下で、わたしは最初のフォルダを開いた。

入っていたのは大部分が写真だった。ジュリアンがクエンカやその周辺地域で撮ったもので、彼の本のなかに出てくるさまざまな場所が写っていた。埃っぽい広場、橋、町の外へ向かう街道、いくつもの公共施設。わたしたち二人が一緒に写っているのも一枚あった。通りかかった人に撮ってもらったもので、写真のなかのジュリアンはなにかにじっと目を凝らしている。そうだ、いま思い出した。ジュリアンが凝視しているのは、少し離れた場所に立っていた治安警察の将校だ。その将校はわたしたちがその数分前に言葉を交わした身なりのいいアメリカ人に話しかけているところだった。ジュリアンやわたしが写っているのは、そのフォルダのなかではそれ一枚きりだった。理由はわからないが、おそらく単なる偶然だとは思うが、ほかの写真に紛れこんだせいでフォルダにおさまっていたのだろう。ジュリアンは通常、写真の裏に撮影場所を記入しておいたのだが、その写真だけは裏になにも書いていない。

〝オラドゥール〟のフォルダにはさんである写真も同様で、すべて虐殺現場を撮ったものだった。本を執筆する際に記憶を呼び覚まそうとして入れておいたのだろう。わたしはオラドゥールへは同行しなかったので、当然ながらわたしたち二人が写っている写真はないのだが、ジュリアンやルネの写真も見当たらなかった。あそこで起きた虐殺事件についてジュリアンが執筆していた数年間、ルネは何度も現地へ同行していたというのに。彼らの代わりに、七十代半ばの男性を撮った写真が一枚出てきた。いかにも田舎の労働者といった感じの作業服を着て、荷馬車の脇に立っている。背景には木立が写っている。なんのへんてつもない写真だ。いくぶんピンぼけしているし、角度や構図にも取り立てて工夫は感じられない。

オラドゥールとブルターニュでの調査に続いて、ジュリアンはハンガリーに乗りこみ、バートリ伯爵夫人の古城が不気味にそびえる土地でかなり長期にわたって取材をおこなった。〝チェイテ〟とラベルに記入されたフォルダには、ほかと同じく写真しか入っていない。大部分は彼女が悪魔の所業に及んだ現場である廃墟の城を写したものだが、風景写真も含まれていて、古城が建っている小高い丘から四方の景色を撮っていた。一帯には犠牲者たちの多くが生まれ育った小さな村々も点在している。このフォルダがほかと唯一異なるのは、ジュリアンが別々の情報源から集めた肖像写真のコピーが四枚含まれている点だ。そのうちの一枚はバートリ伯爵夫人だとわかる。ほかの三枚は裏にジュリアンの手書き文字で名前が書いてあった。それによると、一枚はドロティア・センテス、別名ドルカ。ほか二枚はイローナ・ヨーおよびヤーノシュ・ウイヴァリ、通称フィッコだ。この三人はいずれも伯爵夫人の共犯者で、それぞれの裏面にどのように処刑されたかが記入されている。ドルカとイローナは爪をはがされたあとに生きたまま火あぶり。フィッコは斬首刑となった。

四つ目のフォルダには、予想どおり、アンドレイ・チカチーロが生け贄たちを物色した列車や駅と思われる写真が数枚おさめてあった。この殺人鬼はおもに家出したティーンエイジャーの少年少女をねらった。ソビエト連邦が崩壊に向かって道を転がり落ちていた時代は、若者の家出が後を絶たず、格好の餌食になったのである。

五つ目のフォルダにはラベルになにも書いていなか

ったが、わたしは中身を見るなり頭にタイトルが浮かんだ。アルゼンチン、と。

フォルダに入っている写真すべてにマリソルが写っていた。どの彼女も、わたしたちがブエノスアイレスに滞在していたときの年齢のままだった。髪の長さもあのときと同じ。うち一枚では、着ている服までわたしたちが初めて会った日と同じだった。

ただ一枚を除いては、旅行者が撮るような普通の写真とはちがっていた。モノクロ写真で、かなり離れた地点から撮影されているのがわかる。明らかに、自分の姿を見られたくない何者かが、マリソルに気づかれないように撮影したものだ。

例外の一枚というのはカラーで、いかにも観光客が撮りそうな写真である。実際にわたし自身がサン・マルティン広場で撮影したものだった。そこに写っているマリソルはロドリーゴ神父の隣に座っている。二人とも見るからに真剣な話し合いの真っ最中で、ロドリーゴ神父は片手を上げて人差し指を立てている。これは重要なことなんだから、よく聞きなさい、と強調するように。わたしはジュリアンと彼らの近くに立って、シャッターを押した。現像したのは帰国してからだった。この写真をジュリアンに見せたとき、彼はしばらくじっと見つめてから、「これ、もらっていいかな?」と言った。もちろん、わたしはいいよと答えた。それ以後、いまこのときまで、一度も目にすることはなかった。

だが残りの写真はいったい誰が撮ったのか、まるで見当がつかなかった。

一枚目は五月広場でマリソルが一人だけ写っている。背後に見えるのは大統領府の薔薇色の建物、カサ・ロサーダだ。彼女は顔を右へ向けている。どういうわけか、かなり困惑した表情だ。姿勢にも不安な気持ちが表われている。待ち合わせの相手がなかなか現われなくて心配しているのだろうか。

二枚目は一枚目と明らかに撮影日がちがう。さっきとは別の日のマリソル。雨が降っていて、バスに乗ろうと傘をすぼめているところだ。

三枚目。マリソルは若い男とレコレータ墓地の入口付近で座っている。男は外見から推測して、マリソルと同じ先住民系だろう。髪は黒く、カールしている。ただし、座っていてもかなりの長身だとわかる。服装はジーンズにスウェットシャツで、態度はどことなく身がまえた感じだ。マリソルはその若者にもたれかかっていて、ロドリーゴ神父からもらった黒い玉のネックレスが喉のあたりにゆるやかにぶら下がっている。唇を少し開いて若者の耳元に寄せているので、なにごとかささやいているのだとわかる。写真を裏返すと、タイプで打った文字があった。〝マリソル・メネンデスとエミリオ・バルガス〟。

「これを見てくれ」わたしはルネに言った。

ルネは近寄ってきて、わたしが差しだした数枚の写真をのぞきこんだ。

「一枚はわたしが撮ったものだ」ルネに言った。「だが、ほかのはどこから手に入れたものかわからない。この若い女性はマリソル。ジュリアンとわたしがアルゼンチンへ行ったとき、現地で世話になったガイドだ。その後、行方不明になった」

「へえ」ルネは低い声を漏らした。「可愛いね。おれの好みではないけど」彼はにやりと笑った。「背が低いし、あんまり肉付きがよくないからね。一緒に写ってる男は誰だい？」

「エミリオ・バルガスという名前らしい」わたしは言った。「写真の裏にある文字によればね」

ルネは写真をひととおり見てから言った。「どうやら偵察中の写真らしいな」彼は言った。「昔のアルジェを思い出したよ」彼は煙草を取りだして火をつけた。

「この二人は誰かに見張られてる」

「警察の張り込みということかい？」わたしは訊いた。

「警察、軍部、諜報機関、どれも似たようなもんさ」ルネはそう言って薄笑いを浮かべたが、茶化すような表情は消えていた。いやな思い出を呼び覚まされたという顔つきだ。「アルジェに、ある若い娘がいてね」彼は過去の記憶を探り始めた。「名前はカリダといって、アラビア語で〝永遠〟の意味だ。もっとも、彼女の運命はそうはいかなかったけどね」瞳の奥を暗い影が覆う。「いわゆる偶然ってやつのしわざで、おれたちの同僚の一人が——」

「同僚？」わたしは思わず口をはさんだ。

「警官だよ。おれもそうだったんだ」ルネはそっけなく答えて、先を続けた。「ま、ともかく、同僚の警官がたまたま〈ミルク・バー・カフェ〉の外で写真を撮った数分後に、爆弾が爆発した。その写真にはカリダが写ってた。店の入口からわずか数メートルのところに立ってて、不安そうな顔をしてた」ルネは写真のなかでマリソルの隣にいるエミリオ・バルガスの顔を指先で軽く叩いた。「ちょうど、こいつみたいにな。あなたもこの男の目を見りゃわかるはずだ。心が休まらずにいる。胸がざわざわして、落ち着かない。カリダについても、おれたちは同じように感じ、その理由は爆弾のことを知ってたからだと思った。たぶん彼女は見張り役で、爆弾を運びこんでくる仲間を待ってたんだろうと。ところが、実は彼女が待ってたのは恋仲の少年だった。彼女の父親がそいつを嫌ってたんで、見つからないかとびくびくしてたってわけさ」ルネは肩をすくめた。「だが、事実が判明したときにはもう遅かった」

運命の無慈悲なもつれが生んだ結果は、ルネにとって大きな衝撃だったようだ。物事のちっぽけなねじれが、哀れな無実の少女カリダを内乱の巨大な渦へ巻きこんでしまったのだ。

ルネは笑ったが、乾いた笑い声だった。「当時はちょっとでも怪しいと思えば、相手が誰であれ警察は徹底的に取り調べをおこなった」ルネはもう一度笑ったが、さっきと同様、少しも楽しくなさそうだった。

「革命は子供に優しい母親とはちがうからな」

「カリダの身にいったいなにが？」わたしは訊いた。

「われわれは彼女を尾行した」ルネは答えた。「彼女のあとをついて行けば、首謀者のもとにたどりつけると踏んだのさ。だが彼女はカスバへ野菜を買いに出かけただけだった。そして小さなバスケットを手に帰宅した。一緒に暮らしてる父親は馬鹿な男で、娘にセティフで起きた大虐殺のことやら、イスラム系以外のアルジェリア人は皆殺しにしちまえなんてことを吹きこんでた。ふん、くそいまいましい〝神は偉大なり《アッラーフ・アクバル》〟野郎めが」

「カリダは父親の言動をきみたちに伝えたんだね？」わたしは訊いた。

「最初はなかなか口を割らなかったよ」ルネは小さく肩をすくめた。「だがさっきも言ったとおり、警察は徹底的に取り調べをおこなった。それが終わった頃には、小さなカリダはもう取り返しのつかない状態になってた」ルネはマリソルとエミリオ・バルガスの写真を手に取り、まじまじと見た。「この二人、手を触れ合ってるぜ」

写真をあらためて見ると、ルネの言うとおりだった。ベンチの二人のあいだに置かれた彼らの手は、指先がさりげなく触れ合っている。

ルネはまだ写真を見つめている。「裏切りは人の心のなかで起きた地すべりみたいだよな」彼は続けた。「いったん起こると、二度と足場を取り戻せない」わたしがなにも答えずにいると、彼は顔を上げてこちらを見た。「きっとこの若者はマリソルの恋人なんだよ。よくある話じゃないか。だろう？　秘密の恋人ってやつだよ。この写真を見て、ジュリアンは嫉妬の炎を燃やしたんじゃないかな」

わたしは首を振った。「それはありえない。ジュリアンがマリソルに恋心を抱いたことはないんだから」と否定した。「きみはボディス・リッパーの読み過ぎだよ、ルネ」

ルネは聞き慣れない言葉にとまどっていた。「ボディス・リッパー？」

「官能ロマンス小説のことだ」わたしは説明した。

ルネはさっそく手帳を取りだし、新しく覚えた表現を書き留めた。「いいねえ」くっくと笑った。「おれは英語が大好きだよ」彼の笑顔は未練がましそうに消えて、しかめ面に変わった。「英語をしゃべる人間はあんまり好きになれないがな」

16

ほどなくして、わたしたちはアパルトマンをあとにした。ルネの感想を代弁すれば、ジュリアンの部屋は薄暗くて気の滅入る場所、ということだろう。わたしも同感だったし、長居する理由もなかったので、用が済むとすぐに退散し、午後遅くにはホテルに戻った。部屋に入ると、電話が鳴っていた。

「フィリップ・アンダーズ君かね？」

「そうですが」

「ウォルター・ヘンドリックスという者だ。お父上から電話するように頼まれてね。彼の話では、きみは友人について調査しているとか」

調査している？

本当のところ、わたしがいまやっているのはそういうことなんだろうか？　内心で自問した。

「その友人はジュリアン・カールトン・ウェルズのことだね？」ヘンドリックスはジュリアンをフルネームで呼んだ。

まるで書類に書かれている文字を読みあげているような口調だったが、わたしはただ「はい」とだけ答えた。

「私はいまロンドンに住んでいるが」ヘンドリックスは話を続けた。「一九八〇年代はブエノスアイレスに駐在していた。それでお父上は私になにか手助けできるのではと考えたようだ。ちょうど私が現地にいたときだったからね、ウェルズ氏がブエノスアイレスでアメリカ領事館のガイドをしていた若い女性に関与したのは」

「彼女はマリソルです」わたしは言った。「関与した、というのはどういう意味でしょうか？」

「うむ、彼女が失踪したあと、ウェルズ氏はアルゼンチンの大統領府へ行って彼女の安否を問い合わせているんだ。少なくとも、そういう関与はあった」ヘンドリックスは答えた。

「ジュリアンがカサ・ロサーダへ行ったんですか？　それは知りませんでした」

「記録に残っている」ヘンドリックスが言う。

「どういう種類の記録ですか？」

「独裁政権下では、行政の中枢機関を訪ねてきた人物の情報が逐一記録に残されるのは当然のことだよ。きみもそれくらいは容易に想像がつくと思うが」

「なるほど、そうですね」

「氏名と住所を片っ端から記録しておいて、号令がかかったら、ただちに身元調査を開始するわけだ」

「アルゼンチン政府はジュリアンを調べていたんですか？」わたしは訊いた。

「いいや、公式の調査はなかった」ヘンドリックスは言った。「しかし、目をつけられてはいた。ミズ・メネンデスとつながりがあったせいだろう」

「マリソルとつながりがあると、なぜ目をつけられるんですか?」わたしは訊いた。

「それはきみ、言うまでもなくミズ・メネンデスが政府の要注意人物だったからだよ」ヘンドリックスはきっぱりと答えた。「政府が彼女の背後関係を探る必要があると判断したことは確かだ」

「彼女は政治に深入りしているようには見えませんでしたが」わたしは言った。「ごく普通の、真面目な一般市民だったと思います」

電話の向こうでヘンドリックスが笑った。「きみ、それは諜報員が得意とする昔ながらの手口なんだよ」小ばかにした調子だった。「子猫のふりをして、雌虎の本性を隠す。おわかりかな?」ちっぽけな仕事をひとつ片付けた、さっさと次に取りかかろう、と言いたげな口ぶりだ。「ともかく、カサ・ロサーダはマリソルに関する情報を収集していた。実際にはさほど価値のない報告書だったと思うがね。数百人分、いや数千人分もの膨大な個人情報が『汚い戦争』の期間に蓄積された。マリソルの記録はそのうちのひとつに過ぎないのだ」

「その記録を見せていただけませんか?」わたしは用心深く訊いた。

「断わる理由は特にないのでな」ヘンドリックスは言った。「ただし、こっちへ来てもらうのが条件だ。郵送で済ますような性質のものではないんでね」彼は短く笑った。「いや、中身はなんの価値もない代物だが、やはり正式な手続きを踏んでもらわねば。決まりは決まりだからね。そこはご理解いただけると思うが」

「はい、もちろん」わたしは言った。「月曜にロンドンへ行けます。ご都合はいかがですか?」

「月曜日だね、いいとも」ヘンドリックスは答えた。「本当にこっちまで足を運ぶつもりがあるならば」

彼はわたしがそうまでして報告書を見たがっていることに心底驚いているようだ。

「わたしがその書類に興味を示さないだろうと思っていらっしゃったのですか？」と、訊いてみた。

「実を言うと、そのとおりだ」ヘンドリックスは答えた。

「理由をうかがっても？」

「いや、特にこれといった理由はない。きみのお父上の言葉から、なんとなくそう予想しただけでね」

「父はなんと言ったのですか？」

「きみはジュリアンとは対照的な人間だ、と」

「どんなふうに対照的なんでしょう？」

「きみは〝陰謀〟だの〝スパイ〟だのといった世界には見向きもしない、と言っておられた」ヘンドリックスは言った。

「ジュリアンはちがったと？」わたしは訊いた。

「お父上はそうお考えのようだった」ヘンドリックスは答えた。

「ジュリアンはただの作家だったんですよ」

会話の流れはヘンドリックスにとって深追いしたくない方向へ動いているようだった。「では、ロンドンで会おう。月曜日だったね？」彼は確認した。

「はい」

「デュランツ・ホテルのバーで落ち合うことにしよう」ヘンドリックスはホテルの住所を言った。「午後四時でどうかな？」

「ええ、かまいません。ではそのときに」落ち着いた口調で電話を切ったが、本当は半分うわの空だった。父のジュリアンに関する不可解な意見がどうしても気になって、そのことばかり考えてしまうので、気分転換に外出することにした。今夜はパリの夜を楽しもう。通りを歩いているうちに小さなカフェを見つけ、外のテーブルに座って赤ワインをグラスで注文した。

暖かい夏の宵だった。そのうえ午前中ジュリアンの屋根裏部屋へ行ったこともあって、自然とブエノスアイレスでのことを思い出した。あそこでも同じような夜を過ごした。こういう屋外のカフェで、思いつくままにいろいろなことを語り合った。だが政治の話になったことは無きに等しかった。それはマリソルが慎重に避けていた話題だったように思う。にもかかわらず、ジュリアンはしきりと会話をその方向へ持っていこうとしていたので、怪訝に思ったのを覚えている。彼はなぜそんなことをしたんだろう？　いまだに不思議でならない。答えを見つけようと考えこんでいるうちに、記憶の奥から別の事柄がいくつか駆けのぼってきた。そういえば、ジュリアンはわたしとの待ち合わせを突然取りやめたことが一度ならずあった。しかも、そのとき彼がどこにいるのかわたしにはまったくわからなかった。だがいまなら想像がつく。街角の売店の陰からマリソルをこっそり隠し撮りしているジュリアンの姿が頭に浮かぶ。

ジュリアンがスパイだったなどという考えは笑止千万だが、物の見方にほんの小さなずれが生じただけで地殻変動ほどの劇的な変化が訪れ、疑惑がくっきりと姿を現わすということもないわけではない。そんなふうにとりとめのないことをあれこれ考えていたら、そのほんの小さなずれが起きたのだろうか、三人でこぢんまりしたカフェに入ったある晩の記憶がよみがえった。

あれは五月通りと七月九日通りの角あたりだったかと思うが、遠くに共和国広場のオベリスクが巨大な針のようにそびえているのが見えた。その前日の晩、軍事政権の悪名高い白のフォード・ファルコンのトラックが一台、オベリスクの真ん前で鋭いブレーキ音を響かせて急停止した。複数の目撃談によると、トラックから四人の男がぱっと降りてきて、オベリスクのそばに立っていた若い男女を無理やり荷台に押しこみ、あとから自分たちもそこに飛び乗ったという。トラックはそのまま猛スピードで走り去ったそうだ。

そのように、拉致は大勢が見ている前で大胆不敵におこなわれたため、政府はそれを違法行為として取り締まるとの声明を出した。しかし、実行犯が政府直轄の準軍事組織の一団であることも、政府の弾圧による犠牲者たちが二度と戻ってこないことも、とっくに周知の事実だった。

「どこへ連れ去ったんだろう?」ジュリアンは訊いた。大都市の真ん中では人目につくはずだ。何百人という市民が目撃者になりうる」

「でも、何百人という市民はなにか見ても口をつぐんでいるでしょうね。だからラ・ボカ地区あたりの小さな民家だとしても不思議はないわ」マリソルはブエノスアイレス近郊のさまざまな人種の移民が集まる地域を挙げ、淡々と答えた。誘拐した人々をそこに紛れこませれば目立たないだろうと言っているのならば、そんな客観的な見方ができるのは政治に無関心な証拠ではないかとわたしは思った。

「だが、連れ去った人たちを強制的に閉じこめておくわけだろう?」ジュリアンは食い下がった。

「だから秘密の場所が必要だということ?」マリソルは冷静な口調を崩さなかった。「白昼堂々、街の真ん中で拉致したあとで、わざわざ遠く離れた洞窟かどこかに隠すなんて、矛盾していると思わない?」

それを聞いてジュリアンがぎょっとしたのをマリソルは見て取った。

「勇気をふるって行動を起こせるのは、そういう相手が権力を握るまでよ」マリソルは言った。「彼らがいったん権力の座に着いたら、人は恐怖で尻込みして、なにもできなくなるわ」

「じゃあきみは、こうして若い男女が拉致されても、なんの手も打たないのかい?」ジュリアンは詰め寄った。マリソルを共犯者呼ばわりしていると受け取られてもしかたないほど非難がましい口調だった。

そう言われて、マリソルの瞳が怒りできらめいた。そんな彼女を見たのは後にも先にもそれ一度きりだった。いきり立った様子で、彼女はさっと前に身を乗りだした。

「どんな手を打てと言うの、ジュリアン？」彼女は激しい剣幕で言い返した。「あなたは味方を守るために敵方の男女を通りで連れ去ることができる？　その人たちをどこかに監禁して拷問したり、彼らの子供をさらって親の目の前で暴行したりできるの？　手を打つというのはそういうことよ。そして、これは実際に起きていることでもあるわ。紛れもない現実なの。なぜだか教えてあげましょうか。いったん怪物が権力を握ってしまったら、その怪物を倒すためには、あなた自身も血も涙もない怪物になるしかないからよ」

言いたいことを吐きだしてしまうと、マリソルは椅子の背にもたれ、彼女らしくない荒々しい動作でワインの残りを飲み干した。「あなたの政治理論には血が通っていないわ。ここは血まみれの国だということを忘れないで」

ジュリアンが黙ったままでいると、マリソルはテーブルにのせていた両手を引っこめ、自分の膝の上に置いた。激昂したことを悔いているしぐさだった。観光ガイドらしからぬ態度を取ってしまったと反省していたのだろう。

そう、あのときジュリアンはなにも言い返さなかった。だが彼の目に暗い炎がともったのをわたしはいまでもはっきりと覚えている。彼の心のずっと深いところで、秘密の部屋のドアが開いた瞬間だったのかもしれない。

わたしのジャケットのポケットには、ジュリアンの屋根裏部屋で見つけたマリソルの写真が入っていた。もう一度見ようと、それを取りだした。一番上にあるのはわたしが撮った写真だった。少し時間をかけて、マリソルの顔を眺めた。穏やかな顔立ちと、優しげな目を。

〝子猫のふりをして、雌虎の本性を隠す〟。ヘンドリックスの声が耳の奥で響いた。その言葉を念頭に置いて、わたしは視線をマリソルの顔から手に移した。柔らかく、繊細な手にしか見えなかった。鋭い爪が隠れているようにはとても思えなかった。

第四部　『雌　虎』

17

想像してみてほしい。手枷をはめられた少女が自分のほうへ近づいてくる女を見上げ、これでわたしは助かった、と内心で安堵している姿を。だが女はこの城の女主人なのだ。彼女の細くて白い指がチェイテ城の秘密の部屋を残らず支配している。その指で軽く合図するだけで、彼女はすべての鉄格子の扉を開き、すべてのロープと鎖を引き下ろすことができる。フィッコに絞首台を用意させ、ドロティアに火あぶりを命じることができる。生け贄の少女は裸にされ、じめじめした藁の敷物に寝かされ、手枷と足枷をはめられている。自分を待ち受けているのはむごい仕打ちだと少女は知っている。いま、独房に入ってきた女は、少女が目にした相手は、美しきエルジェーベト・バートリ伯爵夫人だ。女城主は少女に近寄ると、清らかな者にはとても耐えられない冷血な一瞥を獲物にくれてから、フィッコに鞭を持ってくるよう命じる。

夜中にはっと目が覚めたのは、ジュリアンが書いた文章自体ではなく、わたしの頭のなかの、その場面を視覚化した異様な情景のせいだった。宝石の飾りでずっしりと重い豪華なドレスを着て、大きな指輪をいくつもつけたバートリ伯爵夫人が、こちらへゆっくりと近づいてくる。彼女の欺瞞は完璧で、威光すら放っている。わたしは王の前に進みでた家来のごとく頭《こうべ》を垂れ——

わたしは頻繁に悪夢を見るわけではない。それどころか、前回怖い夢を見て飛び起きたのはいつだったのか思い出せないほどだ。だが今夜の夢はびっくりするほど鮮明で、生々しかった。自分の手首にはめられた手枷や、足の裏のべとべとした藁の感触までもが現実そっくりに伝わってきた。

記憶では、もっと長くて描写が入り組んだ場面だと思っていたが、本を開いてその箇所を読み返してみると、これはジュリアンの筆致が持つ非凡さのひとつでもあるのだが、実際にはきわめて簡潔な文章だった。その場面に続いて、ジュリアンは男よりも女に拷問されるほうが恐怖がつのるという想定を前提に、その原因や根拠に関して瞑想めいた考察を短く披露している。それによれば、女性を安らぎの象徴として見る人間の原始的な観念が突如ひっくり返され、心胆を寒からしめるねじれが生じ、そのせいで苦しみと恐怖が増幅されるのだろうとのことだった。

ルネは朝の九時少し過ぎに、わたしが泊まっているホテルへやって来た。充分休養を取って、疲れをすっかり脱ぎ捨てた顔をしていた。内面の葛藤を抱えることも、自分の過去のふるまいや、アルジェリアでおそらく関わったであろう邪《よこしま》な行為を疑うこともまったくしていない男に見えた。

「ジュリアンそっくりだよ」ホテルからほど近い路上のカフェに落ち着いてから、ルネはわたしに言った。「朝会うと、ジュリアンもそんなふうに一晩中犬に追いかけられてたみたいな顔をしてた」

「しょっちゅうそうだったのかい？」わたしは訊いた。

「まあ、そういうことが多かったな」ルネは答えた。「悪夢のしわざだ」彼は煙草に火をつけて朝の一服を始めた。といっても、その日最初の一服ではなさそうだが。たぶん起きてまず一服、髭剃りの前後に一服、着替える前に一服、そして外に出て朝日を浴びて一服。

「ジュリアンの悪夢は特にひどかったんだろうな」

「昨夜はわたしも悪い夢を見たよ」わたしは言った。

「ジュリアンが書いた『雌虎』に関係のある夢だった。自分が一人の少女の目を通して伯爵夫人を見ているんだ。伯爵夫人がこれからいたぶって殺そうとしている少女のね」

「ジュリアンがいつもやってたのと同じだ」ルネは心ここにあらずの状態に見えた。「犠牲者の身に自分を置き換えてた」通りのほうに目をやり、車や人の流れにぼんやり見入っているようなそぶりのあとで言った。「きっと自分の身で生きてるのがいやだったんだろうな」ルネは肩をすくめた。「そうは言っても、しょせん人間は自分の人生しか生きられないんだが。そうだろう？」

それは素朴な疑問というよりも、誇張のための言葉遊びだったので、わたしはなにも答えず聞き流した。

「ゆうべ、ロンドンに住んでいるという男から電話があった」わたしはルネに打ち明けた。「マリソルに関する情報のファイルを持っているそうだ。彼がそれとなく匂わせていたところによると――いや、それとなくを越えていたが――どうやらマリソルはただのガイドではなかったらしい」

ルネは唇の右端から円柱状の太い煙を吐きだした。

「やっぱり危険な女だったのか。アルジェリアにもいたよ、一人。おれたちは〝剃刀〟と呼んでた。そのへんの男よりも彼女のほうがよっぽど怖かった」

「怖かった？　きみたちがカリダという少女にやったのと同じことを、その女にやられるんじゃないかと？」わたしは少しずつ手探りするように尋ねた。

「アルジェリアはひどい場所だった。当然、そういうところでは悪事が横行する」ルネは地獄から這いのぼってきた燠火を恐れるような目で煙草の火を見つめた。「その女は拷問者で、暗殺者だった。夜はね。つまり、夜と昼の顔をずるがしこく使い分けてたってわけだ」彼女の狡猾さに感心するような笑みを浮かべた。「昼間は普通の女だった。学校の教師をしてたよ」今度はにんまり笑って、辛辣さを帯びた顔つきになった。

「彼女は全員をだましてたんだ。恋人の男を除いては。そして、そいつも彼女と同じくらい悪かった。要するに二人は犯罪仲間――いわゆる同じ穴の狢《むじな》ってやつだ」

わたしはジュリアンがラベルのないフォルダに入れていたマリソルの写真を順に思い起こした。どれも屈託のない純真そのものの顔に見えた。ただし、エミリオ・バルガスと写っている写真だけは例外だが。あの写真のマリソルは心配事を抱えて神経が張りつめている感じだった。彼女には秘密の生活があったんだろうか？　ひょっとして、マリソルとエミリオ・バルガスは犯罪仲間だったのだろうか？

翌朝、わたしは北駅からパリを発った。二時間余りの高速鉄道の旅だ。車窓からフランスの田園風景を楽しませてくれたあと、列車はイギリス海峡を渡ってロンドンに入った。そのあいだ、わたしはずっとマリソルのことばかり考えていた。というよりも、彼女の記憶が強烈過ぎて、ほかのことには頭が行かなかったのだ。

ジュリアンとわたしは〈グランカフェ・トルティーニ〉でマリソルと待ち合わせたことがあった。五月通りのにぎやかな一角にある、アルゼンチンの著名な芸術家や俳優に昔から愛されてきたカフェだった。あの偉大な作家ホルヘ・ルイス・ボルヘスも、事実上、国外で暮らすようになる前は、アルゼンチン以外では無名に近かった劇作家や女優を大勢引き連れてしばしば店を訪れていたという。けれどもわたしたちが行ったときは、過去の有名な常連客たちの蠟人形を飾るような店になり果てていた。ボルヘスも停止した時間の檻に閉じこめられて、小さなテーブルの前に座り、タンゴ歌手として名を馳せたカルロス・ガルデルと話しこんでいた。ボルヘスの蠟細工の顔はいかにも温和な表情だったので、ひどく場違いに見えた。わたしたちが滞在していた当時、ボルヘスが愛してやまなかった母国であるアルゼンチンは政情不安に揺れ動き、平穏無事の象徴のような蠟人形のまわりでは暴力と騒乱が渦巻いていたのだから。そもそも、わたしたちがアルゼンチンへ行ったのは、その混沌とした国の素顔をじかに見てきてはどうかと父に勧められたからだった。

几帳面で、遅刻など一度もなかったマリソルが、そのときだけは約束の時間になっても現われなかった。だがわたしが驚いたのは、ジュリアンがそのことにあからさまな動揺を見せたことだった。そわそわと落ち着きがなく、しきりとあたりを見まわしていた。

「いつも時間どおりなのに」ジュリアンは言った。

「まだ五分遅れているだけだよ」わたしは彼をなだめた。

「彼女はいつも時間に正確だ」

「ちょっと大げさだぞ、ジュリアン。たった五分じゃないか」

「ああ、そうだとも」ジュリアンはとげのある口調で言った。「だが、アルゼンチンでの五分だ」

アルゼンチンではなにが起こるかわからないと言いたかったのだろう。もちろんジュリアンの言うとおりだ。広場のオベリスクの前で、白昼に衆人環視のなかで若い男女が無理やり連れ去られるかもしれないし、「鉛筆たちの夜」と呼ばれる数年前の一斉検挙のように、ラ・プラタで大勢の高校生が誘拐され、レイプされ、拷問されるかもしれないのだから。

「ボルヘスも初めは軍事政権を支持していた」わたしは言った。「だがいまは徹底的に非難している。まあ、発言はおもにヨーロッパからだが」

「安全な場所からね」ジュリアンは皮肉めかして言うと、街路を真剣な目で見渡して、朝の雑踏のなかにマリソルの姿を探していた。

「ほかに選択肢がなければ、しかたないだろう」わたしは反論した。「なんのためにこの国にとどまるんだい？」

「闘うためだ」そのジュリアンの返事にわたしは不安を覚えた。もしや彼はアルゼンチンに冒険ロマンスもどきの幻想を抱き始め、この国の争いは自分の争いだなどと考え、たった一人の国際義勇軍を気取るつもりなんだろうか、と。

わたしがその疑問をどう言い表わそうか迷っているうちに、マリソルが向こうから大急ぎで駆けてきた。慌てたせいか髪や服装は少し乱れていたが、いつもどおり明るく快活な様子だった。

「あら」彼女は陽気な声で言ったが、笑顔は作り物めいていた。「なんだか町の文化センターの陳列室みたいね」店内の蠟人形たちを眺め、ステッキを持った盲目のボルヘスに目を留めた。マリソルのまなざしに、彼女には珍しく暗い影がよぎったように見えた。「たしかボルヘスは、〝現在とは孤独である〟と書いていたわね」そう言ってから、彼女はほかの客たちを見まわした。大部分は身なりがよく、静かに煙草をくゆらせるか、コーヒーを飲むかしている。「視力は失っても、軍事政権の刃《やいば》が自分に向けられているのは見えたようね」

マリソルの顔に浮かんだかすかな嘲笑に気づいて、わたしははっとした。だが彼女はすぐに表情を消し、政治問題には関心のない陽気なガイドの態度を装った。それでも、アルゼンチンが生んだ存命中の偉大な作家に軽蔑を抱いているのは打ち消しようがなかった。

「ボルヘスはこうも書いているよ。〝短剣が望んでいるのは優しさじゃない〟」ジュリアンは真剣味を帯びた目で言った。

マリソルの顔つきから、ジュリアンに対する見方がこれまでと変わったのは明らかだった。「ボルヘスを読んでるの？」ジュリアンをまじまじと見て言った。

「レコレータ墓地で、きみがボルヘスの言葉を教えてくれただろう？　あれを聞かされたら、読まないわけにはいかないよ」ジュリアンは答えた。

「最近読んだのはどの作品？」とマリソルが訊いた。

「『ザーヒル』という短篇だ」ジュリアンは答えた。

それから彼は穏やかにほほえみ、ボルヘスのものと思われる一節をそらんじた。「〝私の書き物机の抽斗には、下書きの原稿や古い手紙にまじって、一本の短剣が眠っている。繰り返し虎の夢ばかり見ている〟

（『遭遇』*Encounter*（一九六九年）所収の「短剣」"Dagger"より）

虎《タイガー》。

短剣《ダガー》。

あれはいったいどういう意味だったんだろう？　ロンドンへとまっしぐらに進む列車のなかで、わたしは天に祈るような思いでつぶやいた。

18

ロンドンに到着したのは正午頃で、ヘンドリックスと会うことになっている時刻まで数時間の余裕があった。彼が待ち合わせ場所に指定したデュランツ・ホテルはこぢんまりしているが、アメリカ大使館に近かった。そのため戦時中はアメリカ人将校がよく利用していたらしい。スパイ小説の書き手たちがしばしば指摘しているように、善玉と悪玉の境界線がくっきりと引かれていた時代の話だ。

前回来たときと比べると、ロンドンは大きく様変わりしていた。移民の大量流入の影響は、オクスフォード街のような場所にも顕著に表われていて、街路のカフェで水ギセルを吸っている中近東の男たちや、全身をブルカですっぽりと覆った恰好で歩いているイスラム教の女たちの姿が目につく。こうした変化によってロンドンは陰謀の気配が深まった。いや、そう感じられるだけかもしれない。わたしが現在のロンドンから謀略合戦が繰り広げられる、場を想像したのは、街の光景から見て取れる実際の変貌が原因だろうか。それとも、ジュリアンの生涯から次々と浮かびあがってきた細かい気になる問題——とりわけ、著書からも会話からも伝わってくる、彼が裏切りに対して示す執着めいたもののせいだろうか。

デュランツ・ホテルは、ハイドパークからそう遠くない脇道に面していた。そこに到着する頃には、ロンドン特有の小ぬか雨がしとしとと街を濡らし、霧もうっすら漂い始めていた。バーの小さな窓越しに、通りに咲く黒い雨傘の花がいくつも見えた。

「フィリップ君だね？」

窓から視線をはがして振り向くと、わたしのテーブルのそばに男が立っていた。

「ウォルター・ヘンドリックスだ」男は名乗った。

「お父上はご壮健かな？」

「ええ、元気にしています」わたしは答えた。

「年齢にしては、という意味でしょうな」ヘンドリックスは訳知り顔でにやりと笑った。「当方も同じだよ。いろいろと大変でね」

そうは言っても、ヘンドリックスはわたしの父とはちがって、はっきりとした肉体の衰えはあまり感じられなかった。それどころか、強靱で荒っぽい印象を放っていて、いまでも部下をしっかり束ねて自在に動かすことができそうだ。言葉にアメリカ南部の訛りがまじっているが、ヴァージニア州東海岸の唇を丸くしてOを発音する話し方ではなく、アパラチア地方の軽く鼻にかかった声のほうに近い。リー将軍のお付きの者というより、彼の指揮下で実際に戦場で勇敢に戦った兵士の子孫といったところか。ご先祖は「ピケットの突撃」で九死に一生を得て戻ったあとに、リー将軍の敗北宣言を聞かされるはめになり、血が一滴もついていない彼の手入れの行き届いた折り襟から無理やり目をそらしたことだろう。

「きみとジュリアンの卒業旅行はてっきりヨーロッパかと思っていたよ」ヘンドリックスはわたしの向かいの席に腰を下ろした。「それがアルゼンチンとは、ずいぶん変わった行き先を選んだものだね」彼は柔和な表情でにこにこしている。「〝埃っぽい場所〟とお父上は呼んでいた。彼はああいう地域の人々に昔から思い入れが強かったようだね」穏やかな笑みは含み笑いに変わった。「私はお父上にこう言ったんだ。一度アフリカのティンブクトゥにでも行って、しばらく暮らしてみたらどうだい、とね。あそこは食べ物さえ泥の味がする」

「そういう土地への赴任を命じられたら、きっと父は大喜びしたでしょう」わたしは父を擁護したくなった。「現実と向き合えるわけですから」

ヘンドリックスの笑い声が細くなって途切れた。「長期でなければ、それもいいだろうがね」彼の言葉には劣悪な環境で暮らしてきた者の重みがこもっていた。「その種の現実とやらを長いあいだ望む人間はどこにもいないよ」

ヘンドリックスはあたりを見まわした。「前にこのバーへ来たことは？」

「ありません」

彼はほほえんだ。「実はね、あくまで私の推測だが、ここは数多くの策略が練られた場所ではないかと思うんだ」彼は言った。わたしたちが囲んでいる丸テーブルは、飲み物しか置けないほど小さい。「スパイ界の貴公子と言われたライリーがこの隅の席で、この小さなテーブルを前にしていたとしても、私はこれっぽっちも驚かんよ。話の内容はたぶんレーニン暗殺計画だろうね」

そんな戯れ言を口にしながらも、ヘンドリックスの目は相変わらず鋭い眼光を放っていた。こんな視線に射られたら、誰も嘘をつこうという気にならないだろう。

「私は歴史が好きでね」彼は話を続けた。「ロンドンを隠居の場所に決めたのもそれが理由なんだ。なんといっても、ここは幾度も歴史の重大な舞台となった街だからね。私は四六時中、歴史書を読んでいる。たぶんお父上もスパイ小説を読みあさっておいでだろうね。あの頃の彼ときたら、本のなかに住んでいるのかと思うほど夢中になっていたよ」ヘンドリックスは声をあげて笑った。「前に会ったときは、『三十九階段』を読んでいた」

「いまはもう、あまり読書はしていません」わたしは言った。「もっぱら古い映画を鑑賞しています。ほとんどがモノクロ映画ですよ。四〇年代の」

「なるほど」ヘンドリックスは言った。「彼らしい好みだね」彼が浮かべた微笑は、夢見がちな同輩を大目に見てやるのも男の器量だと考えているような、使い古しの寛容さをたたえていた。国務省の陰で糸を引いていた、頑固で、理想主義とは正反対の者たちが父に浴びせていたのも、こういう冷ややかな微笑だったにちがいない。「孤独なヒーローの物語か。お父上がまさになりたがっていた役だろうね」

「実際に与えられたのは、明けても暮れても机に向かっている男の役だったわけですが」わたしは言った。

ヘンドリックスはうなずいた。「そのとおりだ。しかし、お父上が事務以外の仕事で能力を発揮できたとは思えんのだがね」

「そうでしょうか？」

ヘンドリックスはもう一度うなずいた。「こんなことを言ってはなんだが、きみのお父上を見ているとね、トロツキーがニコライ皇帝を評した言葉が思い浮かぶんだ」

「どんな言葉ですか?」
「〝彼は近所の食料品店の親切なあるじにでもなればよかったのだ〟」ヘンドリックスは引用してみせた。「一介の小売店主、歴史の表舞台には決して出ることのない人物、という意味だよ。むろん、お父上は世界を変えたいとただ願っているだけではなく、自らの勇気ある行動によってそれを成し遂げたいと望んでおられた」彼はわははと笑った。「国務省での彼は、言うなれば、住み込みのウォルター・ミティだったわけだ」

住み込みのウォルター・ミティ。

なんという寂しい、そして真実をついた表現だろう。これほど悲しい気持ちになる言葉はなかった。机の前から動かず、スパイ映画を観たりスパイ小説を読んだりして毎日を過ごしながら、自分が手にすることのできなかった波瀾に富んだ密偵の人生を夢想していた男。

父のことをそんなふうに考えるのは、息子として苦痛でしかない。話題を変えて、本来の用件を持ちだした。

「それで、マリソルに関する報告書のことなんですが」わたしはロンドンまで足を運んだ目的をヘンドリックスに思い出させた。

「そう、マリソルの件だったね」と、ヘンドリックス。「その前に言っておくが、きみがどうしてそこまで関心を持つのか不思議でならんよ。友人はドン・キホーテならぬ騎士気取りで彼女を捜しだそうとしただけじゃないのかね?」

「騎士気取り?」わたしは訊き返した。

「うむ、私はあれをそう呼ぶね」ヘンドリックスはそっけなく答えた。「右も左もわからんような外国で、よく知りもしない人物を探しだそうとしたんだから。彼はアルゼンチンにはなんの伝《つて》もなかったし、その若い女性の所在をつかむための調査を実施する権限もなかった。そこでどうしたかといえば、カサ・ロサーダへ乗りこんでいって、アルゼンチン政府にじかに質問をぶつけてみようと考えたわけだ」ヘンドリックスはしかめ面でかぶりを振った。「まったく幼稚にもほどがある」

わたしはずっと前にジュリアンが語ってくれたことをふと思い起こした。そのときわたしはムッソリーニがいかに子どもじみた男だったかを話題にしていた。彼は白馬にまたがって、孔雀よろしくこれみよがしに駆けまわるのが好きで、滑稽なほど自己顕示欲が強かったのだと話した。それを聞いて、ジュリアンは見るからに不機嫌そうな顔になった。そして憤慨もあらわにこう言った。「侵略されたエチオピア人にすれば、滑稽だの冗談だのでは済まされないだろうね」それから静かに首を振って、つけ加えた。「権力を握った男が子供では困るんだ」

ヘンドリックスの目つきはいっそう真剣味を帯びた。「きみの友人はいったいどうして当局の人間が手がかりを渡してくれるなどと期待したんだ？　マリソルがどこにいて、どんな目に遭っているかはもちろん、彼女が何者だったのかも、絶対に教えてくれっこないというのに」

「彼女は何者だったのですか？」わたしは話題をもとに戻そうとした。

ヘンドリックスはにやりと笑った。「現在なら、当局は彼女を〝重要参考人〟と位置づけるだろうね」

「当局というのはカサ・ロサーダのことですね？」わたしは確かめた。

「そうだ」

「理由は？」

「彼女はモントネーロスの一員と明らかな接点があったからだよ。相手はエミリオ・バルガスという男だ」ヘンドリックスは事務的な口調で言った。

わたしは驚きを押し隠した。「ジュリアンはその男とマリソルが一緒に写っている写真を持っていました。

どこで入手したんでしょう?」

「ま、おそらく、ジュリアンは私が思った以上にカサ・ロサーダでうまく立ちまわったのだろう」ヘンドリックスは肩をすくめて答えた。「それはさておき、バルガスについて説明しておこう。彼は〝フック〟の異名を取っていた。それが彼の得意とする殺しの手法だ。食肉用のフックに人間を吊すんだよ」

　それを聞いて、ジュリアンの著作に出てくる残虐行為の場面を思い出した。バルカン半島のある村で、村人全員が残らず集められてトラックに乗せられ、地元の食肉加工場へ運ばれる。そして男女を問わず、子供までもが、家畜の処理とまったく同じ作業工程で惨殺されるのだ。そのひとつひとつの段階をジュリアンは生々しい表現でつぶさに描写していたので、わたしはあまりのむごたらしさに我慢できなくなり、その箇所を読み飛ばしたのを覚えている。

「バルガスはきわめて残忍だった」ヘンドリックスの説明が続く。「ターゲットの名前がバルガスに伝えられる。するとやつは彼らを誘拐し、ときにはその子供も一緒に連れ去る。そして得意の方法で拷問するわけだが、むろん本人は自分の悪行を正当化していただろうな。被害者のなかには拷問されても屈しない者もいた。だが自分の子供が裸にされ、ベッドに縛りつけられ、そのかたわらに小型発電機が置かれているのを目にしたら……」ヘンドリックスはそこで口をつぐんだ。「想像はつくね?」

　わたしはうなずいた。

「バルガスはチャコに拷問場を持っていた」

「チャコはマリソルの出身地です」わたしは言った。

　ヘンドリックスはうなずいた。「そうだ。報告書にそう記されているのを読んだ」

「バルガスはそれからどうなったんですか?」わたしは訊いた。

「最後は銃殺された」ヘンドリックスが答えた。「死ぬ前にだいぶ手荒く扱われたことは疑うべくもない」

「どういう意味ですか？」

「長時間にわたる拷問を受けたということだ」ヘンドリックスは言った。「身体の重要な部分がいくつかなくなっていたよ。なにを言わんとしているかはおわかりだろうが」かすかな笑みが唇にすっと忍び寄る。「言っておくが、やつはじりじりと切り刻まれていって当然の悪魔だった」

「遺体はどこで見つかったんですか？」

「ラ・プラタ川に浮いていたよ」ヘンドリックスは答えた。

「マリソルがそのような悪党と関わり合いを持っていたなんて、とても想像もできません」

「では、さっききみが言った写真のことはどう説明するんだね？」ヘンドリックスは質問を突きつけてきた。

「ジュリアンがそれをどこから入手したかは知るべくもないが、これだけははっきりしている。カサ・ロサーダはマリソルをバルガスの配下にあるスパイだとにらんでいた。アメリカ領事館のガイドを務めながら、それを隠れ蓑に情報収集をおこなっていたんだろうと」

つかの間、スパイ役を演じるマリソルを想像してみた。領事館内を暗い影づたいに忍び足で移動し、ドアに耳を押しあてたり、鍵穴から室内をのぞいたりしている姿を。

「しかしな、それもまた彼女の隠れ蓑に過ぎなかったのだ」ヘンドリックスはそうつけ加えた。

わたしが意味をのみこめずにいることにヘンドリックスは気づいたようだった。

「ダブルテイクと呼ばれている」ヘンドリックスは説明した。「相手はわざと少しだけ尻尾を出して、小物の下っ端スパイのふりをする。自分が実はきわめて重要な任務を負ったスパイであることを隠蔽するためにな。よって、われわれはあらためて観察し直さなければばならん。一度きりで済まさず、もう一度振り向いて確かめる必要があるのだ。これがダブルテイクと呼ばれる所以だよ」

「ですが、証拠がありません。マリソルが本当にそんな……」わたしは反論しようとしたが、言葉が続かなかった。

「確かに証拠はない。だが、彼女に関する調査報告書は存在する」ヘンドリックスは厳然と言った。「判明した事柄は決して多くはないが、多い必要はないのだ。報告書が存在するだけで、彼女がカサ・ロサーダにとっての要注意人物であることの証左になるからだ」彼は肩をすくめた。「きみも知ってのとおり、当時のブエノスアイレスは毒蛇どもの巣窟だった。どちらの陣営も大勢の人々を拷問にかけ、殺害していた。大多数の者たちは死ぬか生きるかの勝負にさらされていたわけで、彼らにすれば、政治はただのゲームではないのだ」


最後の言葉に、わたしはもったいぶった正論以上のものを感じ取った。あのアルゼンチンでのジュリアンとわたしは、拷問部屋で石蹴り遊びをしていたようなものだと暗にほのめかしている気がした。

ヘンドリックスはブリーフケースをテーブルに置いた。「ジュリアンは政治に関心があったのかね？」と彼は訊いた。

「政治に関心？」わたしはおうむ返しに訊いた。「おっしゃりたいのは、ジュリアンが理想主義者だったか、つまりイデオロギーにかぶれていたのか、ということですね？」

「その二つはまったく別のものだよ」と、ヘンドリックス。

「どんなふうにですか？」

「理想主義者は目隠しをしている人間だ」ヘンドリックスは言った。「イデオロギーに凝り固まった人間はもともと目が見えない」彼はいかめしい顔つきでわたしを見つめた。「ジュリアンはどっちだね？」

「どちらか一方に当てはまるかどうかさえ、わたしにはわかりません。ただ、理想主義者になる時間もイデオロギーにかぶれる時間もなかったはずです、ああいうことが起こる以前は」

「ああいうこと、というのは？」

「マリソルの失踪です」わたしは言った。「それ以後は、あなたもご存じのとおり、ジュリアンは彼女を捜しだそうと必死でした」

ヘンドリックスはうなずいた。「ああ、そうだ。彼女を捜しだそうと必死だった」

彼の目つきは、いやというほど多くのものを見聞きしてきた男のそれだった。幼児と大差ない世間知らずな連中にはうんざりだ、と言いたげだ。

「きみの友人は自分のことをいったい何様だと思っていたんだね？」彼は訊いた。「弱きを助け強きをくじく白馬の騎士か？　きみのお父上がなりたがっていた夢のスーパーヒーローか？」ヘンドリックスはわたしに、まだほっぺの赤い子供を見るような目を向けた。

「いい加減、大人になりたまえ」

彼は少し黙りこんだあと、気のいい叔父のような態度でわたしのほうへ身を乗りだした。

「本物の戦闘員たちが、映画の『ランボー』についてどう言っているかご存じかな？」彼は訊いた。「ああいう作り物の主人公は、現実の戦場に出たらものの五分も経たないうちに殺されてしまう。しかもそれだけじゃない、運命を分かつ重大なその五分間に、ヒーロー気取りの勘違い野郎は部下の命まで残らず犠牲にするだろう」

隠された動機を探ろうとする目で、彼はしばらくわたしの顔をしげしげと見つめた。それから前かがみになって、今度はわたしの度量を推し量るような視線を送ってよこした。境遇に恵まれていようと、金のかかった教育を受けていようと、別の新しいことをこれから学び取るだけの気骨があるかどうか確かめたがっているようだった。

「同じ痛みを分かち合わなければ、民衆について理解することなどできっこない」彼は言った。「ジュリアンはアルゼンチンの現状について無知も同然だった。血の池に、試しに靴を爪先だけ突っこんでみた旅行者に過ぎなかったのだ」

ヘンドリックスはブリーフケースから一通の封筒を取りだした。

「慎重に人生を送ってきた自分をほめてやるといい、フィリップ」彼は言った。「無謀な者は若死にするからね」その封筒をテーブルに置いて、わたしのほうへすべらせた。「彼らも若くして死んだ」

19

文学作品において、開封されていない手紙は特殊な存在感を示す。有名なのがトマス・ハーディの『ダーバヴィル家のテス』だろう。あの小説では、エンジェル宛のテスの手紙は気づかれないまま放置される。手紙が読まれなかったことで、物語は取り返しのつかない悲劇へと展開していくのである。

そんなことを考えたせいだろう、封筒の中身を読み始めたときのわたしは、ヘンドリックスから渡されたこの報告書もさらなる悲劇を招くのではないかと不安で胸がざわついた。

報告書は全部で十七ページあった。もともとスペイン語で書かれていたものをヘンドリックスがわざわざ英語に翻訳してくれていた。

　最初の数ページは、通りいっぺんの平板な略歴だった。マリソルの生年月日と出生地から始まって、両親との死別や、それによってアルゼンチンからパラグアイへ移り、その後またアルゼンチンへ戻ったこと、六歳で身寄りがなくなるとロドリーゴ神父が身元引受人となったことなどが記載されていた。ロドリーゴ神父の教区については、〝グラン・チャコ地方全体を対象としたさまざまな福祉活動の中心的存在〟との説明が添えられている。

　三ページ目で、マリソルの現住所はブエノスアイレスとなる。年齢は十四。〝知性と志〟の高さが認められ、ロドリーゴ神父のはからいで小さなカトリックの学校の奨学金を得る。以後、四年間この学校で勉学に勤しんで立派な成績を収め、修道院から、〝礼儀正しく従順で、機転が利き、人を喜ばせるための気働きができる〟との推薦状をもらう。英語はどの教科よりも力を入れて根気よく勉強したようだ。

　九ページでは、マリソルは学校を卒業して専門学校に進学している。報告書によれば、その学校は〝服飾〟関連の技能について多彩なコースを設けており、マリソルが在学中に学んだのは服飾デザインだった。

　自活するために、マリソルは複数の職に就いた。いずれも昔から貧困層向けに開かれている種類の仕事である。ウェイトレスのほかに、オペラハウスの案内係、オペラハウス内のギフトショップの店員などだ。その後、市立美術館でツアーガイドとして働き始めると、英語の堪能ぶりが上司の目に留まって英語の館内ガイドを任され、わずかながら賃金を上乗せしてもらえるようになる。

　人生のこの時期、マリソルはずっと専門学校に通い続けている。ここまではブエノスアイレスで生活するほかの多くの若い女性と特段変わった点はない。しかしそのあとの記述は、報告書で初めて不吉な空気をはらんでいた。「本人自らブエノスアイレスのアメリカ領事館と接触し、ガイドとして採用される」

　当時のアルゼンチンがちょっとしたことで軍事政権に目をつけられる状況だったとはいえ、マリソルのガイドという職業はそれほど有益な情報を集められそうにはないので、軍事政権からすればわざわざ監視下におく価値はなかっただろう。ましてや、彼女を誘拐して〝消す〟ようなことまでやるとはきわめて考えにくい。マリソルが、いわゆる高等文官や軍の高官といった特定の人物と近づきになろうとしていたふしはまったくなかった。つまり、重要な地位にいる人物を色仕掛けで誘惑して、夜の寝物語で少しずつ機密情報を訊きだそうとするような女ではないということだ。事実、彼女がガイドをした相手に、直接、間接を問わず、重大な情報に触れられる立場にあった人物は一人もいなかった。

　報告書の最後の二ページには、それまでに言及されたおもな事柄を簡潔に要約したものと、マリソルが領事館の紹介でガイドを務めた相手のリストが載っていた。リストにはその人物の職業と、アルゼンチンでの滞在理由も記されている。ビジネスマンと、なんらかの形で文化交流に携わる人たちがほとんどである。マリソルがガイドの仕事を通じて顔を合わせた相手に、どの国であれ軍関係者は一人もいない。外交官も高級官僚も皆無だ。マリソルはもっぱら多種多様な宗教団体の引率に時間を費やしていたようで、彼らは絶望する魂がひしめき合っていると感じた地域を、いくつかの小規模な慈善事業団体の貧しい代表者をまじえ、大所帯であちこち旅してまわる人々だった。こんな具合に、マリソルの顧客リストがスパイの興味を引くとはとうてい思えない。

　よって、たとえマリソルがモントネーロスの工作員だとしても、いったいどんな情報をバルガスに提供できるのか？　だいいち、誰から情報を入手するというのか？　この問いに対するわたしの答えはこうだ。彼女が集められる情報は無価値も同然だったはずだから、彼女のスパイとしての存在価値も限りなくゼロに近い。カサ・ロサーダの連中も、マリソルをちらりと見ただけで、わたしと同じ結論に達しただろう。

いや、ひょっとすると、念のためじっくり洗い直そうと判断したのかもしれない。ヘンドリックスの〝ダブルテイク〟という言葉がわたしの脳裏をかすめた。

スカイプの画面は若干ちらついていたが、父の姿を確認するのに支障はなかった。ビロードの襟がついた暗いワイン色のガウンを着ている。少し意外だったのは、父が国務省の下っ端役人ではなく、勇退したCIA幹部かなにかに見えたことである。そのせいで、ヘンドリックスがあてこすっていたウォルター・ミティの話を思い出し、父はひょっとして本当にそういう状態に陥ることがあるのだろうかと心配になった。一人きりでいるときは、現実とかけ離れた重要人物になったつもりで、荒唐無稽なことを空想しているのではないか？

「父さんの友人のヘンドリックスさんと会いましたよ」わたしは父に伝えた。「マリソルはモントネーロスのスパイだったかもしれないと考えているようでした」

わたしは父がそれを一笑に付してくれることを半ば期待したのだが、結果は逆だった。父はうなずいただけだった。「そう考えたくなる気持ちはわかる。陰謀の渦巻く世界だからな」

わたしはヘンドリックスとの会話の内容をひととおり説明し、マリソルはアメリカ領事館の紹介で仕事をしながら情報収集をおこなっているとカサ・ロサーダに疑われていたことを話した。さらにわたし自身の推測もつけ加え、ただの観光ガイドというのは仮面、表向きの顔に過ぎず、裏ではもっと重大な役割を演じていた可能性もなきにしもあらずだと伝えた。

「マリソルがいったいどんな役割を演じていたというんだね？」父は訊いた。

「とんでもない悪党と手を組んでいたようなんです」わたしは言った。「そいつの名前はエミリオ・バルガス。マリソルと同じチャコの出身です」

わたしはそれをいまだにとっぴな考えだと思っていたが、父はさして驚いた様子はなかった。

「革命というやつは人を簡単にとりこにする」父はさも達観したような口ぶりで言った。「頭でっかちな思想だからな。とりわけ若い連中はすぐにのぼせ上がって、自分を毛沢東かレーニンだと思いこむ。国家の救世主だとな」

そう言われて思い出したのが、チカチーロのことを書いたジュリアンの本について、編集者のハリーが漏らした言葉だった。どうしてジュリアンは殺人者の空想をこうも長々と事細かに描写するんだろうね。性倒錯の変態連続殺人鬼をロシアの救世主にでもまつりあげようという気なのかな、と。

「影の軍団に属することには、たまらない魅力がある」父はしゃべり続けた。「そう考えれば、マリソルがその手の組織にのめりこんだ可能性も否定はできない。つまるところ、若さは地雷原と同じなのだ。ジュリアンでさえ、秘密諜報員になりたいとの思いに取り憑かれてしまったくらいだからな」

これは本当のことだ。アルゼンチンへ出発する前にも、〝七つ道具〟がほしいとジュリアンは言っていた。おそらく〝スパイの七つ道具〟という意味で。ところが、どういうわけかアルゼンチンから帰国したあとは、スパイ人生への興味をすっかりなくしてしまったように見えた。

「ジュリアンは秘密諜報員のどういう部分に関心があったんですか」わたしは父に訊いてみた。

「だましのテクニックだよ」父は抑揚のない声で答え

た。「偽情報をつかませるとか、そういうことだ。心理戦をやってみたかったんだろう。ジュリアンは自分が利口で、それに長けていると思っていた」

「ええ、確かに利口でした、とても」わたしは言った。「他人を信用させることが大の得意だとも考えていた」父はつけ加えた。「とりわけ一対一の関係おいては相当な自信があったようだ」

そういえば、わたしが待ち合わせの場所へ約束の時間きっかりに行くと、ジュリアンとマリソルが先に来て、小さなテーブルをはさんで座っていたということが何度かあった。グラスの飲み物はすでに半分くらい減っていたので、二人がかなり前からそこにいたのは明らかだった。

「ヘンドリックスさんから、マリソルに関するカサ・ロサーダの報告書を受け取りました」わたしは言った。「それに目を通した限りでは、アメリカ領事館でガイドとして働いていた期間に、彼女がモントネーロスが興味を持ちそうな人物と接触したことは一度もありません」

そう言ったあとで、ふとあることに思い当たって、ぎくりとした。頭のなかでいったん整理してから、それを口に出して言った。

「ぼくを除いては、ですが」と父に告げた。「それから、ジュリアンも」

「モントネーロスがなぜおまえやジュリアンに興味を示すんだね？」父は訊いた。

「二人とも父さんとつながりがあるからです」わたしは答えた。

父はなにも言わなかったが、頭のなかで忙しく考えをめぐらせているのがわかった。

「ぼくとジュリアンは格好の標的になったでしょうね。もしマリソルがスパイだったとしたら」

「だが、おまえとジュリアンが私と関わりがあると、どうしてマリソルにわかるんだね？」父は尋ねた。

「わかって当然なんです。ロドリーゴ神父が父さんのことを話題にしたとき、マリソルはそばにいてそれを聞いていましたから」わたしは答えた。「それだけでなく、ジュリアンは父さんのことを自分の教育係のようなものだと言ったことがあるんです。しかも、父さんの国務省での地位を実際より高く思わせるような言い方をしていました」

「ジュリアンがそんなことを?」父は静かに訊いた。

「ええ。それから、うちの家のことも話していましたが、立派なお屋敷であるかのような表現だったんです。マリソルはあれを聞いて、父さんが省内で絶大な影響力を持っている中心メンバーの一人だと思ったかもしれません」

「なんとも皮肉な話だな」父は小さな声で言った。「現実には私はそのような地位には一度も——」

「ジュリアンは、マリソルがエミリオ・バルガスと写っている写真を持っていました」わたしは父の言葉を途中でさえぎった。「あんなもの、いったいどこから入手したんでしょう?」

「カサ・ロサーダの誰かだろう、おそらく」そう返事をしたあとに、父は意外な可能性に突然思い当たったようだった。「そうだ、ジュリアンは私の情報提供者にその写真をもらったのかもしれん」

「父さんはカサ・ロサーダの人間と接触していたんですか?」わたしはびっくりして訊いた。父がスパイ小説もどきの作戦にほんの一端でも関わっていたとは想像もしたことがなかった。

「いや、彼女はただの事務員だった」父は急いでつけ加えた。「いまは八十歳を越えている」

「それじゃ、もうアルゼンチン政府の役人ではないんですね?」

「辞めてから何十年も経っているよ」父は言った。

「彼女はいまどこにいるんですか?」

「なぜそんなことを知りたがるんだ、フィリップ?」

「父さんの情報源だった人なら、マリソルがどういう人で、なにをやっていたのか、多少は知っているかもしれません」わたしは言った。「マリソルのことが本当なのかどうか、つまり……彼女がぼくたちをあざむいていたのかどうか、その人に聞けばわかると思うんです」

父は深々と息を吸いこんでから、ゆっくりと吐いた。

「彼女は故郷のハンガリーへ帰っている。あらかじめ教えておくが、公的記録上、彼女には前科がある。マロシュ街の病院で発生した大量殺人のことはおまえはたぶん知らんだろうな」

そのあと父は詳しく語ってくれた。それはブダペストで起こった実に特異な痛ましい事件で、ハンガリーから退去しようとしない少数のユダヤ人を皆殺しにするため、親ナチス・ドイツのアロー・クロス党がおこなったなりふりかまわぬ襲撃だった。ドイツ軍が撤退した結果、国の実権を握ったアロー・クロス党は無軌道に暴れまわり、凶悪な行為を繰り返した。犠牲者のほとんどは、市内に残っていた無力なユダヤ人たちだった。ヴァーロシュマヨル病院に続いて、アルマ街の救貧院も攻撃を受けた。しかしマロシュ街のユダヤ人病院の惨状はそれ以上に甚だしかった。医師、看護師、そして患者と、大勢の人々が、一昼夜にわたって続いたアロー・クロス党による酸鼻をきわめた拷問と殺人の犠牲となった。

「私の情報提供者だった女性は、その事件に加担していた」事件のあらましを説明したあと、父はそうしめくくった。「本人がそれを否定したことは一度もない。彼女の名誉のためにそれだけは言っておこう」

「カサ・ロサーダを去ったあと、その女性はどうなったんですか?」

「ブダペストへ戻って、アメリカ領事館に勤務した」

「スパイ行為の見返りに就職先を斡旋してもらったわけですね?」わたしは訊いた。

父は黙っていたが、返事は目を見れば明らかだった。そうした裏工作や密約を父はすべて知っていた。よしとはしなくても、傍観していたのだ。秘密の逃げ道、秘密の爆撃、秘密の政権打倒。なにもかもが汚い。

「その女性がいまどこに住んでいるか、わかりますか？」わたしは訊いた。

「退職して、小さな町に移り住んだ。いまはスロヴァキア領になっている」

父がそこまで知っていたとは。わたしの驚きを父は顔の表情から読み取ったようだった。

「私と彼女は……親しくしていた時期があるんだ。短いあいだだったが」父は言った。「おまえの母さんが亡くなって、ずいぶん経ってからだ」

「そう」わたしは一言だけ答えた。

「私がブエノスアイレスに出張した際、レストランで食事をともにした」父は話を続けた。「出張はほんの数回だったが、現地へ行くたびに彼女と会った。だが恋愛とは関係ない」父は肩をすくめた。「彼女はカサ・ロサーダの職員だった。それで私は……」

「秘密諜報員を演じてみたと？」わたしは質問を投げつけた。

父はうなずいた。夢想が尽きてしまったかのように悲しげな顔だった。白昼夢に別れを告げたウォルター・ミティ。

「馬鹿げているよ」父は消え入りそうな声で言った。「初めから終わりまで馬鹿げていた」

それからしばらく、父はじっと考えこんでいた。そのあと突然、自分が見られていることを急に思い出したかのように言った。「ともかく、彼女は私にとって唯一の情報源だったから、マリソルの行方を捜していたジュリアンを彼女に会いに行かせたのだ」

「ジュリアンをカサ・ロサーダへ行かせたのは父さんだったんですか？」父がこれまでそれを秘密にしていたことにわたしはひどく驚いた。

「結果的には無駄足を踏ませてしまったがな」父は言った。「だがジュリアンはマリソルを見つけだそうと死に物狂いになっていた。どういうわけか彼女は忘れられない相手になっていたようだ。ジュリアンの気持ちは揺るぎなかった。だから私は自分の情報提供者がマリソル失踪の謎を解き明かす手助けをしてくれたらと考えたのだ」

「父さんの情報提供者は、ぼくと会ってくれるでしょうか?」わたしは訊いた。

「ああ、協力してくれるだろう」父は言った。「昔のよしみで、というやつでね」

「当時、彼女は誰のもとで働いていたんですか?」

「ラミレスという名の大佐だ。ホアン・ラミレス。軍事政権下でエスクエリタスを管理していた男だ」

その単語の意味がわからずにいると、父が察して言った。

「矯正院のことだよ」と説明を始めた。「当時のアルゼンチンにはたくさんあった。カサ・ロサーダが抵抗勢力の人間を送りこんで再教育する施設だ。表現を変えれば、拷問する場所だよ」父は不思議なほど真剣に、次の一手を熟考している顔になった。「なんだったら、私が彼女に手紙を書いてやってもいい。そうすれば、きっと進んでおまえに話をしてくれるだろう」

「ええ、お願いします」わたしは言った。「ぼくも追って手紙を書いて送ります」メモ用紙とペンを手元に用意した。「彼女の名前を教えてください」

「イレーネだ」

「苗字は?」

「ヨーシャーグ」父は答えた。「ハンガリー語では〝善良〟という意味だ」

善良。

なんて美しい響きだろう、と、あとになって思った。わたしのたどる物語はその言葉によって新たな暗い方向へと導かれたのだった。

20

後日、地図でイレーネ・ヨーシャーグの住んでいる村を調べて、そこが血の伯爵夫人と呼ばれたエルジェーベト・バートリのチェイテ城にかなり近いことを知った。むごたらしい拷問、そして殺人が幾度となく繰り返された、いまは廃墟となっている不気味な城だ。エルジェーベト・バートリの生涯と犯罪はジュリアンの四作目『雌虎』の主題である。

エルジェーベトは一五六〇年、ハンガリーのニールバートで地元の名門の家に生まれた。ジュリアンの記述によれば、少女時代はのちに怪物と化すような予兆は特に認められなかったという。むしろ学問好きで、結婚するまでのあいだにラテン語、ドイツ語、ギリシャ語を習得し、科学や天文学の文献も熱心に読みあさっていた――これはすなわち、人の目をあざむく完璧な変装術を学んでいたことにほかならないとジュリアンはとらえている。

一五七五年、十五歳で同じく裕福な貴族の家柄の息子と結婚。幸福そのものに見えた夫婦はヴァランノに新居をかまえるが、手狭だったためシャールヴァールのより大きな屋敷へ移り、最終的には結婚祝いとして贈られたチェイテ城に住むことになる。濃霧に閉ざされることの多いチェイテ村の山上に、その城は気味悪くぼんやりとそびえ立っていた。

オスマン帝国からヨーロッパを守るための戦争は一六〇六年まで続いたが、そのあいだ城の留守をあずかるバートリ伯爵夫人にとって、領地を管理するのはもちろん、領地をオスマン帝国の侵入から守り抜くことも重大な責務だった。彼女はこれに優れた才覚を発揮し、精力的に取り組んだ。だが彼女がやったことはそれだけではなかった。堅牢な城壁の内側では、ひそかに崩壊と腐食が始まっていたのである。この時期、エルジェーベトの慎重に築かれた牢固たる心は孤独によって徐々にむしばまれ、奥に潜んでいた怪物の姿があらわになっていく。やがて夫がウィーンの別宅で暮らし始めると、エルジェーベトは生まれて初めて本物の力を、男性と同じ権力を握った。女領主として絶大なる権限をふるうことになったのだ。そして、ラーフェンスブリュック収容所の看守イルマ・グレーゼのように、彼女も鞭をふるい始めた。

その鞭という武器を、バートリ伯爵夫人は誰にもとがめられることなく用いることができた。夫はオスマン帝国との戦争でハンガリー軍司令官に任命され、戦地へ行っているあいだは数カ月も城を留守にしていたため、彼女がなにをしても止める者はもはや誰もいなかった。まず召使いを厳しく叱りつけることから始まり、次は言葉ではなく鞭打ちを浴びせた。すると衝動が衝動をあおって、暴力はどんどんエスカレートしていった。とうとう相手が出血するほど激しい折檻となるが、その返り血を浴びた自分の頰が薔薇色に輝いて見えるのに気づき、召使いの血は永遠の若さを保つ奇蹟の泉なのだと思いこむ。

当然ながら、若返りの泉はいくらでも容易に手に入った。それからは何カ月、いや何年にもわたって、彼女は大量の鮮血を汲み続けたのである。初めは舌先で味見する程度だったが、やがて生き血をすすり、最後はごくごくと飲むようになった。初めは指先に一滴つける程度だったが、やがて顔を浸し、最後は全身に真っ赤な血を塗りたくるようになった。

城壁がどれほど分厚くとも、内部で繰り広げられている残虐行為は隠し通せるものではない。一六〇二年頃から噂がちらほら立ち始めていたが、一六〇四年に夫が死ぬと、もはや見過ごすことのできない問題とされた。不貞や異常な性癖などの噂ならば、当時の貴族階級では当たり前のものだったが、チェイテ城での惨劇はその域をはるかに超えていたからである。

ついにルター派の牧師が告発に踏みきり、役人たちも耳を傾けないわけにはいかなくなった。しかし彼らの動きは鈍く、一六一〇年になってようやく捜査の命令が下された。その結果、バートリ伯爵夫人は十代の少女の首を切り落とした容疑で逮捕された。

上流階級の特権として、バートリ伯爵夫人は逮捕後も自分の居城にとどまることを許され、一六一四年に亡くなるまでチェイテ城で暮らした。

そのあいだも城の捜査は続けられ、犠牲者は三百人以上にのぼることが判明したと伝えられているが、ジュリアンの記述によると、チェイテ城の秘密の部屋で息絶えた娘たちの数は、正確には突きとめようがなかったという。

ジュリアンはチェイテ城の惨劇を描写するにあたって、比較的控えめな表現にとどめている。それでも鞭打ちや手足の切断といったむごたらしい行為に言及してあった。バートリ伯爵夫人が犠牲者の顔や身体の一部を噛みちぎったことも書かれていた。少女たちを雪のなかへ放りだして、凍死する様子を眺めていたこともあったという。また、手術と称して内蔵を切り取ったり、餓死するまでの経過を段階を追って観察したり、針や熱したアイロンを使って痛めつけたりした。残忍な拷問にかけては無尽蔵のエネルギーを持っていたようだ。

著作のなかでジュリアンは、バートリ伯爵夫人の罪について考察している。確かに非道な拷問や殺人を数限りなく重ねているが、とらえようによっては、彼女の人の目をあざむく行為のほうがはるかに冷酷なのではないか、と。さも信心深いふりをして、教会に多額の寄付をおこない、場面ごとにずるがしこく仮面をかぶり分けた。大きいものから小さいものまで、すべての生き物のうち、最も恐ろしいのは変幻自在のカメレオンである、とジュリアンは述べていた。わたしは頭のなかで、〝ラムフレイ〟ことペリーヌ・マルタンと、〝雌虎〟ことバートリ伯爵夫人を並べてみた――まさにこの二人は、女の姿に化けた欺瞞の代名詞なのだ。

地図上では、バートリ伯爵夫人の古城から、チェイテ城よりはるかに質素であろうイレーネ・ヨーシャーグの住居まで、ジグザグに折れ曲がった道が通じていた。気がつけばわたしの脳裏に、ジュリアンが車でその道を走っている姿が映しだされた。また眠れない夜を過ごしてうつろになった目で、頭のなかにチェイテ城の惨事のイメージをあふれ出させながら。

イレーネ・ヨーシャーグへの手紙は簡単に書けるだろうと思っていた。だがすでにわたしは探偵かなにかのつもりになっていて、彼女とじかに会って話を聞けば、自分が足を踏み入れてしまった茨の茂みをきれいに刈り払ってくれる手がかりを得られるのではないかと期待していた。正体も動機も隠して敵をあざむこうとする、入り組んだ策略を看破できるかもしれないと。いまのわたしは藪のなかで方向を見失っている。マリソルがどういう人なのかわからなくなった。彼女が見せかけとはちがう特殊な立場の人間だったとジュリアンが考えていたのかどうかさえ、確信が持てずにいた。

「きっとパリが恋しくなるわよ」ハンガリーへ行くつもりだと電話で告げると、ロレッタは言った。「みんなそうだから」

わたしはハンガリーへ行くことになった経緯を説明した。ジュリアンはアルゼンチン滞在中にカサ・ロサーダと接触していて、その相手の人物の名前を父から聞いたので、訪ねてみることに決めたのだと。「ジュリアンはマリソルを見つけるためにカサ・ロサーダへ行ったそうなんだ」

「どうしてそんなところへ?」ロレッタは訊いた。「マリソルは政治とは関わりのない人だと思ってた」

「ところが、もはやそうとも言いきれなくなってきてね」わたしはロンドンでヘンドリックスから聞いた話と、そのあとの父との会話についてロレッタに詳しく伝え、だからいまはマリソルが誰だったのか知らないも同然なのだと話した。

「つまり、彼女はわけありの人物だったということ？」わたしの説明を聞いて、ロレッタは訊いた。

「そうだ」わたしは答えた。

そのとき初めて、自分がここまでたどってきた物語の変わり目を、転換点を意識した。

どうやらロレッタはわたしの返事にひそむ暗い底流を感じ取ったようだ。

「そのことをジュリアンは知っていたと思う？」と彼女は訊いた。

「わからない」わたしは答えた。

一瞬、ほかの誰も入ってこられない空間にロレッタと二人きりで閉じこめられている感覚にとらわれた。

「もしもし？　フィリップ、聞こえる？」ロレッタの声が響く。

当惑した口ぶりだったので、わたしはだいぶ長いこと黙りこんでいたのだと気づいた。ロレッタが不安になるほど長い沈黙だったらしい。

「ああ、聞こえるよ」わたしは答えた。

短い間のあとに、ロレッタは言った。「わたしも同行してかまわないでしょう？　旅の道連れがいれば、なにかと便利なんじゃない？」

ふと、ジュリアンには旅の道連れなどいなかったことを思い出した。彼はそのせいで、不幸な運命に引き寄せられしまったのではないのか？

わたしもこのまま行けば同じ運命をたどるのか？

そう自問した直後、自分の身が危険にさらされている気がしてきた。暗闇に向かって川を下っていく男のようだと感じた。旅路の果てには、ジュリアンのときと同じように破滅が待ちかまえているのではないか。

ジュリアンが周囲から隔絶された孤独のなかで向き合った恐怖、わたしにはどんな状況下であれ向き合う勇気のない恐怖が。

「そうだね」わたしは命綱を手探りする思いで答えた。「ありがたいよ」


一週間後、ロレッタはブダペストに到着した。暗い赤のブラウスに花柄のスカートという服装だった。彼女はまわりをすばやく見渡したあと、出迎えの群集のなかにわたしを見つけた。

「ようこそ。歓迎するよ」歩み寄ってきた彼女にわたしは言った。それが本心だった。

だが、彼女は疑わしげにわたしの表情をうかがった。

「本当に？」

「ああ、本当だとも」わたしは力強く言った。「きみの言ったとおり、連れがいたほうが助かる」

「あなたは一匹狼のタイプかと思っていたわ」「人は見かけどおりとは限らないだろう？」わたしは言った。

「そういう場合がほとんどよね、現実には」

ロレッタの目を見て、わたしはエマ・ボヴァリー夫人に出会ったときのシャルルと同じ気持ちを味わった。深みのある黒い瞳がはらんだ、何物をも恐れないまっすぐな心に圧倒された。

わたしはあっという間に全身を包みこんだ強烈な高揚感から無理やり気をそらし、車を駐めてある方向へうなずいて見せた。

市内へ向かう車内で、ロレッタは初めて見る景色にじっと見入っていた。未知のものを貪欲に求める鋭敏なまなざしに、わたしは少女だった頃の彼女を垣間見る思いだった。ジュリアンと旅行していたときもきっとこんなふうだったのだろう。二人の利発そうな明るい顔の子供がスペイン広場の階段やエッフェル塔のたもとに立って、父親が向けるカメラにポーズを取っている姿が目に浮かぶ。その写真は額縁に収められてモントークの家の壁に飾られている。写真はほかにもあって、兄妹がザルツブルグ動物園の温室を見学したり、ウィーンの森の木陰を散歩したりしている姿、それからバルセロナのランブラス通りを散策中に、サグラダ・ファミリア教会に驚嘆して立ち止まっているところが写っていた。

もちろん写真のなかの輝くように朗らかな顔は、時の経過とともに変わっていくのだが、特に変化が大きかったのはジュリアンだった。最後に彼と会ったとき、これほど消耗しているのは疲労のせいだけではないはずだとわたしは感じた。内面に生じた心の腫瘍が大きくなって、とうとう破裂し、表面にまで噴きだしたような印象を受けた。

そのことをロレッタに話したとき、彼女は少し考えてからこう言った。「ボートで池に出ていく二日前、ジュリアンは気がかりなことを口にしたの。彼は池のほとりにぽつんと座ってた。わたしは外へ出て、そばに行ったわ。物思いにふけっている目をしていた。しかも、いまあなたが言ったような顔つきで。『元気？』とさりげなく声をかけたら、いつもの『ああ、元気だよ、ロレッタ。きみは？』という返事の代わりに、詩の引用が返ってきたわ。コールリッジの『老水夫行』よ。こういう一節だった。〝幾千ものぬるぬるした生き物はなおも生き続け、わしも生き続けた〟。ちょっとした冗談のつもりだろうと思って、そのまま聞き流したわ。ジュリアンはよく自嘲めいた言葉を口にしていたから。でも本当はそうじゃなかったのね。あのとき気づくべきだった。彼は危険な状態に追いつめられているっていうことを」

「ぼくらは見逃してばかりだったようだね」わたしは言った。「ジュリアンが発していたサインを、ぼくらは読み取れなかったんだ」

ロレッタはうなずいた。「そうね。彼は信号を送り続けていたのよね」

ホテルに到着すると、ロレッタは車を降りて、建物の正面の華麗な装飾を見上げた。彼女ならきっと気づくだろうと思っていたが、やはりそのとおりだった。

「ジュリアンはこのホテルのことを書いていたわ。手紙に」彼女は言った。「その文面はいまでも覚えてる。〝美しいジョルナイ陶器のタイルがはめこまれている〟」

「温泉施設でよく見かけるタイルなんだ」わたしは彼女に教えた。「ソ連時代のロシアの浴場にも使われていた。諜報員同士が情報を交換する場所にね。まあ、あくまでホテルの支配人から聞いた話だが。それはともかく、歴史の趣がずっしりと詰まったタイルだね」

間もなくロビーへ入った。わたしはバーの方向へうなずいて見せた。「部屋に上がる前に一杯どうだい?」

「いいわね、そうしましょう」

わたしたちはバーの小さなテーブルに座った。ロレッタは飲み物を持ったまま、子供のように無邪気な目で室内を見まわした。

「かなり暗くしてあるのね」彼女は言った。「カーテンも分厚いし」

「ある種の文書をやり取りするには、おあつらえ向きの場所だな」わたしは冗談めかして言った。

「ジュリアンの手紙にはこのバーのことも書いてあったわ」とロレッタ。「過去の犯罪を隠したまま生きている老人のようだって」彼女は飲み物に口をつけた。

「ジュリアンがこのホテルに来たのは偶然だと思う?」

わたしは肩をすくめた。「玄関の扉や一階の窓のそばに銃弾の穴がいくつも残っているんだ。ジュリアンはそれに目を留めたのかもしれないな」と答えた。

「支配人は英語が達者で、ホテルの歴史についていろいろ聞かせてくれたよ。で、弾痕のことを質問してみたら、アロー・クロス党が撃ちこんだものだと教えてくれた。アロー・クロス党というのは戦時中にナチスに協力していたハンガリーのファシスト党だ。彼らは侵攻してきたロシア軍と銃撃戦になったそうだ。ドイツ軍はすでにハンガリーを見捨てて、撤退したあとだった」

ロレッタはバッグから一枚の写真を取りだした。

「あなたが見たいんじゃないかと思って」そう言って、わたしに写真を渡した。

モントークの自宅で撮影したものだった。仕事に使っていた二階の小部屋で、ジュリアンが大きな窓を背に座っている。窓の向こうにきらきら光る池が見える。彼は片手に本を持っているが、タイトルまではわからない。それを手にしている人物と同様、だいぶくたびれた感じだ。朝だからだろう、ジュリアンは少し乱れた髪で、青いガウンを着ている。そのガウンは彼がロシアから帰ってきたときに、わたしがねぎらいの気持ちをこめてプレゼントしたものだ。

「なぜこれを？」わたしは訊いた。

「電話であなたと話したあとに、ふとこの写真のことが思い浮かんだの」ロレッタは答えた。「ジュリアンの最後の写真よ。自分でカメラをセットして、撮ったものなの」

「変わったセルフ・ポートレートだね」わたしは言った。「実物よりよく見せようという気が全然感じられない」

「こんな写真を撮っていたなんて、ちっとも知らなかった」ロレッタは言った。「カメラをしまうときに気づいて、現像してみたの」彼女はわたしの手から写真を取り、じっと見つめた。「この写真はきっと警告なのよ。『ぼくみたいな終わり方をしてはいけない』と言っているんだわ」彼女は写真をわたしに返した。「それから窓のほうを向いて、街路の雑踏を眺めた。「わたし、よくこんなことを考えるの。人生が公平に正々堂々と事を運ぶつもりならば、この道を進むと行き止まりになるよとわたしたちに警告してくれるべきじゃないかって。そこを写真に撮って見せてほしい」彼女はわたしを振り向いて、ほほえんだが、すぐに真顔に戻った。「その写真一枚で、みんなが救われるのに」

彼女は少し黙ってから言った。「この写真のジュリアンを見て、なにかわかる、フィリップ？」

「いいや、残念ながら」わたしは正直に答えた。

「わたしもよ」ロレッタは言った。「責めさいなまれている感じが伝わってくるだけ。有罪判決を受けて、内面の牢獄につながれているみたい」

「有罪判決？　どんな罪で？」わたしは訊いた。

「問題はそこなのよ。でしょう？」ロレッタは訊き返して、飲み物を一口飲んだ。「ジュリアン・ウェルズの罪」さらに続ける。「これはまだ未解決だわ」急に長旅の疲れが吹き飛んだようだった。いや、旅疲れだけでなく、息子のコリンを亡くして以来ずっとさまよっていた無味乾燥な人生をも振り払ったのかもしれない。「さてと」彼女は言った。「どこから始めましょうか？」

21

すべての文学作品は、地球上には種々様々な言語が存在するという決して克服できない問題を避けて通っている。架空の登場人物は国境を越えて外国へ行っても、当たり前のように現地の言葉を話す。ある登場人物がロンドンからイスタンブールへ行ったとすると、列車を降りればその土地の住人全員が英語をしゃべっている。そうした虚構の世界ではバベルの塔は朽ちて廃墟となっているので、相手がアフリカの狩猟採集民族であろうとベドウィンの商人であろうと、出会った瞬間から言葉の壁は完全に消え、主人公は即座に人生や死や来世について深い議論を展開できるのだ。たとえ一番近い井戸まで行くのも一苦労というような片田舎にいても。

だが現実はそうはいかないので、ただブダペストを出発すれば誰の助けも借りずスロヴァキアの荒野にあるイレーネ・ヨーシャーグの住まいへ行き着けるという具合にはならない。わたしにもロレッタにもそんな芸当は無理だ。当然、下調べやもろもろの手配が必要なので、準備がととのうまでの数日間、気晴らしに市内観光に出かけ、教会や博物館、記念碑などを見学することにした。

ホテルの支配人とたびたびおしゃべりして、ブダペストについての基本知識が少なからず頭に入っていたおかげで、ロレッタと市内を散策中に歴史上の豆知識をたまに披露するくらいのことはできた。

「ソ連崩壊後、ロシア政府はブダペスト市内に建てた記念碑をすべてを撤去するよう要求されたんだ」わたしはロレッタに言った。「銘板とか赤い星のマークとか、一切合財をね」銅像があった場所の台座に残っている、ブーツを履いた片足を指差して続けた。「もっとも、ハンガリー人たちはとっくにスターリン像の首をはねていたんだけどね。粉々に壊されて、あのとおり片方の靴しか残っていない」

わたしたちはそこから別の方向へ進んで、しばらく歩き、ドナウ川のほとりに近づいた。

「ジュリアンの言葉を思い出すよ」わたしは口を開いた。「旅人は旅行先の世界に身を浸そうとするが、観光客は自分がいつもいる世界を着込んだままやって来て、別の世界を見ようとはしない、と言っていた」

「どこでそんな話をしたの？」ロレッタは訊いた。

「ブエノスアイレスだ」

ロレッタはなにも言わず歩き続けたが、しばらくして急に立ち止まった。「それじゃ、ジュリアンはブエノスアイレスに行ったときから、自分はもうただの観光客じゃないと思ってたのね」

「だが実際には観光客でしかなかったんだ」わたしはヘンドリックスと会ったときのことをもう一度話して聞かせた。ジュリアンがマリソルを見つけようと必死に動きまわっている様子を、ヘンドリックスが騎士気取りと呼んで揶揄していたことを。「その意味では、ヘンドリックスのジュリアンに関する見方は正しかったんだろう」わたしは言った。「ジュリアンはしょせん観光客でしかなかったんだ。そうでないなら、いったいなんだったというんだい？」

「自分から泥沼に引きずりこまれていく人」ロレッタは答えた。

「どういうことだい？」

ロレッタの顔を見ると、共謀者めいた意味ありげな表情をしていた。まるでわたしと結託して同じ推測を検討し合い、同じ可能性を探り合っているみたいに。

「あなたが電話をくれて、ハンガリーへ行くつもりだと言った晩からずっと、あなたから聞いた話についていろいろと考えてみたの」ロレッタは言った。「特にマリソルに関する報告書の、彼女が実はスパイだったのではないかという部分を。あなたの話では、彼女がガイドの仕事を通じて会った相手には重要人物は一人もいなかったけれど、例外がいた、それはあなたとジュリアンで、彼女は二人を役に立つ情報を知っている人間だと思った可能性があるとのことだった」

「役に立つ情報か、役に立つ人物をね――すなわち、わたしの父だ」

「ええ、そうよ」ロレッタのまなざしが熱を帯びた。「まさにそこなのよ。もしマリソルが実際にスパイだったのなら、ジュリアンのことを情報源だとは思っていなかったかもしれないわ。すでになにかを知っている人ではなく、のちになにかを知ることになる人という位置づけだったんじゃない？」

「話がよく見えないんだが」

「ジュリアンを情報を入手できる立場にある人と考えていた。もしくは、間接的に情報を入手できる人。たとえば、あなたのお父さん経由でね。それが理由で、マリソルはジュリアンを味方につけようとしたんじゃないかしら。寝返らせようとした、と言ってしまってもいいかもしれない」

「つまり、マリソルはジュリアンをそそのかして、裏切り者にしようとしたってことかい？」

そんなことはありえない、というわたしの内心の声をロレッタはすぐさま聞き取ったようだった。

「人生に方向転換はつきものよ、フィリップ。人は誰かを裏切るものなの」ロレッタは嚙んで含めるように言った。「アダムとイヴもそうだったでしょう？ イヴは人類最古の裏切り者ね」

聖書をひもとけば、イスラエルの王アハブの妃イゼベルや、サムソンの妻デリラもそうだ。近しい者をだました女たちは、それこそ枚挙にいとまがない。マリソルも同類だったのだろうか？ もしそうだとしたら、彼女のだましのテクニックは完璧だったといえる。わたしの目には若いのにしっかりした努力家の女性というふうにしか映らなかった。仕事ぶりも真面目だったし、少ないチャンスをなんとかものにしようとひたむきにがんばっているように見えた。

だがしかし、ジュリアンのアパルトマンで見つけた写真の存在は否定できない。マリソルはエミリオ・バルガスと並んで座っていたどころか、彼のほうに寄りかかって、なにごとか耳打ちしていた。やはりマリソルは、世間知らずでうぶな若者をねらって、たぶらかそうとしていたのか？　世の中でなにか立派なことを成し遂げたいと意気込む空想家で理想主義の、おまけに国務省の人間に知り合いのいるアメリカ人青年を〝寝返らせ〟ようとしたのか？

例の写真をもう一度思い浮かべてみた。マリソルがバルガスの耳に唇を寄せている姿が目の前によみがえる。

彼女はターゲットに選んだアメリカ人青年の名前をささやいていたのだろうか？

まだ推測の域を出ないが、わたしには彼女の声が聞こえるような気がした。

ジュリアン。その声の響きで、過去のある場面へ引き戻された。些細なことをめぐって、ジュリアンがわたしに議論を吹っかけてきたときのことだ。彼にしては珍しく考えちがいをしていたので、わたしはそれを証明しようと、ホテルの自分の部屋へ駆け足で本を取りに行った。そう、ロドリーゴ神父を見送ったあと、サン・マルティン広場に近い小さなカフェに、ジュリアンとマリソルを二人きりで残して。わたしがカフェに戻ったとき、二人はひどく深刻そうに話し合っていた。いま思うと、あれはまさに〝共謀者たち〟の図だった。ルネの言葉を借りれば、〝闇の密談〟の真っ最中と呼んでもいいだろう。

あのときの光景が、偵察中の隠し撮り写真よろしく、脳裏にまざまざと描きだされる。ジュリアンはわたしと目が合った瞬間、はっと表情を変えた。悪さをしているところを見つかった子供にたとえられなくもない顔つきだった。

実際に悪さをしていたのだろうか？　いまになって疑問が湧いた。

彼の献辞にあった、わたしが唯一の目撃者である彼の〝犯罪〟とは、裏切りだったのか？

迂回路がどうしても見つからないということは、往々にしてあるものだ。そういう場合、唯一の選択肢は、いまの道をこのまま進み続けることだけである。そんなわけで、わたしたちはいよいよブダペストをあとにした。

出発にあたって、頼りになりそうな運転手兼ガイドを手配できた。名前はディミトリ。若くて意欲満々で、ルネとはまるで正反対だった。イレーネ・ヨーシャーグの住む村へと向かう途上、ディミトリは英語が大好きだと言い、いわゆる文豪たちの作品を英語でこつこつと読んでいるのだと語った。わたしが文芸評論家で、ロレッタのほうは作家の妹だと知って、ディミトリはこちらがびっくりするほど派手に感激した。だが、ジュリアン・ウェルズという〝作家先生〟の名前は初めて聞いたと済まなそうに認めた。

「お兄さんの名前をもう一度教えてもらえますか？」

彼はメモ帳を取りだしてロレッタに訊いた。

「ジュリアン・ウェルズよ」

「申しわけありませんが、その方の著書は読んだことがありません」とディミトリは言った。「さっそく調べてみたいと思います」

ロレッタが帰国したらジュリアンの本を何冊か送ると約束すると、ディミトリは昼食の休憩の際に野の花を摘んで、お礼にと言ってロレッタに渡した。

さらに車を走らせ、田園地帯を通り抜けた。あたりの風景は田舎らしさの度合いがどんどん深まっていく。

「あれがチェイテ城だよ」山の上の古城が視界に入ると、わたしは言った。「バートリ伯爵夫人の拷問部屋だ」

ロレッタはそれを食い入るように見つめた。その目には熱っぽい真剣さが宿っていたが、恐れと不安もくっきりと浮かびあがっていた。

「本気であの城へ行ってみるつもりかい？」わたしは彼女の気持ちを案じて、そう尋ねた。

だが意外にも彼女は乗り気だったので、車は廃墟へと続く曲がりくねった道をのぼっていった。

城の敷地は思っていたほど広くはなかった。また、こういう建物の例にもれず、壁はとうの昔に取り壊されていた。ただし塔はいまも残っていて、その基礎部分は石積みが崩れて瓦礫のようになってはいるが、かなり立派なもので、そこに沿って歩いていくと、眼下に見渡す限り広大な田園風景が広がった。

まさにこの壁の内側で、伯爵夫人は憎悪を燃えあがらせていたのだ。犠牲者たちに残虐な拷問を加えていたのだ。彼女は年を追うごとに邪悪さと凶暴さを増し、文字どおり血まみれの生活を送っていた。罪のない無数の娘たちを飢えさせ、打擲し、火であぶり、刃物で切り刻んだ。彼女がわめき散らす下品で猥褻な言葉には、血しぶきを浴びながら拷問の手伝いをする子分たちでさえ震えおののくほどだった。

ジル・ド・レの城のひとつであるマシュクール城では、アンソニー・トロロープに劣らぬ文学者ならば、立ち止まって犠牲者たちの悲鳴を想像するだろう。いや、いまも聞こえてくるとさえ言うかもしれない。音波が消えずにそこに残っているかのように。だがそれはちがう。ジュリアンが『雌虎』のなかで書いているとおり、音波は拡散して消え去る。だから治安判事の命令で捜査がおこなわれているあいだも、葉を落とした冬枯れの木立は新たな餌食となった子供の死体を取り囲んで、無力に静かにたたずんでいた。目撃者である木々の雪をかぶったその枝に伯爵夫人が銀貨を握らせ、黙っているよう言いくるめたのだろうか。

「気味の悪い場所ね」ロレッタが言った。

「ああ」わたしは答えた。

廃墟となったチェイテ城の土がむきだしになった地面や石の残骸の上を歩きながら、ロレッタは物思いにふけっているようだった。なにを考えているのか、態度からは読み取れなかったが、なんとなく想像はついた。ジュリアンは実際にマリソルの奸計に陥ってしまったのか、たとえ短いあいだであれ、国を裏切る行為に走らされたのか、という疑問にとらわれ、不安に駆られているのだろう。だが無理に聞きだすつもりはなかったので、なにも言わずそっとしておいた。車に戻って、イレーネ・ヨーシャーグの村へと車が走りだしてからようやく、ロレッタのほうから打ち明けてくれた。

「ジュリアンと池でボートに乗った日のことを思い出していたの。彼を見つけたあのボートに」ロレッタはそう切りだした。「あれはジュリアンが『雌虎』を書き終えて帰国したばかりで、まだ『コミッサール』に取りかかる前だった。二人で子供の頃の思い出話をしたわ。旅行したときのこととか。お互い、あの頃は怖いもの知らずだったね、と言いながら。そのうちにわたしが、いま自分にとって一番怖いのは誰もが怖がっていることだと言ったの。老いること、病気になること、そして死ぬこと。でもジュリアンがそういうものを少しも恐れていないのは知っていたから、なにが怖いか訊いてみたわ。そうしたら、いまはもう怖いものなどなにもないと答えたの。〝いまはもう〟の部分が、ちょっと気になる言い方だったのよね。自分がなにより恐れているものとはすでに直面した、と伝えたがっているように受け取れたから」

「直面して、克服できたんだろうか？」わたしは訊いた。

ロレッタは首を振った。「いいえ、ただ直面しただけという感じだった」それからチェイテ城の朽ちた塔を振り仰いで続けた。「直面したあと、彼はあの廃墟のようになってしまったんだわ。修復不能の、取り返しのつかない状態に」

取り返しのつかない状態。

いまさらそれをつつきだしてみても、どうにもならないのはわかっていたので、ロレッタとわたしはいまたどっている道を行くしかなかった。チェイテ城をあとにしてから一時間ほどで、イレーネ・ヨーシャーグの家に到着した。

かなり質素な家だった。建物を囲む草木は伸び放題で、密生した丈の高い草とからみ合った長い蔓にさえぎられて、道路からはよく見えなかった。

「本当にここでまちがいないのかい?」わたしはディミトリに訊いた。

「はい、まちがいありません」彼は答えた。

わたしたちは車を降りて、でこぼこの小道を進んだ。ジュリアンなら、日光にさらされてふくれあがった死体のようだ、と描写しそうな、大きくせり出した低木の植え込みと生い茂った雑草をかき分けながら家に近づいた。

玄関のドアをノックすると、内側から引きずるような足音が聞こえた。ドアが開いて、だいぶ小柄な女性が現われた。地味な服装をして、髪には黄色味を帯びた白髪がまじっている。はっとするほど青い目は、高い知性をそなえていることが明確に伝わってくる機敏なきらめきを放っていた。ハンガリーの田舎っぽい普段着ではなく、袖口にレース飾りのついた黒いワンピースを着ているせいか、スペインの寄宿学校の舎監のように見える。来客にそなえて、きっといつもとはちがう服装をしているのだろう。頬紅を軽くつけていることや、鮮やかな赤い口紅が唇の片方の端だけ少しはみ出していることまではっきり見えた。

「まあ、どうも」彼女の英語のアクセントは東欧というよりスペイン語のほうにずっと近かった。「アメリカからいらっしゃった方々ね」

彼女はややぎこちない動作で後ろへ下がり、わたしたちを招き入れた。そのあと小さな居間へ案内し、椅子を勧めてくれた。

「なにかお飲みになる?」彼女は訊いた。

「いえ、おかまいなく」

わたしが断ると、彼女はゆっくりした動作で小さな木の椅子に腰を下ろした。簡単な挨拶を交わしてから、彼女はわたしたちが泊まっているブダペストのホテルについて尋ねたが、わたしがパリからブダペストへ来たと話すと、そちらのほうに関心を示した。彼女にとってパリは、昔からあこがれているが一度も訪れたことのない街なのだそうだ。これから先も行くことはないだろうと言ってから、身体のあちこちが悪くてね、と体調の話に移り、関節の痛みや、耳が遠くなったことや、目が見えにくいことを挙げて年寄りの苦労について語ったあと、ようやくわたしの父のことを話題に出した。

「お父様は元気にしてらっしゃる?」彼女はわたしに訊いた。

「身体はやはり弱っています」わたしは答えた。「あなたがおっしゃったのと同じ悩みを抱えていますよ。あちこち痛むようです」

「お気の毒に」彼女は言った。「やっぱり若くないとだめね」

わたしの父を介して彼女がアメリカ人のためにどんなことをやっていたのか、たっぷり時間をかけて話を聞くことができた。彼女によれば、父はとても親切で、いつも紳士然とふるまっていたそうだ。もったいぶったところがなく、自分のようなただの事務員にも誠実な態度で気さくに接してくれた、とのことだった。なにかの本で読んだのか、それとも誰かが言うのを聞いたのか、〝偉大なるジョージ・マーシャル国務長官〟もそういう度量の大きい人間だった、と彼女は言った。カサ・ロサーダの威張りくさった男たちをさんざん見てきただけに、わたしの父の謙虚さが新鮮に見え、ことさらにありがたく感じられたのかもしれないが。父は彼女と親密な関係にあったようなことをほのめかしていたが、彼女の口からはそれらしき話はいっさい出なかったので、わたしも触れずにおいた。

ひととおり話し終えると、イレーネは大きく深呼吸してからロレッタをちらりと見た。「お連れの方もご一緒だとは思わなかった。こちらはあなたのかわいい奥様?」

玄関を入るときにロレッタを紹介したのだが、どうやらこの老婦人の注意をすり抜けてしまったらしい。

「いいえ、彼女はロレッタ・ウェルズ」わたしはゆっくりと刻みこむように言った。「ジュリアンの妹です」

「ああ、そうでした」イレーネは言った。「ジュリアンの妹さん。どうやら記憶力も弱っているみたいね、わたしは。そう、ジュリアンよ」老婦人はわたしのほうをまっすぐ向いて言った。「あなたがここへいらっしゃった理由はそれだったわね。お父様の手紙に書いてあったわ、ジュリアンのこと。おかわいそうに、まだ若かったのに」

訪問の目的に話を向けるちょうどいいきっかけだと思い、さっそく切りだした。「父から聞いたのですが、あなたは一九八〇年代初めに大統領府に勤務されていたそうですね」父と電話をした際に書き留めたメモを見ながら、わたしは言った。「ホアン・ラミレス大佐のもとで」

イレーネはうなずいた。「女好きでしたよ、ホアンは」彼女は言った。「男前だから女性にちやほやされて。彼のプエルト・マデーロの別宅へずいぶんしつこく誘われたものよ」にっこり笑って言った。「あの男は骨の髄までファシスト。『共産主義者どもと一緒には生きられんぞ』とよく言っていた。『生きたければ、やつらに支配されるしかない。支配されるか、死ぬかのどちらかだ』と。共産主義からアルゼンチンを守るためなら、彼は手段を選ばなかったでしょう。事実、ファシストなら誰もがやることをやっていた。そういうところは共産主義者とおんなじ」その言い方からすると、イレーネはどちらの陣営も軽蔑していたようだ。

「大佐はつねにモントネーロスを追いかけていた。あの執着ぶりといったら、夜寝ているときもモントネーロスの夢を見るほどでしたよ。彼らを一人残らず殺す夢を。それが彼の生きがいだったんでしょうね。狐が兎を追いつめるみたいに、モントネーロスを狩りだして、一網打尽にしたがっていた。地面に鼻をくっつけんばかりに臭跡をたどって、最後は八つ裂きというわけ」

「大佐はどうやってモントネーロスの人間を見つけだしていたのですか?」わたしは訊いた。

「情報が入るのよ。その人物の名前が」イレーネは答えた。

「密告者から?」

イレーネはうなずいた。「ホアンは情報屋を大勢抱えていて、なかにはかなりの大物もいたわ。その大物が、モントネーロスの大物たちの名前を持ってきたのよ。住所と一緒に。自宅の地下にあるワインセラーに潜伏することが多かったから。それだけじゃないわ、彼らの子供の名前もホアンの耳に入ってきた」

「ラミレス大佐はモントネーロスの幹部を一人、寝返らせていたわけですね」ロレッタが訊いた。

「ええ、そう」イレーネは答えた。記憶を探って、その大物密告者の姿を思い起こそうとしている顔つきだった。「彼はとても背が高かったけど、先住民で、チャコの出身だったわね」

「エミリオ・バルガスですか?」わたしはうっかり口

をすべらせた。

イレーネは目を丸くした。「聞いていたのね、密告者のことを」

「はい」わたしは認めた。「モントネーロスの拷問係の男だと」

イレーネは声をたてて笑った。「自分がどんなに悪者か、まわりに見せつけるためにね」彼女は言った。「ときどき必要上やらなくてはならなかったんでしょう。敵を憎んでいることと、自分が非情な人間であることを示すために。拷問している彼を見れば、仲間はきっと、『バルガスはこんなにも敵を憎んでいる。こいつはおれたちの本物の味方だ』と思うから」彼女はもう一度笑った。「彼にとって残虐さはまやかしだったのよ。変装とおんなじ」彼女の目が感嘆にも似たきらめきを宿した。「でもね、彼が使ったまやかしはそれだけではなかったのよ」

ほんの一瞬、老女の顔に、遊園地のビックリハウスでゆがんだ鏡に映った奇妙な像を眺めている幼い少女の表情が浮かんだ。

「なにしろ、ラミレス大佐の前でも仮面をかぶる必要があったんですからね、バルガスは」イレーネは言い添えた。

「なぜそんな必要があったのですか？」わたしは訊いた。

「本当は寝返ってなどいなかったからですよ」イレーネは答えた。「バルガスは初めから終わりまで、頭の先から爪先まで、モントネーロスの熱狂的なメンバーだった」

「バルガスは二重スパイだったのですか？」わたしは驚きを隠せなかった。

「そうよ」イレーネはうなずいた。「ホアンはその疑いを抱き始めていた。確信はなかったにしても。だから、バルガスに嘘でないことを証明してみろと強要していたわ。それがホアンの常套手段。拷問の道具に親指締めというのがあるでしょう？　あれみたいに、相手が壊れるまでぎゅうぎゅう締めあげていくのよ。そのせいで、バルガスはホアンに次から次へと情報を渡さなければならなかった。回を重ねるごとに、より重要な情報を」

イレーネの顔が急に緊張を帯び、まるでいまも誰かに監視されているのではないかとおびえるような表情になった。

「それなのに、ホアンの要求はとどまるところを知らなかった」イレーネは語り続けた。「忠誠を示せとバルガスに絶え間なく迫っていた。おまえの耳を切り落としてやるだの、舌を引っこ抜いてやるだの、物騒な脅し方をして。バルガスが役に立つ情報を流さなければ、迷わず実行に移したでしょうね。その情報というのは仲間の名前よ」

「仲間？」わたしは口をはさんだ。

「ホアンはね、バルガスを脅して、モントネーロスの重要人物を売らせようとたくらんでいたのよ。そのためにバルガスを、鮫がうようよしている海中へ放りこまれたも同然の状況に追いこんだ。鮫に襲われようとしているのに、陸へ上がる時間はもう残されていない。そうなれば、苦しまぎれにバルガスは自分の子分を鮫の前に差しだす」イレーネは冷ややかに笑った。「ホアンはそういうゲームが大のお気に入りだった。わたしにこう言ったのを覚えているわ。〝バルガスは自分で自分の目をえぐり出し、耳を切り落としかねない男だ。例の女の名前を聞きだしたら、もうやつはお払い箱にしたほうがいいだろう〟と」

「例の女？」わたしは訊いた。

イレーネはうなずいた。「あれぞまさしく毒婦だと、ホアンは言っていたわ。軍事政権関係者の子供を何人も誘拐していたそうよ。キャンディーかなにかの、ちょっとしたお菓子でおびき寄せるんでしょうね。ワゴン車を一台用意して、そこに子供を押しこんで、あっという間に走り去ったとか。そういうことを得意とする女だったのよ。そして裂傷や火傷を負わせ、さんざん痛めつけてから送り返した。本当にむごいことを。両目をえぐり取られた子供もいたわ。だからカサ・ローサーダの上層部は、子供たちをそんなひどい目に遭わせた女をなにがなんでもとらえたかった。ホアンがバルガスを餌に釣りあげたがっていた相手こそ、その女だったのよ。ホアンにとっても大きな獲物だから、成功すれば一足飛びに昇進できるかもしれないし」

「ラミレス大佐の思惑や行動をなぜそこまで詳しくご存じなのか、教えてもらえませんか？」ロレッタが訊いた。

「彼はわたしをベッドに誘いたくてしかたなかったのよ。それに、自分を大きく見せたがってもいた」イレーネは答えた。「だからなんでもわたしに話したわ。スパイや諜報活動の裏話もいろいろと。ワインを飲み過ぎると、よけい冗舌になるから」彼女は遠くのものに目を凝らすようなしぐさをした。「でもホアンは、同時に頭の切れる男でもあった。だからカサ・ローサーダの家が焼け落ちたときも、狭い穴から間一髪で逃げだしたのよ」彼女が浮かべた笑みは露骨な侮蔑を含んでいた。「彼はスペイン語しか話せない。だから軍事政権が倒れたあとはスペインへ渡ったわ。いま頃は公園のベンチにのんびり腰を下ろして、フランコ政権時代にファランヘ党員だった老人たちと世間話でもしているんでしょう」彼女は突如、敗北感に襲われたようだった。「ああいう男には必ず逃げ場所が用意されているものよ」

回顧談に疲れたのか、イレーネは少しのあいだ黙りこんだ。それから気力をふりしぼるように、なんとか最後まで語り終えようと決心したかのように、再び口を開いた。「でも、もうあんなことはたくさん」吐きだすように言って、手をさっと一振りした。記憶のなかの暗黒時代をあとかたなくぬぐい去ろうとするように。「そう、ジュリアンのことだったわね。お父様によると、あなたが知りたいのは、ジュリアンがカサ・ロサーダに来たときにわたしとどんな言葉を交わしたかでしょう?」

「はい」ロレッタがわたしに代わって落ち着いた声で答えた。

「ジュリアンがカサ・ロサーダに来た目的は、行方のわからなくなった若い女性を見つけるためだった」イレーネは言った。「ええと、彼女の名前はなんていったかしらね。どうしても思い出せなくて」

「マリソルです」わたしは教えた。

イレーネはロレッタとわたしの顔を順に見た。「そう、ジュリアンはマリソルを捜しにカサ・ロサーダへ来た」あらたまった表情でロレッタを見て続けた。「ジュリアンは亡くなったそうね。本当に残念だこと。あんなに立派な青年が。早過ぎる死はいつも悲劇ね」そう言ってから、再びわたしのほうを向いた。「お父様がジュリアンをわたしのところへよこしたのよ。でもわたしはその若い娘のことはなにも知らなかった」

「なにも、ですか? 本当に?」わたしは腑に落ちなかった。「マリソルがエミリオ・バルガスと一緒に写っている写真をジュリアンに渡したのは、てっきりあなたかと思っていました。わたしがパリのジュリアンの部屋で見つけた写真なんです」

老女は首を振った。「いいえ、写真を渡したのはわたしではないわ。それで、ジュリアンが来たとき、わたしはホアンのところへ行って、行方不明になった娘のことを訊いてみた。彼が事情を知っているらしいことはわかったけど、結局なにも教えてもらえなかった」

「大佐はあなたにならなんでもしゃべるはずでは?」わたしは言った。

「わたしもそう思った」イレーネは言った。「でも、この件に関しては完全に沈黙を守っていた」

「一言もしゃべらなかったんですか?」わたしは疑り深く訊いた。

「ホアンは、〝イレーネ、これだけはだめだ。この話はきみの耳に入れるべきではない〟と言ったわ。マリソルのことは、それ以上はなにも。おまけに、わたしは彼にこう命じられた。今度またそのアメリカ人青年が来たら、とっとと家に帰って、その娘のことは忘れろと言っておけ、と」

「いったい何者だったんですか?」ロレッタが横から質問をはさんだ。「そのマリソルという女性は」

　イレーネは肩をすくめた。「それもホアンは話そうとしなかったわ。でも大きな獲物だったんじゃないかしらね。あのあと少しして、ホアンはカサ・ロサーダで大いに出世したから」イレーネは苦笑した。「こういうことを全部、ジュリアンがここへ訪ねて来たときにお話ししてもよかったんですけどねえ。彼のほうからはその女性についてなにもおっしゃらなかったので」

「ジュリアンがここへ来たのですか?」ロレッタは訊いた。

「ええ」イレーネは答えた。「午後の短い時間だったけど。一緒に冷たい飲み物を飲んで、昔話をしましたよ」

「そのあいだ、ジュリアンはマリソルの話を一度もしなかったんですね?」わたしは確かめた。

「ええ、その若い女性についてはなにも」わたしたちが真剣な口調なので、それがそんなに重要なことなのかと、イレーネは面食らっている様子だった。「だからそのとき、マリソルがどうなったのかをジュリアンはすでに知っているのだろうと思ったわ」

　わたしは不意討ちを食らい、暗い胸騒ぎを覚えた。

「ジュリアンはすでに知っていた?」わたしは呆然と繰り返した。「まさか。そんなはずありません」

「でも、そう見えましたよ」イレーネはわたしに向かって言った。「その若い女性について、ジュリアンがなにも訊かなかったことも事実ですしね」

ロレッタが初めて、いぶかしげな表情を見せた。最初からずっと疑っていたのかもしれないが、いずれにしろ、いまは老女の話を信じようとするふりさえしていない。

「それじゃ、ジュリアンはいったいなんのためにここへ来たんでしょう?」ロレッタは訊いた。

「それは……どう言えばいいのかしらね、たぶん……別れを告げるためだったんでしょう」イレーネは答えた。「昔、カサ・ロサーダを訪れたときに話をしたことのお礼を言いたかったんだと思いますよ」イレーネはロレッタを見つめて続けた。「あなたのお兄さんは大きな苦悩を背負っていたわ。それが彼にとって耐えきれないほど重い重い荷物だということは手に取るようにわかった。だから彼に言ったの。わたしにはその重みがわかると」

イレーネはそばのテーブルに置いてある古いアルバムに視線を移して言った。「それを取ってくださる?」

わたしは立ちあがってテーブルの前へ行き、アルバムを彼女に渡した。

「このなかに、ジュリアンに見せた写真があるの。昔の過ちを記録した写真が。それについて彼に話して聞かせたわ」そう言ってイレーネはアルバムを開き、縁がすり減ったページを順にめくっていった。

「ああ、これだわ」写真を見つけると、イレーネはそばへ寄って見るようにとロレッタを手招きした。

そこに写っているのは、ライフル銃を持った若い女性だった。アロー・クロス党の腕章をはめて、一人の聖職者のかたわらに立ち、地面に転がっている数人の男女の死体を見下ろしている。服装からすると、死体はすべて一般市民だ。

「クン神父です」イレーネは言った。「司祭でしたが、兵士になりたがっていて、長いカソックの下にいつも拳銃を持ち歩いていた。あるときユダヤ人たちを整列させると、銃を抜いて、わたしたちにライフル銃をかまえろと命じてからこう怒鳴った。〝神の御名において、撃て！〟」イレーネは写真から顔を上げた。「わたしは命じられるままに発砲したわ」彼女はアルバムを閉じた。「これはわたしの告解です。ジュリアンにもいまの話を聞かせたわ」彼女は微笑を浮かべた。「そのあとジュリアンは別れの挨拶をして、わたしの手にキスをした。これからすぐロストフへ行くと言っていたわ」

「アンドレイ・チカチーロが暮らしていた町ですね」わたしは言った。

イレーネは名前を聞いても誰のことかぴんと来ないようだった。

「ロシアの連続殺人犯です」

彼女は首を振った。「ジュリアンはそんな殺人犯のことはなにも言っていませんでしたよ。ロストフへ行くのは別の男にさよならを告げるためです。彼とは久しく会っていないと言っていたわね。その人物のことはわたしもアルゼンチンにいたときから知っていた。アルゼンチンで諜報活動をしていたロシア人スパイよ」

「待ってください。ジュリアンはアルゼンチン滞在中にロシアの諜報員と接触していたということですか？」わたしは訊いた。

「ええ」イレーネは答えた。「ジュリアン本人の口からそう聞いたわ。彼はそのロシア人と向こうで何度も会っていたと話した。政情が不安定だった時代のアルゼンチンの秘密をいろいろと知っている男だそうよ」

「なんという名前ですか？」ロレッタが訊いた。

「ミハイル・ソボロフ」イレーネはいささかの躊躇もなく答えた。「ホアンはこの男のことを本気で恐れていたわ」

「なぜですか？」

　イレーネは笑った。「なぜなら、この男は――簡単に言うと、ナイフの扱いに習熟していたからよ」彼女は身体の力を少し抜いて、椅子の背に軽くもたれた。

「ジュリアンは彼とロストフで再会したのかしら？」

「わかりません」わたしは答えた。

　イレーネは小さく首を振った。そのしぐさを合図に、過去の人生へすうっと舞い戻ったようだった。「ジュリアンには独特の雰囲気があったわ。ほかの人には話せないようなことでも、不思議とジュリアンには打ち明けたくなってしまうのよ。わたしが昔の過ちを告白したのもそれが理由だった。そうしたら、自分もひどい過ちをいくつも見てきたと言ったわ。自分もあなたと似たようなものだ、とも言っていた」

「なにが似ているんでしょう？」わたしは訊いた。

「罪を犯したことよ」イレーネは答えた。

「罪のない市民を殺したのですか？」わたしは訊いた。

　イレーネは肩をすくめた。「そこまでは知らないわ」

「どんな罪なのかは、ジュリアンは話さなかったんですね？」ロレッタが訊いた。

「ええ、一言も」イレーネは答えた。「でも、罪の意識で疲れ果てているのはわかったわ。いつの日にか故郷の家に帰りたいと言っていた」

「故郷の家に」ロレッタは小さな声で繰り返した。

「そう」イレーネは言った。「安らぎを見いだしたかったのでしょう」優しげな微笑をたたえた。「彼は言っていましたよ、家には池があるんだと」

第五部

『コミッサール』

22

ジュリアンの著書『コミッサール』には、アンドレイ・チカチーロの妻の心情を想像をもとに描写した場面がある――アンドレイとのあいだにできた子供たちの母親であり、長年にわたって夫と連れ添ってきた妻だ。崩壊していくソビエト連邦の荒れ果てた鉄路を、夫がこそこそとうろついているあいだも。もっとも、その頃にはうすうす気づいていただろうが。感傷的で、いつもふさぎ込んでいる様子のアンドレイが、実は見かけとはちがう人間なのではないかと。

クリスマスが間近に迫った十二月のあの凍てつくように寒い日を、チカチーロの妻は回想した。その日、エレナ・ザコトノワが行方不明になった。村の通りで前に見かけたことがあったのでは？ 新聞によれば、エレナは黒い髪を短く切りそろえた、まだ九歳のかわいらしい少女だそうだ。殺人鬼は離れた場所から見て、エレナを男の子だと思ったかもしれない、とチカチーロの妻はひとりごちた。〝殺人鬼〟と、もう一度そっと繰り返したとたん、これまでこのシャフトゥイの町で耐え忍んできたどの冬よりも激しい寒気が背中を走った。なぜなら、〝殺人鬼〟という言葉は彼女の脳裏にアンドレイの顔を浮かびあがらせたからだ。同時に、いくつもの記憶が鮮明によみがえった。夫と暮らしている家の脇に点々と落ちていた血の跡、夫婦の寝室の薄暗い明かり、夫が長いこと留守にしているあいだの空っぽのベッド、夫が荷物に黒パンやチーズと一緒に詰めこんだナイフ。

ロレッタとの夕食の席で、わたしは『コミッサール』のその箇所について話したあと、こうつけ加えた。「この場面はジュリアンの著書すべてに共通するテーマを含んでいる。人の目をあざむく、ということだ。自分がこれまでよく知っていると思っていた人間の顔になんらかの変化を見つけたとき、もしやその仮面の下には恐ろしい秘密が隠されているのではと疑い始める」

「マリソルも仮面をつけていたとあなたは考えているんでしょう?」ロレッタは言った。「彼女こそが、バルガスの密告でラミレス大佐へ差しだされた〝毒婦〟で、〝恐怖《ラムフレイ》〟と呼ばれたペリーヌ・マルタンや、〝雌虎〟のバートリ伯爵夫人と同類だと」

ブダペストへ戻る車中で、実際にわたしはそういった恐ろしい役回りを演じているマリソルの姿を想像した。ジュリアンがバートリ伯爵夫人について描写したように、ぎらぎら輝く邪悪な目のマリソルを脳裏に映しだした。

「そういう女は現実にこの世に存在するわけだからね」わたしはロレッタに言った。「ルネもアルジェリアにいた女のことを語っていたよ。〝剃刀〟と呼ばれていたそうだ。誰もがその女を恐れていた。だが考えようによっては、マリソルのほうがはるかに恐ろしいのかもしれない。完璧なまでに罪のない女を演じていたんだから」

ロレッタはグラスの飲み物を口に含み、ホテルのロビーへ視線を投げた。

「つまり、これは道義上の裏切りなんだ」わたしは続けた。「マリソルはいかにもチャコ出身の純朴な娘らしくふるまっていた。望みは自分をより高め、成功するためのチャンスだけだと強調して。昼間はジュリアンとわたしにブエノスアイレスを案内してまわり、ボルヘスの一節をそらんじてみせたりもする。だが夜になると、どこかの地下牢にもぐって、モントネーロスに忠誠を尽す怪物に変身するんだ」

わたしが描いたこの筋書きは、どうやらロレッタの気にさわったらしかった。

「もしもそれが本当なら、ジュリアンはあなたのお父様が近づくなと警告した世界へ足を踏み入れてしまったことになるわね」ロレッタは言った。「影の世界へ。秘密諜報員、二重スパイ、三重スパイ、どこに裏切り者が潜んでいるかわからない化かし合いの世界。もちろん、ジュリアンはそういう入り組んだ状況には不慣れだった。それでも、自分が直面している現実についてて噂やなにかで多少は知っていたでしょうから、徐々に不安がつのっていくのが自然だと思わない？　わたしたちがこうしてマリソルに対して感じているのと同じ疑念を、ジュリアンもひそかに抱えていたんじゃないかしら。だとすれば、マリソルの居場所だけでなく、彼女の正体も知りたいと思ったはずよ。もはやなにを信じればいいのかわからなくなっていたでしょうから。マリソルは本当に政治活動とは無関係だったのだろうか？　もしやモントネーロスの一員だったのではないか？　それだけじゃなくて、マリソルが実は軍事政権の命令で動いている二重スパイだったという可能性まで考えていたと思うわ」

「軍事政権の命令？」わたしは訊き返した。

「そう。軍事政権に雇われて、バルガスをとらえるとか、そんなような任務を負っていたのかもしれない」ロレッタは言った。「ジュリアンなら、ありとあらゆる種類の欺瞞を警戒していたでしょうね」

ありとあらゆる種類の欺瞞。

その言葉によって、またしても世界がひっくり返ったような感覚に襲われた。そのさかしまの世界ではマリソルの姿は絶えず変化する。ジュリアンが本のなかで描きだした妊婦のさまざまな顔は、それ以上に得体の知れないマリソルという欺瞞の悪夢を、あの手この手でからめとろうとする企てに過ぎなかったのか？

そうしたことを一瞬のうちに考えたあと、口に出してこう訊いた。「だが、もし軍事政権のために活動していたのだとしたら、マリソルはなぜ身を隠さなければならなかったんだろう？」

ロレッタが推測で言ったことをわたしが真に受けているので、彼女は意外そうな顔をしたが、すぐにその可能性をあらためて心に留めたようだった。

「まず考えられるのは、化けの皮がはがれそうになったからでしょうね。それで〝指し手〟は使えなくなった駒をチェス盤からどけたんじゃないかしら」

「そのシナリオでいくと、マリソルは誘拐もされていなければ、殺されてもいないということになるね」

それは新しい仮説だった。わたしの頭のなかにもうひとつ、まったく予期していなかった暗いねじれが生じた。

「よってジュリアンは、結局のところ、誘拐されてなどいなかった女性を捜しまわっていたわけだ」わたしはそう言い添えた。

もしもジュリアンが、マリソルが醜い陰謀に一枚嚙んでいることを知ったとすれば、わたしには想像もつかないほど大きなショックを受けたことだろう。裏切られた悲しさに深く傷つき、打ちのめされ、がんじがらめになってしまったにちがいない。

そのときのジュリアンの心情に思いをめぐらせたせいで、わたしの顔に苦悩の色が浮かんだらしい。ロレッタがこちらを見る表情でわかった。

「でも、ジュリアンが最終的にマリソルをどういう人間だと思っていたかは、わたしたちには知りようのないことよ」ロレッタはわたしに言い聞かせた。

そのとおりだ、と思った。だが気を取り直そうとしても、ジュリアンと二人でラ・ボカを訪れた晩のことをつい思い出してしまった。その地区特有の鮮やかな原色の家々が並んでいる通りを歩いていたとき、そのうちの一軒の前でジュリアンが急に足を止めた。彼は小さくうなずいて、家の奥のほうを示した。わたしがそちらを見ると、地下室の窓のそばに古ぼけた車が一台駐まっていた。だが、ただ駐まっているのではなく、ボンネットが開けっぱなしになっていて、バッテリーにつながれた二本の黒いケーブルが地下室の窓のなかへと伸びていた。

「ここは軍事政権が拉致した市民を監禁しておく家だよ」ジュリアンは声をひそめて言った。「言うなれば拷問部屋だ」

「どうして、そんなことを知っているんだい？」わたしは訊いた。

「前に昼間ここへ来たとき、マリソルが教えてくれた」ジュリアンは答えた。「彼女の話によれば、この地下室でなにがおこなわれているかは近所の住民全員が知っているそうだ」

おかしな話だと、いまになって思う。本当に周知の事実だったんだろうか？　マリソルだけが知っていたのではないか？

そして、こんなことは想像するのもいとわしいが、もしやジュリアンはあのとき、マリソルの恐ろしい正体をすでに看破していたのではないか？

テーブルに広げられたパズルのピースが正しくはめこまれ、ひとつの絵ができあがっていくように、謎を構成しているさまざまな断片が一箇所に集合して、おさまるべき場所におさまる瞬間は必ず来る。わたしの物語のピースも、そろそろ〝大団円〟に向けて整列してもいい頃だと思うのだが、解明に近づくどころか、これまで以上に暗い、信頼関係も相手の正体もあやふやで不安定な世界に直面してしまった。まだ若くてうぶだったジュリアンなら、あっさりだまされてもおかしくない世界に。

「なにを考えているの、フィリップ？」ロレッタが訊いた。

「ジュリアンのことだよ」わたしは答えた。「アルゼンチンを去る頃には、ジュリアンにとって世界は真っ暗闇に感じられただろうなと思って。だから彼の足跡をこのまま追い続けたら、きみとぼくも真っ暗闇の世界へ踏みこんでしまうだろう」

「真相を追い求めるのはもうやめにしたいということ？」ロレッタは訊いた。

「いや、そうじゃない」わたしは否定した。「なぜかと訊かれても困るんだが」

ロレッタは手を伸ばして、わたしの指に触れた。

「なぜなら、好奇心は最も腹を空かせた野獣だからよ。だからわたしたちは進み続ける以外に選択肢はないんだわ」彼女の微笑には進み続けた者の悲劇が早くもにじんでいるように見えた。「わたしたち、ニックとノラみたいね、フィリップ。ダシール・ハメットの小説の探偵夫婦のことよ。ただ、わたしたちを待ち受ける結末のほうがずっと悲惨な気がするけれど」

彼女の手は柔かくて温かかった。もう何年も味わっていない感触だった。

「そうだね」わたしは言った。「ぼくらはまさにニックとノラだ」

23

早朝、わたしたちはロストフに到着した。ガイドを頼んだユーリ・カーソフは五十がらみの男性で、以前ジュリアンのガイド兼通訳を務めたことがあった。

「ええ、いいですとも」電話で打診したとき、彼は二つ返事で引き受けてくれた。「すべておまかせください」

その力強い言葉どおり、カーソフはロレッタとわたしのために綿密な旅行計画を立ててくれた。目的地のロストフ・ナ・ドヌはドン川の河畔に位置する丘の上に開け、その鄙びた地名に似合わず、人口百万を越えるにぎやかな町だった。

空港で落ち合うと、ユーリはさっそくわたしたちをびっくりするほどモダンなホテルへ連れていった。ホテルでの夕食には、ユーリにも同席してもらった。ロレッタはそれまでにはない熱のこもった態度でユーリを質問攻めにした。まずジュリアンと初めて会ったときの様子を訊き、さらにジュリアンがそのとき手がけていた調査の内容を詳しく尋ねてから、間髪をいれず、用意してあった本題に入った。

「ジュリアンがミハイル・ソボロフという名前の男性と会ったことは覚えていらっしゃる？」ロレッタは訊いた。「このロストフに住んでいるはずなんですが」

「覚えていますよ。わたしも一緒にお伴したんです。ジュリアンが彼に会いにいくとき」とユーリは答えた。彼の英語は会話が進むにつれて少しずつ型破りなものになってきた。「二人は初めスペイン語で話そうとしていましたが、相手の老人がもうスペイン語を忘れてしまっていて、うまくいきませんでしたね」慎重に磨きあげてきた如才なさがふっと裏に隠れ、ユーリの口元に冷笑が浮かんだ。「ジュリアンがミハイル・ソボロフみたいな、ああいう種類の男と会いたがっていたとは意外でした。全然予想しませんでしたよ」

「ああいう種類の男というと？」ロレッタは訊いた。

「元ＫＧＢ（ソ連国家保安委員会。ソ連の情報機関、秘密警察）の男ですよ」ユーリが答えた。

「二人はどんなことを話していたんですか？」とロレッタが訊く。

「わかりません」ユーリは答えた。「わたしの前ではしゃべりませんでしたから。ジュリアンがスペイン語でなにか言ったら、老人が立ちあがって、わたしを部屋の外へ追いだしたんです。ドアをばたんと閉めてしまいましたよ」

なぜだろう？　わたしは怪訝に思って、質問をはさもうとしたが、ロレッタとユーリの会話は別の話題に移ってしまっていた。結局、疑問を口に出すチャンスがめぐってこないまま食事が終わった。

だが、ジュリアンがロシアの諜報員と秘密の会談を持ったと聞かされた瞬間から、わたしはどうにも気持ちが落ち着かず、その夜はベッドに入っても寝返りばかり打って、なかなか寝つかれなかった。とうとうあきらめて、散歩に出ることにした。

外に出ると、無愛想な感じの殺風景な街路が遠くドン川まで伸びていた。ドン川といえば、ミハイル・ショーロホフの代表作である長篇『静かなドン』の舞台となったところで、彼が作中で述べているとおり、海に注ぐ静かなる大河だ。

町の景色は特に目を引くものはなく、建築物も平凡で、あまり見栄えがしなかったが、通り沿いにはロシアが生んだ偉大な文学者たちの彫像があちこちに建っているので、それを眺めながら歩いていった。プーシキンは大通りの名前にもなっていた。チェーホフとソルジェニーツィンもこのロストフで暮らしていたし、若き日のゴーリキーも近くの港湾で働いていた。このような文学の香り豊かな歴史を育んできた町が、わたしにとって魅力的であることは言うまでもない。しかし、ジュリアンを魅了しそうな要素はひとかけらも見あたらなかった。『コミッサール』のなかでジュリアンが描いているロストフは、見分けがつかない入り組んだ通りがごちゃごちゃと詰めこまれた猥雑な町だ。灰色の川で行き止まりになる灰色の迷路を、〝赤い切り裂き魔〟チカチーロは目の見えない馬のように徘徊し、四つ角や路地裏や袋小路の匂いを嗅ぎまわる。つねに餌食となる子供の気配を探し求めながら。

この飢えた怪物がたどった人生こそ、ジュリアンが徹底的に追跡したものだった。チカチーロはヤブロチュノア村で生まれた。幼い頃から、母親に大飢饉の恐ろしさを聞かされて育った。実の兄が腹を空かせた近隣住民にさらわれ、食われてしまったというおぞましい話もそこに含まれた。ジュリアンはそうした細かい事実に触れながら、心に傷を負った少年が、五体満足でありながら内面を大きな病にむしばまれて大人になる過程を詳しく几帳面に綴っている。その男はやがて結婚して二児の父親となり、ノボシャフチンスクで教職に就いていたが、のちに児童に対する性的虐待未遂の容疑で告訴され、免職となった。

ジュリアンが取材のためヤブロチュノアとノボシャフチンスク、双方の土地へ実際に足を運んだことは、『コミッサール』の内容からも明らかである。しかし最も長期にわたって滞在したのは、シャフトゥイ（ジュリアンの注釈によるとロシア語で、〝鉱坑〟の意味だそうだ）という炭鉱の町だった。チカチーロを最初の殺人に駆り立てたわびしい小さな町について、ジュリアンは底の底まで掘り起こそうとしたのだろう。

最初の犠牲となった少女は、まだ九歳だった。チカチーロはあらかじめその目的のために購入しておいた古い家屋へ少女を連れこみ、犯行に及んだ。彼の行動について、ジュリアンは持ち前の冷徹な鋭い筆致で次のように述べている。〝この用意周到さはチカチーロの理性のあらわれだが、犯罪そのものは彼の狂気によってあらかじめ定められたものだった〟と。

チカチーロの妻が自宅前の雪の上に見つけた血痕は、その少女のものである。それ以後、妻は強まる一方の疑惑を数十年間にわたって胸の奥にしまい続けた。それはきっと、寝室の窓の外に絶えず足踏みのような小さな物音を耳にしながら暮らすようなものだったろう。

妻のフェーニャが長年沈黙を守っていたせいで、犠牲者は増えていく一方だった。鉄道沿いの町や村、ドン川の岸辺、さらには森からも、たくさんの死体が見つかっている。

このロストフでは市の航空公園で二人の女性が殺害された。その後、チカチーロはノボシャフチンスクへ行って殺人を重ねたあと、シャフトゥイへ移動し、そこで折り返してロストフへ戻った。航空公園では新たにもう一名の遺体が発見された。

ジュリアンはアンドレイ・チカチーロの異常なまでの無謀さ、あまりにぞんざいな手口に着目している。殺人現場も死体の遺棄現場も公共の場所だったのは、チカチーロが正気を失った者のご多分にもれず、自分は太陽と月との密約によって、土、空気、火、水、すべてに守られている、霧の衣と雨の幕が犯行を覆い隠してくれる、と信じていた証だ。おそらく、自分だけは絶対に見つからない、つかまるわけがないと確信し、万能感に浸っていたのだろう。

そんなわけで、チカチーロの用心のあらわれと受け取れる行為は、犯行現場を自分のすぐ近くから遠くへ移したことだけである。もっとも、ジュリアンに言わせれば、これが意識的な危険回避かどうかは疑わしいとのことだが。その真偽についてはともかく、チカチーロはモスクワ郊外や、レヴダ、ツァポリツィヤ、クラスヌイスリンでも殺人を犯すようになり、しまいには遠く離れたレニングラードにまで行動半径を広げた。

ジュリアンがそれらの殺人現場をひとつ残らず訪れていることは本の内容が示すとおりだが、彼がロシア滞在中に大部分の時間を過ごしたのはほかでもない、ここロストフだ。ウリヤノフスカヤ通りの小さなアパートメントに閉じこもって、『コミッサール』のほぼすべてを書きあげた。

　わたしはそのアパートメントの住所を知っているし、取材と執筆に取り組んでいた彼に激励の電子メールをたびたび送った。文末には必ず、きみの手がけていることはいつかきっと日の目を見るよ、とつけ加えた。だが、彼がわたしの励ましをどう受け取ったかは結局わからずじまいだ。それについての反応はまったくなかった。わたしのもとに届く彼からの手紙やメールには、新しく覚えた慣用表現や、たいていはロシア人だったが、新たに見つけた優秀な作家のことなどが書かれていた。

　翌日、夕方の遅い時刻に、ジュリアンが何年も過ごした裏通りを歩いてみた。陽はすっかり落ちていたが、ロストフの町は街灯の整備が進んでいるので、通りは充分に明るく、ジュリアンが住んでいた三階の部屋もはっきりと見えた。あの窓辺にジュリアンは幾度となくたたずんだにちがいない、とわたしは思った。あそこに立って、物思いにふけりながら、この異国の町を沈んだ目で見つめていたのだろう。

　もちろん、母国を離れて生きる者は、文学の世界では昔からおなじみの主題といっていい。ただし、その大半はロマンティックな肖像として描かれる――たとえば、イタリアで暮らすバイロン卿のように。孤独な異郷生活を送る人々の心情までは、普段は誰も考えないだろう。けれどもロストフでのジュリアンについて空想するとき、わたしはオウィディウス（BC四三〜AD一七　古代ローマの詩人）に思いを馳せずにはいられない。皇帝の怒りにふれて、わびしい不毛の地トミスへ流された恋愛詩の偉大な紡ぎ手は、〝わたしが受けた罰はこの地である〟と書き記した。ジュリアンもロストフやシャフトゥイやレヴダの土地に暮らすことを罰と感じていたかどうかは、正直言ってわたしに結論の出せる問題ではない。だが、夜遅くホテルの部屋に戻って、ジュリアンへの思いを綴ろうとしたならば、きっとロストフのジュリアンとトミスのオウィディウスを重ね合わせて、ロシアで独りぼっちで暮らしていたジュリアンの寂しさ、はかりしれない孤独感について想像をめぐらすだろう。両者に大きな違いがあるとしたら、ジュリアンは自らの意志で母国を離れたということだ――しかし、これも見方を変えれば、ジュリアンが自分に与えたある種の罰なのではないか。荒涼たる土地を転々としながら暮らし、心の奥に悲惨な拷問や殺人をこれでもかと詰めこんでいく。この世に実在した悪魔どもを唯一の道連れに選んで。そんなふうに考えると、ジュリアンが普通の善人ではなく特別な善人に思えてくる。彼は平凡な芸術家ではなく、非凡な芸術家だったのかもしれない。彼が向き合い、打ちこんでいた芸術が、異国での孤独な放浪生活を課していたのだろう。オウィディウスにとって故郷から離れた僻地での暮らしは強いられたものだったが、ジュリアンにとっては自分で選んだものだったのだ。

こうしたことを、翌日の朝食の席でロレッタに話してみた。すると彼女はなにも言わず、ホテルの狭い予備のダイニング・ルームを見まわした。ほとんどのテーブルが埋まっていて、宿泊客たちが話すスラヴ語のさざめきが室内に充満している。

「この町はジュリアンが暮らしたなかで一番孤独を感じさせる場所だったと思うわ」ロレッタはようやく口を開いた。「英語はおろか、ジュリアンが知っている言語を話す人がまわりに誰もいなかったでしょうから」

ロレッタのその言葉を聞いて、わたしはジュリアンが初めに学んだ外国語がスペイン語だったことを思い出した。それに誘われるように、彼が生のスペイン語と初めて触れた国、アルゼンチンの記憶がよみがえった。

太陽が燦々と降り注ぐブエノスアイレスのジュリアンとマリソル。けれどもいまは、マリソルの明瞭な姿を思い描くことはできなくなってしまった。わたしの脳裏で彼女のイメージは次々と塗り替えられていく。初めは真面目で実直なガイド、次にスパイ、そのあとはアルゼンチン版のラムフレイ。モントネーロスと軍事政権、どちらの側についていたのかはいまだに不明だが、どちらも一般市民に対して残忍な行為をはたらいていたことに変わりはない。

マリソルのことばかり考えていたせいだろう、ブエノスアイレスを離れる二、三日前のある場面が記憶からはじき出されてきた。わたしがマリソルと二人きりになったのはあとにも先にもその一度きりだった。彼女はなにかに気を取られて、心ここにあらずといった表情をしていた。だから突然こんなことを言いだしたときも、わたしはべつだん驚かなかった。「なにもかもあきらめて、人生に見切りをつけたくなるときが誰にでもあるわよね」

「運が悪ければ、人生に見切りをつけたまま何カ月も何年も生き続けなければならないだろうね」わたしは言った。

「まあ、なぜそんなことを？」

「ぼくの父がまさにそういう人だからだ。父はなにもかも後悔しているよ」

「あなたもそうなの？」

「いや、自分のやってきたことは少しも後悔していない」わたしは答えた。「でも、ときどき自分自身に不満を感じることはある」

「どんなところが？」

「そうだな、最大の不満の種は、自分になんの取り柄もないことだろうね」わたしは正直に答えた。「歌も歌えないし、芝居もできない、楽器も演奏できない。いままで本を大量に読んできたのに、自分では一冊も書いたことがない。駄作ひとつ書けないんだ。それにひきかえ、ジュリアンはあふれんばかりの才能に恵まれている」それから、ずっと胸に秘めていた本音を生まれて初めて口に出した。「彼のようになれたら、どんなにいいだろう」

話題にしたくないことだったのか、マリソルはすっと目をそらした。「ジュリアンはどんな人?」

わたしは答えようとしたが、どう説明すればいいのか言葉が思い浮かばなかった。それは自分でも意外だった。ジュリアンには絶え間なく変化する流動的な部分があって、どういう人間か明確に言い表わすことは難しいのだと気づかされた。

「ジュリアンはとても頭のいい人ね」マリソルはそう言って、にぎやかな街路へ目をやった。「それは本当のことよ」そのあとわたしのほうへ顔を向けて続けた。

「でも、ジュリアンは生まれ育ったアメリカと同じで、まだ成長しきっていないと思うの。いろいろな意味で、まだ幼い子供なんだわ」

マリソルは口をつぐんで微笑をちらりと浮かべた。アメリカを批判しようというのではなく、愛情をこめた風変わりな形容だとわかったので、わたしは聞き流して話題を変えた。けれども、いまこうしてロストフで朝食のテーブルについていると、あのときのマリソルの言葉が強烈な響きを放って脳裏にまとわりつく。わたしはマリソルとの会話をロレッタに話して聞かせた。

「まだ幼い子供、ね」ロレッタはマリソルの言葉を繰り返した。「女性が男性のことをそういうふうに言うときの真意は決まっているわ。自分のほうが一枚上手だ、ということ。相手の男性に対して優越感を抱いているときに女性が使う表現なのよ」そう言ったあとでロレッタは少しのあいだ考えこみ、一段と複雑さを増したマリソルの人物像を懸命にとらえようとする顔つきになった。そのあとで、おもむろに口を開いた。

「ねえ、シャーロック・ホームズがアイリーン・アドラーに変装を見破られたと気づく瞬間の場面を知ってる?」

コナン・ドイルの作品は読んだことがなかったので、こう答えた。「いや、知らない。その種の小説は読まないんだ」

「じゃあ、説明するわね。二人は目が合って、視線ががっちりからみ合うの。その瞬間、偉大な探偵は、自分はこの女に手玉に取られたと悟るのよ」

ジュリアンはどうだったろう、とわたしは想像した。マリソルに手玉に取られたと気づいたときのショックは、どんなにか大きかったろう。

「はっきり言うけど」と、わたしは前置きしてから続けた。「もしもジュリアンがマリソルにまんまと一杯食わされたと悟ったら、チャコ出身の純情な娘だと思いこんでいた女性が実は二重スパイで拷問者だったと気づいたら、ジュリアンの自尊心はずたずたに引き裂かれただろうね。自分というものが完全に崩れ去って、なにを信じたらいいのかわからなくなったにちがいない」

ロレッタはうなずいた。「ええ、そうでしょうね」

「彼が復讐を企てたとは考えられないか?」思いきって訊いてみた。

わたしの問いに、ロレッタは少し考えてから答えた。「もうひとつの新しいひねりに行きあたって、別の仮説が生まれたわけね」ロレッタは言った。「ジュリアンがマリソルを捜していたのは、彼女の身になにが起こったのかを知りたいからでも、彼女の正体を確かめたいからもでなかった」ロレッタの目に危険なほど真剣な光がともった。「なぜなら、その両方とも彼はすでに知っていたから」

ロレッタがなにを言おうとしているか、わたしはすぐに察した。

「じゃあ、ジュリアンがマリソルを捜しだそうと躍起になっていた本当の理由は……」わたしは続きの言葉をのみこんだ。烈々たる抵抗感に襲われ、頭に浮かんだその考えを口に出すことができなかった。

本心としては、このままなにも言わずに終わらせてしまいたかった。身の毛のよだつ真実がすぐそこに迫っていると感じたときの猛烈な不安が、ロレッタの目に暗雲のごとく立ちこめているのを見れば、なおさら言葉にしたくなかった。だが、もう後戻りはできない。わたしはロレッタのおののくまなざしから目をそむけ、再び口を開いた。

「ジュリアンがマリソルを捜していたのは、彼女を殺すためだった」わたしは言いながら背筋がぞっとした。

「それが彼の犯罪だったんだろうか？」

ロレッタの目を見ると、そうかもしれないと肯定したあとで、急いでそれを打ち消すのがわかった。

「そんなはずないわ。そんなことありえない」ロレッタはきっぱりと言った。「だって、そうでしょう？彼はあなたがその犯罪を目撃したと言っているのよ」

わたしが迷いこんだ誤った仮説を、ロレッタは微笑で押しのけた。「ジュリアンがマリソルを殺すだなんて、そんなまさか」自信たっぷりにほほえみながら、こう続けた。「フィリップ、あなたはそんな場面は見ていないでしょう？」

24

ミハイル・ソボロフの住居は、邸宅よりもコテージのほうが呼び名としてふさわしいこぢんまりした建物で、ウクライナの国境をまたいで広がる田園地帯に囲まれていた。この一帯はかつて小規模な自営農家、いわゆる富農《クラーク》が集まった共同体で大いに栄えた。しかしスターリンは富農を目の仇にして、計画的な飢饉で彼らをほぼ全滅させた。ジュリアンはアンドレイ・チカチーロの幼少時代のトラウマについてこう述べている。おねしょをしたり親の言いつけにそむいたりするところっぴどくぶたれていたのも事実だが、ロストフの〝赤い切り裂き魔〟の人生に深い傷痕を残したのは、ほかならぬ大飢饉である、と。母親から聞かされた飢餓による残酷な人肉食いの話は、まだ小さかったチカチーロにとって恐怖や嫌悪で反応する対象ではなく、快感と興奮につながる刺激的な代償行為であり、聞かされるたび身も心も禁断の暗い悦びに満たされたことだろう。

しかし、ミハイル・ソボロフには飢饉の影らしきものはどこにも見あたらなかった。外見はわたしがこれまで本で読んだスラヴ人のイメージそのままの、快活な太鼓腹の男で、たとえるならばロシア版フォルスタッフ（シェイクスピアの作品に登場する太った陽気な騎士）といったところか。

「面会に応じてくださってありがとうございます」相手が朗らかに差しだした手を握りながら、わたしは礼を述べた。

老人は豪快に笑った。「昔だったら薪小屋に隠れたかもしれませんな。さもなくば、あなた方を途中で待ち伏せして始末せねばならなかったでしょう」

「それをうかがって、時代が変わってつくづくよかったと思いますよ」わたしは冗談めかして応じた。

「うむ、そうですな、確かに時代は変わった」そう言ったときのソボロフは相変わらず陽気な態度だったが、うわべだけの、わざとらしい感じを受けた。サンタクロースが真っ赤な衣装を脱いだところを偶然見てしまった気分だった。「昔を振り返ると、自分の考えていた理想は実に青臭かったと思いますよ。人は自分が信じる神を気取りたがるものですからな。そうでしょう？」

わたしの返事を待たず、ソボロフはさっとロレッタに顔を向けた。「おやおや、これは！　魔法の力で永遠にお若いままのご婦人がいらっしゃる」ソボロフはロレッタの手を取って、うやうやしくキスをした。「さあ、どうぞなかへ。ウォッカで乾杯といきましょう。われわれ三人で」

ソボロフはウォッカの壜に手を伸ばす前に、ガイドのユーリを鋭い目で一瞥した。「部外者はお断りとさせてもらいますぞ」厳然とした口調で言うと、ユーリの鼻先でドアをばたんと閉めた。

それから、難しい顔つきでわたしたちのほうを振り向いた。「現在のロシアでは誰もが言いたいことを言えると思われているようだが、それは表向きの話でしてな。あなた方が連れてきたああいう〝ガイド〟とやらは安易に信用してはならんのですよ」

「この時代にスパイを送りこむ理由があるんでしょうか？」小さな居間に三人とも腰を落ち着けたところで、わたしは訊いた。

「弾圧というのは、いくら切り落としても頭が生えてくる蛇のようなものですよ」とミハイル・ソボロフは答えたが、この話題を早く打ち切りたがっているのが口調から伝わってきた。「ところで、ジュリアンは私のことをどんなふうに言っていたのか、お聞かせ願えませんかな？」

「いえ、彼はなにも」わたしは答えた。「あなたのことはイレーネから聞きました。今回差しあげた手紙に書いたとおりです」

「イレーネか、ふむ」ソボロフはうなずいた。「では、あなたはご存じなんでしょうな、ブダペストでの事件を。戦時中、彼女が病院のベッドに寝ているユダヤ人たちを射殺したことを」

「最初に父からそれらしき話を聞きました」わたしは答えた。「そのあと彼女とじかにお会いした際、写真を見せてもらいました。本当にいたましい事件です。彼女はいまも――」

「罪悪感を抱いている。うむ、そうでしょうな」ソボロフが途中で口をはさんだ。「ジュリアンはそれを、実害を被らなかった者のずるがしこい偽りの慰めと呼んだことがありましたよ」

「ずいぶん手厳しいんですね」わたしは言った。

「たいがいの場合、時は罪悪感を洗い流しますからな。雨や風のように」ソボロフは言った。「まあ、しかし、それでいいんだろう。時はもっと寛大でもいいのかもしれませんな」

「ええ、おそらくは」ほかに言葉が見つからなかったので、そう答えるしかなかった。

するとソボロフは顔を近づけてわたしを食い入るように見た。「以前どこかでお会いしたことがありませんでしたかな?」

「いいえ」わたしは答えた。「ないと思います」

ソボロフは笑い声をあげた。「残念。あなたには通用しませんでしたか。諜報員の手練手管を多少ご存じのようですな」

わたしはとまどって相手を見つめ返した。

「仕組まれた出会いだと悟られないようにする、つまり偶然を装って知り合いになる方法ですよ」ソボロフは説明を始めた。「ジュリアンと私の場合はこういう段取りになります。まず、私は彼にとってなんのへんてつもない隣のテーブルの男になる。私は店を出ようと席を立つ。ただし鍵をテーブルに置いたままで。ジュリアンがそれを取って差しだしてくれる。私は鍵を受け取りながら、さりげなく言う。私ときたら、老いぼれ詩人のボルヘスみたいですな。なにも見えていない」ソボロフは高らかに笑った。「これでパスワードは一致し、扉はすっと開くわけです。どうです、映画みたいでしょう?」彼は茶目っ気をのぞかせた表情でわたしを見た。「ちょっとできすぎだと思いませんか?」それからこの話題を払いのけるように手を大きく一振りし、とたんに真面目な顔つきになった。「むろん、実際にジュリアンと会ったときの模様はこれとはちがっていましたがね」

「どんなふうだったのですか?」わたしは冷静に質問した。

老人はにんまり笑った。「まあまあ、そう急ぎなさんな。アメリカ人はせっかちだから困る。まずはウォッカですよ」

そう言って彼は部屋を出ていき、ものの一分も経たないうちに複数のグラスと、角氷で冷やされた瓶入りウォッカを手に戻ってきた。

「ロシアで酒についてどんなふうに言うかご存じかな?」彼は訊いた。

ロレッタもわたしも首を振った。

「酒なんて、人生《ライフ》において二番目に大切なものでしかない」ソボロフは言った。「一番大切なのは呼吸することだから」大声で笑って続けた。「意味はおわかりでしょう?」

ロレッタとわたしはうなずいた。

ソボロフはめいめいのグラスにウォッカを注いでから、乾杯の言葉を発した。「平和な世界に」

わたしたちはグラスを軽く触れ合わせた。そのあと老人はわたしたちの向かいの大きな椅子に腰を下ろした。

「ああ、それから、ジュリアンにも乾杯」彼はグラスを掲げた。「さてと、あなた方はアメリカ人だから、単刀直入に話すとしましょう。ジュリアンはアルゼンチンのソ連領事館を訪ねてきました。若い女性の消息を調べていると言って。行方がわからなくなったので、捜しだしたいと。アルゼンチン政府からなんの情報も得られなかったので、私どものところへやって来たんですよ」ソボロフは笑みを浮かべ、いたずらっ子のような表情を見せた。「共産主義者のもとへね」彼は肩をすくめた。「しかし女性の居場所はわれわれも知りませんでした。ただし、誰が知っているのかはだいたいわかっていました」つかの間、気が進まなそうな顔になり、手をひらりと振った。「いまさらこんな話をしても始まらんでしょうがね」

ソボロフは手をぱんと叩いた。

「まあ、しかたないですな」彼は言った。「ひとつうかがっておこう。ドゴ・コルドバという言葉をお聞きなったことはありますかな?」

ロレッタもわたしも見当もつかなかったので、そう答えた。

「犬の種類ですよ」ソボロフは言った。「アルゼンチンで特別に繁殖させた犬を、そう呼びます」彼はぐっと身をせり出して、両手を威勢よくこすり合わせた。「決して引き下がらないことで有名な闘犬です。ドゴ・コルドバ種は大きな痛みにも耐えられるよう訓練されていますからな。闘犬競技のチャンピオンなんです」

「それがジュリアンとどう関係するのですか?」ロレッタは尋ねた。

「われわれがジュリアンを送りこんだ先です」ソボロフは答えた。「闘犬場へ行かせました」

ジュリアンがそういう場所に出入りすることなど想像もできなかったが、考えてみれば、彼の人生についてはすでにそれと同じくらい意外な側面がいくつも明るみになっている。

「むろん違法ですよ、闘犬は」ソボロフは続けた。「しかし実際にはおこなわれているわけです。秘密の場所でね。いや、おおっぴらに営業しているところもあるでしょうな、警官の保護下で」ソボロフの口元に、彼に似つかわしくない温かみが浮かんだ。「まあ、しかし、アルゼンチン警察がほかの場所でなにをやっているかは周知の事実ですからな。そうでしょう？　そっちでの悪さに比べれば、闘犬など田舎の素朴なダンス大会みたいなものですよ」ソボロフはハンカチを取りだして首筋の汗をぬぐった。まるでアルゼンチンの蒸し暑い夏に舞い戻ったかのように。「あれは七月でした」彼は言った。「暑かったよ」それからロレッタのほうを見て言った。「当然ながら、ドゴ・コルドバ種の闘犬を見に行く者たちは口が堅く、人目につかないよう用心していました。秘密の社交クラブみたいなものですな。特別開催の見物席にはアルゼンチンの大立者たちが雁首をそろえていましたよ。政府高官やら、犯罪組織の幹部どもがね。で、この裏社会の面々のほうに、われわれが目をつけていた人物が一人いたのです。エル・アラベと呼ばれる男です」

「アラブ人ということですか？」わたしは訊いた。

「そのとおり。単なる呼び名ですがね」ソボロフは答えた。「肌が褐色だからそういうあだ名がついたんでしょう。農夫のように真っ黒に日焼けしていました。実際に貧しい家の出です。知性の面でも特にすぐれていたわけではありません。ただ、非常に狡猾で、抜け目がなかったんです。要するに、こすっからいやつだったんですよ。そういう意味ではスターリンに似ていますな。うまいこと立ちまわって、各所にある矯正院の運営を任されるようになった。われわれの仲間が数名、彼のもとで監禁されていることはわかっていましたが、場所はつかめずにいました。エル・アラベはすこぶる強靱な荒くれ者で、まともにぶつかっていっても口は割らないだろうとわれわれは見ていた。しかし、彼にも弱点がありましてね」その弱点とやらを思い浮かべているのだろう、ソボロフは冷ややかに笑って、それを明かした。「アメリカ人を前にすると、ちっちゃな子供みたいになるんですよ。きっとジュリアンみたいな若者を見たら、気を取られてぼうっとなるにちがいない。われわれはそこに目をつけました。若くて聡明なアメリカ人青年。しかもハンサムだ。たぶん家柄も良く、金を持っているだろう。そういう男をエル・アラベが放っておくはずがないことは、われわれも充分承知していた」

　ロレッタの顔がいきなり冷たい風にさらされたかのようにこわばった。「ジュリアンをスパイとして使おうとしたんですか？」

「初めはそんなつもりはなかったんです。ジュリアンをスパイだろうと思っていましたから。ひょっとすると〝寒い国から帰ってきたスパイ（ジョン・ル・カレ作の小説のタイトル）〟かもしれないと」ソボロフは笑った。「いずれにしろ、ジュリアンから目を離さないでおこうと判断したわけです」

　ソボロフはそこでいったん口をつぐみ、ウォッカを一口飲んだ。

「ドゴ・コルドバの闘犬が開催されたのは、ブエノスアイレス郊外の小さな町でした」ソボロフは続けた。「まわりは大草原《パンパ》ですが、街の中心からさほど離れてはいません。エル・アラベがやって来ることはわかりきっていました。闘犬にかなり入れあげていましたからな。まったく、あきれたもんだ。一日拷問をやったあとの息抜きが闘犬とはね。犬どもが嚙みつき合って、肉を喰いちぎるのを眺めて気分転換する男なんですよ、あれは」

　ソボロフはロレッタを見て、話を続けた。

「われわれはそこへあなたのお兄さんを送りこみました。あらかじめ金をたっぷり渡しておき、金持ちのふりをして賭けさせたんです。そうすれば、必ずエル・

アラベの目を引くだろうと読んで」

ソボロフの視線がわたしに戻ってきた。

「私はジュリアンの〝操り手〟でした」彼は言った。「だから私も闘犬場へついて行きました。ジュリアンがうまくターゲットと接触できるかどうかを確認し、彼に相手をあざむく才能があって、今後もわれわれにとって利用できるアメリカ人なのかどうかを上官に報告するために」ソボロフは苦虫を嚙み潰したような顔をした。「悪夢のような世界でしたよ、われわれがあの晩出かけていった先は。身の毛のよだつ呪われた場所というのは、ああいうのを言うんでしょうな」

ソボロフはそのとき目にしたものについて語り始めた。大きな納屋の内部は空気が淀みきって、蒸し暑かった。場内に鎖につながれた犬たちが連れてこられ、円形の闘犬場へと鞭で追い立てられていく。闘犬場をぐるりと囲んでいるむきだしの波形鉄板に飛び散った血が、過去の闘いのすさまじさを物語っていた。ひしめき合う観衆は汗だくでビールをあおり、大声を張りあげていた。自分の賭けた犬に檄を飛ばしたり、野次を浴びせたりしながら、紙幣を握りしめた手を、ときにはナイフを握りしめた手を、荒々しく振りまわしていた。

「まさしく地獄絵でしたよ、あの光景は」ソボロフは言った。「エル・アラベは観客席の中央に陣取っていました。真っ黒の髪を頭にぴったり撫でつけた姿が目に焼きついていますよ。犬に向かって叫んでは、げらげら笑ってビールをあおっていました」

わたしは『コミッサール』の一場面を思い出した。ジュリアンがチカチーロの夢想という形で描いた、拷問の祝祭の場面だ。饗宴を取り仕切る主人役のチカチーロは、赤いジャケットに膝まである黒いブーツを身につけ、乗馬鞭を手に会場内を歩きまわり、それぞれの円形の舞台で上演されている残虐な行為を指揮するのだった。

「エル・アラベの写真はあらかじめジュリアンに見せてありました」ソボロフの話は続く。「指示されたとおり、ジュリアンは生意気で貧相な小男にさりげなく近寄って、手に持った紙幣を振りまわしました。ほかの客たちと同じように。ただし、叫んでいる言葉はれっきとしたアメリカ英語ですからな、エル・アラベの耳をとらえないわけがありません」

わたしの脳裏にくっきりと映しだされたのは、ジュリアンの声を聞いてさっと振り向き、アメリカの映画スターを見るようなまなざしでジュリアンをまじまじと眺める、〝生意気で貧相な小男〟の姿だった。

「私は闘犬場をはさんだ反対側にいましたが、エル・アラベがジュリアンに話しかけ、ジュリアンもそれに答えてなにか言うのが見えました。それからエル・アラベは闘犬場のほうへ向き直り、手を大きく振り動かして合図しました」

いよいよ二匹の白いドゴ・コルドバ犬のあいだで、目を覆いたくなるような壮絶な闘いが始まった、とソボロフは語った。噛みつき合い、激しい勢いでぐるぐる回る二匹。鮮血が双方の脇腹から流れ落ち、相手の肉に突き立てている牙のあいだからも滴って、喉の白い毛が毒々しい深紅に染まる。

「ドゴ・コルドバ種は現在はもう絶滅しています」闘犬の模様をひととおり説明したあと、ソボロフはそうしめくくった。「原因は闘犬場で大量に死んだのと、気性が荒くて不安定なため、仲間同士で殺し合ってしまうせいです。そんなわけで、この世から完全に消えてしまいました」ソボロフは哀れみのこもった笑みを浮かべた。「獰猛なだけでは命を保てない」それから結論を下すように続けた。「言い得て妙ですな。まったくもってそのとおりですよ」

彼はしばらく黙りこんだ。まるで、ふと頭に浮かんだ自分でも思いがけない言葉を口にして、それが過去の記憶の長いトンネルに反響するのをじっと聞いているかのように。

「それはともかく、ジュリアンはこのあとエル・アラベと何度も会いました」ソボロフは言った。「酒場で、あるいはタンゴのダンスホールで。ジュリアンはうわべの友情を示すのがうまかった。誰もが、彼に好かれていると信じこんでしまうのです。ジュリアンはそう思わせるよう巧みにふるまっていました」ソボロフは肩をすくめて見せた。「ジュリアンは私にこう言ったことがありますよ。〝あなたを愛している人に対してあなたがしてあげられるのは、愛し返すふりをすることだけですよ〟と」

まさかジュリアンがそんなことを口にするとは。その言葉はわたしの耳に底なしの悲しみをはらんだ決意のように響いた。そこから吐きだされる毒針が胸に突き刺さるのをかわすため、わたしは急いで話を先へ進めた。

「ジュリアンはマリソルがどうなったのか調べていたはずなんですが、あなたはそれに手を貸したのですか？」とソボロフに質問した。

「いいえ」ソボロフは答えた。「しかし、おそらくエル・アラベが手を貸したんじゃないでしょうか。ジュリアンはなにか恐ろしく不幸な真実を知らされたはずです。彼が突然変わってしまったのは、そのせいだとしか思えない。端正な顔立ちのきりっとした好青年が、一夜にして年老いてしまったのですから。まるで三途の川を渡った人間のようでしたよ。はっきり言って、死人と見分けがつかないほどだった。私が最後に会ったときもそういう状態でした」ソボロフは沈んだ目になった。「とんでもない悪人ですよ、エル・アラベは。まるで悪魔だ。罪悪感なんぞ、これっぽっちも持ち合わせていないでしょうな、あの野郎は。軍事政権が崩壊したあとも、やつは矯正院でやったことについて一言も謝罪しませんでした。いまでものうのうと生きているどころか、たまにアルゼンチンのテレビに平気な顔で出ていますよ。後悔などかけらも感じずに、人生を謳歌しているなどとふざけたことをほざいています」

「刑務所には入らなかったのですか、その男は？」ロレッタが訊いた。

「入りましたが、わずか数年です」ソボロフは答えた。「あっさり釈放されて、イグアスの滝に近い故郷の村へ帰りましたよ」

わたしはジュリアンが命を絶った日に見ていた地図を思い起こし、赤い丸印で囲んであった地名を口にした。「クララ・ビスタですか？」

ソボロフはうなずいた。「エル・アラベは現在もそこで暮らしています。インタビューを受けて、いまも行方不明者を必死で探している者たちの面前で高笑いしているというわけです」

話の結末がじわじわと染み渡るのを待って、ソボロフはしばらく黙りこんだ。やがて、場の雰囲気をなごませようと思ったのか、朗らかな笑顔で言った。「ところで、チカチーロのことを書いたジュリアンの原稿は完成したのですか？」

「はい」わたしは答えた。「来年には出版される見込みです。ジュリアンは『コミッサール』というタイトルをつけています。アンドレイ・チカチーロについて書かれた本としては、これまでで最も詳しい重要な作品になるでしょう」

「それはよかった」ソボロフは言った。「実に仕事熱心でしたからな、ジュリアンは。たいしたものだった。これは彼を語るうえで絶対に忘れてはならないことだ。誰にでもできることではありませんよ。出版された暁には、私にも一部いただけるとありがたいのですが」

「必ずお送りします」わたしは約束した。

ソボロフはにこやかに言った。「さて、これで私は、あなた方がジュリアンについて知りたかったことを全部お話ししたことになりますかな？」

「いいえ、まだです」ロレッタがきっぱりと答えた。

あけすけな言い方をされて、ソボロフは見るからに驚いた顔をした。

「イレーネから聞いた話ですと、何年か前にジュリアンが彼女を訪ねていったとき、マリソルがどうなったかを彼はすでに知っていたそうです」ロレッタはさらに言葉を続けた。「それをジュリアンに教えたのは、あなたが先ほどお話しになったエル・アラベという男だったと考えてよろしいんですね？」

ソボロフはうなずいた。「ほかに誰がいますか？ジュリアンがアルゼンチンで最後に接触したのはエル・アラベですからな」

「ジュリアンがここへ訪ねて来たとき、アルゼンチンの話は出ましたか？」ロレッタは訊いた。

「出ましたよ」ソボロフは答えた。「闘犬のことをしゃべっているうちに、行方のわからなくなったその若い娘の話になりましてな。ジュリアンは、彼女を見つけたと言っていました」

「彼女を見つけた？」わたしは息をのんだ。「ジュリアンはマリソルを見つけていたんですか？」

「そうです」ソボロフは言った。「あのエル・アラベに彼女のもとへ連れていかれたのだとか。ジュリアンが私に話してくれたのはそこまでですがね」

「ジュリアンはマリソルの正体について、なにか言っていませんでしたか？　もしかしたら、という疑いらしきことでもいいんです、覚えていないでしょうか？」ロレッタは訊いた。

ソボロフは面食らった顔をした。「疑いとは？」

「たとえば、モントネーロスの一員だったのではないか、ということです」

ソボロフは首を振った。

「では、マリソルについてどんなことを言っていましたか？」ロレッタは食い下がった。

ちょっとのあいだ考えこんでから、ソボロフは答えた。「彼女にはあるトリックが仕掛けられた、とだけ」

「トリック？　どういう種類の？」わたしは訊いた。

ソボロフは驚くほど無造作なしぐさでウォッカをあおった。「ジュリアンの言葉遣いには独特の癖があって……たいしたことではないように聞こえても、実は非常に大切な意味を持つ……そういう話し方をどう表現すればいいですかな？」

「隠喩《メタファー》ですか？」わたしは言ってみた。

「ああ、それですね」とソボロフ。「ひとつだけではなく、同時に複数の意味を示す含みのある言葉遣いなわけです」そこで彼は肩をすくめた。「私がどういうトリックかと尋ねても、ジュリアンは明確な答えはくれませんでした。それについては詳しく触れられないと言って」ソボロフはグラスを置いた。「そんなわけで、私が知っているのは、彼がそのトリックとやらになんと命名したかだけでしてね」ソボロフの微笑から、物事の暗い面を抱える重圧がにじみ出た。それと同じ表情がずっと昔にジュリアンの瞳の奥をちらりとよぎるのを、ソボロフも自分の目で見たことがあるようだった。「彼はこう呼んでいましたよ。〝サトゥルヌスの罠〟と」

第六部

『サトゥルヌスの罠』

25

「サトゥルヌスの罠」その言葉を、ロレッタは静かに繰り返した。

わたしたちはホテルの近くの小さな公園で腰を下ろしていた。時刻はすでに午後が終わろうとしていて、人影はまばらだった。子供たちは学校にいるし、働く人々はそれぞれの仕事で忙しい。たまに通りかかるベビーカーを押す母親たちのほかには、散歩中のお年寄りをちらほら見かける程度だった。こうやって遠くから眺めていると、平和を絵に描いたような光景だった。自然と心がほどけ、わたしの思考は気ままな放浪の旅へとさまよいだした。やがて、どういうわけか唐突にアイスキュロス（紀元前五二五〜四五六年。ギリシャの三大悲劇詩人の一人）のことが思い浮かんで、そこが旅の終点となった。わたしの頭に忍びこんできたのはアイスキュロスが書いた悲劇の一節ではなく、彼が自分の死亡記事を書いたこと、しかも、それがきわめて不思議な内容だったという事実そのものだった。その死亡記事のなかで、アイスキュロスは自分の名声や作品にはまったく触れていない。どういう人生を歩んできたのかさえ、マラトンの戦いに出征したことを除けばなにも書かれていないといっていい。兵士としての体験はアイスキュロスにとって生涯の誇りであり、それだけは人々に記憶にとどめおいてもらいたかったのだろう。

もちろん、ジュリアンはそのような死亡記事など書き遺してはいない。それどころか、自ら命を絶つという道を選ぶに至った経緯すら明らかにしようとしなかった。アイスキュロスがマラトンの戦いで自分が活躍したことを得々と記したのに対し、ジュリアンは謎をまとったまま、自分の書いた最後の文章さえノートから破り取ってしまった。まるで、その言葉が意味することに恐れおののいていたかのように。

ロレッタが口を開いたが、話の内容から、わたしとはまったく別の方向へ考えが行っていたのは明らかだった。

「いま思い出したんだけど、ジュリアンは前にちょっと気になることを言っていたのよね」彼女はわたしのほうを見て続けた。「執筆のための取材でスワジランドへ行って、帰国したばかりのときだったわ。彼が現地で撮ってきた写真に二人で目を通していたの。悲惨な状況にいる人々の写真ばかりだった。しかもその状況は天災ではなくて紛れもなく人災、同じ人間によって引き起こされたものだから、よけい哀れに感じられたわ。しばらくして、ジュリアンはとりわけ見るに堪えない写真から顔を上げて、こう言ったの。〝結局、すべてはぼくらがこういう人々に対してなにをするかで決まるんだ。要するに、この人たちを助けるのか、それとも危険にさらすのか、二つにひとつなんだよ〟」

それを聞いて、わたしはジュリアンとロンドンのグローヴナー・スクエア・ガーデンで座っていたときの記憶を呼び起こされた。わたしたちは目の前にそびえているアメリカ大使館を見上げ、建物のてっぺんに鎮座する国璽《こくじ》の大鷲像を眺めていたが、やがてジュリアンが、鷲に視線を注いだまま、こう言った。

「アンブローズ・ビアスはね、〝外交とは、祖国のためにまことしやかな嘘をつく術である〟と言っているんだ」

わたしは笑ったが、ジュリアンはにこりともしなかった。陰気な目をして、全身に影が覆いかぶさっているように見えた。「そういう芸当を巧みに演じてのけることは」いったん言葉を切って続けた。「重大な犯罪だ」

わたしがジュリアンとのその奇妙なやりとりを話して聞かせると、ロレッタは一言一句を吟味し、言葉の綾まで解きほぐそうとするかのように、注意深く耳を傾けた。

「たぶん、ジュリアンはそのことをアルゼンチンで実感したんだろう」わたしは最後に言い添えた。

ロレッタはうなずいて、わたしの手に触れた。「エル・アラベをだましたときにね」彼女はぽつりと言った。

それから数日間、わたしたちはホテルのわたしの部屋に間に合わせのリサーチ・センターを設置し、小さな机を囲んで調べ物に精を出した。スペイン語に関しては、わたしに比べればロレッタのほうがはるかにうまかったが、二人とも読み書きがすらすらできるというレベルには達していなかった。それでも共同作業のおかげで、オンライン翻訳がしばしば意味不明の訳文を吐きだしてきたにもかかわらず、わたしたちはエル・アラベなる人物の関連記事を大量にかき集め、その要旨をまとめることができた。

ソボロフが言っていたとおり、たしかにエル・アラベはマスコミを通じて世間に登場する際は、かなり控えめな態度を装っていた。彼は矯正院での非道な行為に関与した罪で十年の懲役刑を言い渡されたものの、実際は七年で釈放された。

出所したエル・アラベは、イグアスの有名な大瀑布のそばの小さな村へ帰った。そこはパラグアイとブラジルのどちらとも近接しているばかりか、いずれの国境もこっそり通り抜けることが容易だった。そのへんの事情を、エル・アラベは次のように臆面もなく語っている。

国境近くに住みたかったんだよ。カサ・ロサーダの小役人どもが、罪をでっち上げておれをもう一度つかまえようとした場合の用心にな。ここでの暮らしは平穏そのものだ。平和を重んじて毎日を送ってる。だからここでは猫一匹、傷つけはしない。自宅のちっぽけなベランダに座って外を眺めながら、世界中に向かって宣言するんだ。「おれはエル・アラベだ。ああ、そうとも、極悪非道の男だよ。ののしりたけりゃ、好きなだけののしるがいい。だがな、おれは後悔なんぞひとつもしていないぜ。

出所して間もない数日間に、エルナンド・ヒラリオ――これがエル・アラベの本名だった――は数多くのインタビューに応じているが、そこで当人がはっきり認めているとおり、彼は自分の犯した罪を悔いるどころか、誇らしげに語っていた。

共産主義者に支配されてた頃のロシアを見りゃ、アルゼンチンがああなるところを救ったのはおれみたいな男たちだってことがよくわかるはずだ。アルゼンチンの国民は、広場におれたちの銅像を建てたっていいくらいだよ。赤旗のもとで一生を送らずに済んだのは、おれたちのおかげなんだからな。それとも、なんだ、カストロ政権の国で暮らすほうがいいってのか？　ポンコツ車しか走っていない、いまにもぶっ壊れそうな首都ハバナで、炎天下に立たされたまま八時間も演説を聴かされるはめになるんだぜ。おれたちはそれを阻止してやった恩人なんだから、アルゼンチン国民は大いに感謝してしかるべきだろう？　それなのに恩人をムショにぶちこむってのは、いったいどういう了見だ？　床にひざまずかせたうえ、自分たちの成し遂げた偉業を否定させるとは、ずいぶんな仕打ちじゃねえか。もう一度言うがな、おれたちは赤軍の行進を食い止めたんだぜ。アルゼンチン国民はそのありがたみをよく嚙みしめて、おれたちに感謝してほしいね。

出所後のインタビューでは、ほぼ毎回、同じような発言を繰り返している。ラジオやテレビにも出演した。ある関係者によると、〝出てくるたびにますます横暴になって、傍若無人にふるまった〟そうだ。〝世間から非難されればされるほど、それを栄養に肥え太り、自分の犯罪を勲章みたいに見せびらかしていた〟とも話している。

　その後、一年、二年と過ぎるにつれ、エル・アラベに対する世間の関心は次第に薄れていった。そこでエル・アラベは、注目を取り戻すために機会あるごとにさまざまな手を打ち、地元の小さな選挙区から議員に立候補したこともあった。これは敗北という実にまっとうな結果に終わったが、彼の〝血と炎〟の選挙運動は激しさや騒々しさの面でそれなりに目立ったため、短いあいだの話題作りにはなった。

　ロレッタとわたしの調査で明らかになったのだが、選挙後のエル・アラベはかなり存在感を失い、世間から忘れ去られそうになったが、その矢先に《今日《ホイ》》というブエノスアイレスの小さな週刊紙で、新たな連載記事が掲載された。これはデヴィッド・レオンなる人物が単独で執筆しており、論調はエル・アラベに好意的なわけではないにせよ、ロレッタの言葉を借りると、〝目立たぬ程度にそれとなく理解を示した内容〟と受け取れるものだった。さらに彼女の意見によれば、〝エル・アラベの罪業を隠しているとまでは言わないまでも、アルゼンチンの混乱期に起こった出来事のひとつにおさめようとしている〟意図が感じられた。記事の筆者であるレオン氏は当時の状況を振り返って、次のように表現している。〝国を揺るがすほどの猛威をふるっていた闘争、横行する誘拐や暗殺、経済不安、それらすべてが混ざり合って、身体中の血管に氷のように冷たい恐怖を注入していた〟。

「この人に会わなくちゃね」ロレッタはそう言って、レオン氏の書いた第一回目の記事をわたしに手渡した。

「わたしたちがエル・アラベに会う手助けをしてくれるはずよ」

連載記事の冒頭に、エル・アラベことエルナンド・ヒラリオの写真が掲載されていた。鬱蒼としたジャングルを背景に、広々したベランダに立っている。上半身は裸で、カメラのほうをまっすぐ見つめる目は銃口を向けられている者のような緊張感を帯びている。そして全身から放たれる野獣めいた雰囲気は、原始時代の穴居人を思わせ、はかり知れない険しさと、容赦ない厳しさが伝わってきた。このぞっとする肖像写真には、まったく別の意味で目を引くものがあった。エル・アラベが身につけている木の玉をつなげたネックレスだ。磨きこまれた玉の表面が陽光を反射してつやつやと輝いている。

どこにでもある、ありふれた首飾りなのかもしれないが、前回目にした同じような首飾りがマリソルのものだったので、無性に気になった。

とはいえ、そのことはロレッタには黙っていた。わざわざ伝えるだけの理由がなかったからだ。写真のなかでエル・アラベがつけているネックレスが、以前はマリソルのものだったという確証がたとえあったとしても、なお判断がつかない点がある。それは、エル・アラベが彼女の首から無理やり引きちぎって奪い取ったのか、それとも、共同作業が終わって達成感に目をきらきらさせた彼女が、犯罪で協力し合ったささやかな記念品として自らエル・アラベに贈ったのか、ということだ。

26

わたしたちが到着した日のブエノスアイレスは、すっきりと晴れ渡っていた。昔、わたしがジュリアンと初めて訪れたときとは雲泥の差だった。あれから長い年月が経っているにもかかわらず、タクシーで幹線道路の七月九日通りを走っている最中に胸の奥から湧き起こったのは、過ぎ去った時間への懐かしさではなく、いまも現在進行形でわたしの人生に難しい試練と目的を与えている謎めいた出来事への新たな決意だった。もちろん、それらの試練と目的はすでにわたしだけではなく、隣に座って窓から街路を見つめているロレッタをも巻きこんで、別の局面を迎えているのだった。

「きみはいまも初めて会ったときと変わらないね」わたしは彼女に言った。

彼女はわたしを見た。「そんなことないわよ」

「いや、本心からそう思っているんだ」わたしは言った。「前になにかの本で読んだんだが、恐怖というのは人間にとって最後まで断ち切れない反応だそうだ。だがきみに限ってはちがうね。好奇心のほうが勝ちそうな気がするよ」

ロレッタはわたしの顔をまじまじと見た。「まあ、フィリップ、そんな素敵な言葉をもらったのは生まれて初めてよ。これまで言われたなかで一番嬉しい言葉だわ」

数分後、わたしたちはホテルに到着した。サン・マルティン広場に面したホテルだった。そう、ジュリアンとわたしがマリソルと何度も待ち合わせをした広場だ。あそこから幅広い階段を下りて、ロドリーゴ神父をバスセンターまで送っていったことを思い出した。

「一息ついたら、近くを少し歩こうか」わたしはロレッタに言った。

「ええ、そうしましょう」

間もなくわたしたちは散歩に出かけた。

夕暮れが近づいていて、あたりの空気は思いのほか涼しく、公園内の木陰も濃くなり始めていた。すでに照明は点灯し、そう遠くない距離にバスセンターが見えた。

「世界中どこも同じね」ロレッタがぽつりと言った。「身寄りのない貧しい子供たちは鉄道やバスや地下鉄の駅に集まってくる。ジュリアンが言っていたわ、彼らは脱出口を求めて無意識にそういう場所をうろついているんじゃないかって」

わたしはバスセンターを見下ろした。ゴミの散乱する乗り場の片隅に薄汚れた少年たちがたむろしている。チャコへ帰るロドリーゴ神父を見送ったときも同じ光景を目にしたが、いまのほうが恵まれない子供たちの数はまちがいなく多い。

「ジュリアンがアルゼンチンへ旅立つ晩、彼に『地に呪われたる者』という本をあげたの」ロレッタは思い出話を始めた。「六〇年代初頭に書かれたフランツ・ファノンの名作よ。本を手渡すとき、わたしの友達がある一人の年老いたアフリカ人から言われた言葉を教えてあげたわ。その友達とアフリカ人のおじいさんはアフリカ全土に急速に増えていた砂漠の難民キャンプで出会ったの。おじいさんは生まれてからずっと藪のなかで暮らしてきて、指を何本か失くしていた。マチェーテという鉈を使って自分で切断したそうよ。彼は指のないところがある手を、友達の顔の前で小さく振って見せながら、こう言ったの。〝苦しみを避けて通ってはならない〟。わたしはその言葉をそのままジュリアンに伝えたわ。苦しみを避けて通ってはならないって」

わたしは悲しい気分でほほえんだ。「結果的に、ジュリアンがそれを守り抜いたのは確かだね。彼は逃げなかった」

ロレッタは風で乱れた髪を直した。「ジュリアンの足跡を追う調査の旅はそろそろ終盤にさしかかっていると思うから、率直に言っておくわね。わたし、あなたと過ごせて楽しかったわ、フィリップ。一緒に旅をして、いろいろなことを語り合ったり、教えてもらったり、とても充実した時間だった」

「ぼくも同じ気持ちだよ」

ロレッタは声をあげて笑った。「でもこういうのって、本のなかだとかなり感傷的な場面になりそう。そう思わない？」

「ああ、思うよ」わたしは静かに言った。「だけど実際の人生では、こういう瞬間ほどすばらしいものはないね。なににも代えがたい貴重なひとときだ」

翌朝、二人で朝食をとってから、デヴィッド・レオンが教えてくれた住所を頼りに、《今日》紙を発行している新聞社へ向かった。

ロレッタはブダペストにいるあいだにレオンと連絡を取って、いい感触を得ていた。相手がわたしたちの前でエル・アラベについて語ることにけっこう乗り気だという手応えを感じたらしい。ちなみに、記事を読む限りでは、エル・アラベというのはまぎれもない社会病質者《ソシオパス》であるばかりか、自分以外の人間は皆ソシオパスだと思いこんでいる完全にいかれた男だとレオンはとらえているようだ。

ただし、レオンのエル・アラベに対する見方には腑に落ちないところもある。エル・アラベを知性あふれる人間であるかのように書いている箇所だ。ソボロフがわたしたちに語ったエル・アラベ像は、粗野で教養がなく、うまく立ちまわることは知っているが、ほかにはなんの取り柄もない小ずるいだけの男だった。ところがレオンの記事はまったく異なる評価をしていて、エル・アラベがまるでジョゼフ・コンラッドの『闇の奥』に登場するクルツ氏のように描かれている。つまり、洞察力が鋭く固い信念の持ち主で、生まれつき性悪だが、どこか憎めない不思議な魅力がにじみ出ている、そんな人間を思わせるのだ。

実際に会ってみると、デヴィッド・レオンはわたしが予想していたよりも若かった。まだ三十代ではないだろうか。長身痩軀で、黒縁の眼鏡が漆黒の髪と似合いすぎるほど似合っていて、白いシャツにジーンズ、オリーブ色のコーデュロイのジャケットという服装だった。

「電子メールを何度もやりとりしたあとにようやくお目にかかれて、光栄の至りです。どうぞよろしく」新聞社でわたしたちを迎えたレオンは、まずロレッタにそう挨拶した。そのあとわたしを見て、手を差しだした。「フィリップさんですね？」

わたしは彼と握手を交わした。「面会に応じていただき、ありがとうございます」と礼を述べた。

レオンのオフィスは広いフロアを間仕切りでいくつもの四角い空間に分けたなかのひとつだったので、会議室へ行きましょうと言われ、案内されるまま廊下に出た。

「会議室なら落ち着いて話せるでしょうからね」と彼は言った。

会議室も狭苦しい部屋だった。正方形のテーブルはかなり使いこまれて傷だらけで、コーヒーのカップを置いた跡が輪っかの染みになってあちこちに残っていた。

「これは歴史的な遺物なんですよ」テーブルの表面を指で撫でながらレオンは言った。「ホセ・ド・コスタが使っていた物ですからね。優秀な報道記者だったのに、軍事政権によって身柄を拘束されて、それきり行方がわからなくなってしまいました。ぼくは彼のたどった運命を調べているうちに、エル・アラベに行き当たったんです。エル・アラベはホセがどうなったのかは知らないと言いましたが、ほかのことはたっぷり話してくれました。次から次へ、いろいろなことを。大変な話し好きでしたよ」

「そのようですね」ロレッタが横から言った。

めいめい、テーブルの前の椅子に腰を下ろした。わたしはジュリアンが長年使っていたブリーフケースを持ってきていた。ロレッタとレオンが互いにやりとりしたメールについて話すのを耳にしながら、紙とペンを取りだした。

「あなたもジャーナリストですか？」レオンがわたしに訊いた。

「いいえ」と答えたあとに、文芸評論家だと言おうとしたが、もはや自分をそうとは呼べないのではないかという気がして、口をつぐんだ。わたしはいったいなんだ？　生まれて初めて、自分が何者なのかわからなくなった。だが意外にも、そのことになぜか気分が浮き立つのを感じた。

「最初のメールでお伝えしたように、兄はこのアルゼンチンでの体験をもとに本を書こうとしていました」ロレッタが明らかにわたしに助け船を出そうとして、話の口火を切った。「そのための調べ物をしているうちに、エルナンド・ヒラリオにたどり着いたようなんです」

ロレッタがだいたいの事情をすでにメールでレオンに説明してあることは知っていた。ジュリアンの生涯と仕事に関することはもちろん、彼が失踪したマリソルを必死に捜して、当時のアルゼンチン政府やロシア領事館と接触していたことも伝えてあった。また、ジュリアンが死の直前にアルゼンチンの地図を調べ、エルナンド・ヒラリオ、別名エル・アラベが現在暮らしている町に印をつけていたことや、わたしたちが元KGBのソボロフと会った際に聞いた話の詳細も――ソボロフがジュリアンと手を結ぶに至った経緯や、その延長線上でジュリアンとエル・アラベが会ったことまですべて。

ロレッタがレオンに言った。「おわかりかと思いますが、わたしたちがアルゼンチンに来たのはエル・アラベとじかに話をしたいからなんです」

「メールでお伝えしたように、それは難しいことではありません」レオンは言った。「エルナンドは注目されたがっています。アメリカ人からは特に。アメリカの西部劇の大ファンで、彼の家にはジョン・ウェインの写真まであるくらいなんです。そんなわけで、あなた方のことはすでに先方に打診して、面会の手はずをおおかたととのえておきました。あとは互いの都合次第でしょう。彼のところへ行くには飛行機かバスを利用することになります。バスは時間はかかりますが、わりあい快適ですし、美しい田舎の風景を眺める楽しみもありますよ」

「彼と会う前に万全の準備をしておきたいんです」ロレッタは言った。「ですから、わたしたちがあらかじめ知っておくべきことがあれば、教えていただけませんか？」

「知っておくべきこと？」レオンは訊き返した。「やつは怪物です。そのことはもうご存じでしょう。ただし、あの怪物は人をあざむいたり、ごまかしたりするようなことはしません。逮捕されたときは、政府の役人に唾を吐きかけました。公判中も、判事に唾を吐きかけたうえ、矯正院での行為について謝罪の言葉は一度たりとも口にしませんでした」

レオンは金属製のキャビネットのほうへ歩いていくと、昔懐かしいカローセル型スライド映写機を取りだした。回転式トレイのタイプだ。

「これはエル・アラベのものです。膨大な量の写真を撮っていました。本人にとって自慢の写真ですが、〝きみへの贈り物だ〟と言ってぼくにくれたんです」

レオンは部屋の正面の壁に歩み寄ると、映写用のスクリーンを引き下ろした。それから天井の電灯を消し、自分の席に戻り、映写機のスイッチに手を置いた。

「断っておきますが、見ていて気分のいいものではありませんよ」彼は言った。


再び明かりがついたとき、わたしは精神的にも肉体的にもぐったりしていた。全身が拒絶反応を起こして、気分も悪かった。むかむかする胃のあたりを手で押さえ、喉をぎゅっと閉じ、こみあげる吐き気をこらえた。顔から血の気が引いているのがわかる。脚の感覚がおかしくなって、力が入らない。嫌悪感のあまり激しい動揺に襲われ、正気を失いそうだった。人類全体から自分を切り離して、この世から逃げださないかぎり、生き残る道はないのではと感じるほど強い危機感を覚えた。

「ということで」レオンは室内の明かりをつけながら言った。「いまお見せしたのがエル・アラベです。それでもまだ、彼に会いたいのですか？」

「会いたいわけじゃありません」わたしは答えた。「会わなければならないんですよ、どうしてもその男と」


レオンは立ちあがって壁際へ行き、スクリーンをもとどおり巻きあげた。動作の端々から考えにふけるような感じが伝わってくるのは、彼の心のなかでなにかが変わろうとしているせいかもしれない、とわたしは思った。


席に戻ると、レオンは机の上に両手を置き、指を組み合わせた。これから重大発表をします、とばかりに。

「では、覚悟を決めておいてください」彼は静かに言った。「悪党にはこれまでにも会ってきた、どういうものかは知っている、とおっしゃりたいかもしれませんが、エル・アラベみたいなやつは絶対に初めてのはずです」それからロレッタのほうを向いた。「あなたのお兄さんがそんな男とつきあっていたなんて、奇妙な話だとは思いませんか？」

レオンの質問を聞いて、わたしはジュリアンのことをまったく知らないも同然だったのだとつくづく思い知らされ、胸がちくりとした。しかし事実は事実だから、受け入れるしかない。それに、ジュリアンをめぐる謎は、依然として断片がばらばらの状態で散らばったままだ。前にロレッタは、人は誰でも森を通るときに小石を地面に落としていくのではないかと言い、ジュリアンが落としていった小石をたどったら、どこにたどり着くのだろう、と疑問を投じた。彼女自身が出した答えは、ただ延々と小石の跡が続いているだけ、というものだったが、それが正解のような気がしてきた。ジュリアンが落とした小石は別の小石につながるだけで、どこにも行き着けない。

「エル・アラベはあなた方が来るのを心待ちにしていると思いますよ」レオンはわたしに向かって言った。「幸運を祈ります」

この別れの言葉はいかにも陽気な明るい口調だったのだが、ロレッタとともに新聞社をあとにするとき、わたしにはそれが最後通告のように感じられてきた。幸運を祈ります、というレオンの挨拶に切実な願いがこめられている気がしてならなかった。彼の言葉どおり、わたしに必要なのは幸運なのだろう。それは疑いようもない。しかし、実際には運に見放されているというのが現状だ。いままでジュリアンの隠された部分を、彼の本の内容とはかけ離れた意外な事実を数々発見してきたが、どうしても最後の壁を突き破れずにいる。ジュリアンの著書は全部読んできたし、つぶさに読み返しもした。彼のノートや書簡にも注意深く目を通した。パリを訪れたのを皮切りに、オラドゥール、ロンドン、ブダペスト、チェイテ、ロストフとめぐり、とうとうこのブエノスアイレスへもやって来た。ジュリアンの作品に少なからず貢献したと思われる人々と面談し、各地で彼のガイドを務めた人、彼の取材を受けた人、それぞれに詳しく話を聞かせてもらった。また、父やロレッタと意見を交換し、さんざん自問自答を繰り返してきた。マリソルを除けば、ロレッタ、父、わたしの三人が、ジュリアンの生涯にそれなりの意味を持つ存在だったはずだ。早い話が、わたしはこれまで八方手を尽くしてきたにもかかわらず、わが親友の心の底にあった秘密の部屋の扉をいまだに打ち破ることができない。彼がなぜ池の真ん中へボートで漕ぎだして行かねばならなかったのか、その理由は相変わらず霧のなかで、どんな言葉をかけてやれば彼を止めることができたのかも、まったく思いつかない。

「さあ」わたしは大団円を迎える古い映画の探偵のように、倦んだ口調でロレッタに声をかけた。「最後の証人に会いに行くとしようか」

27

エルナンド・ヒラリオとの面会は、イグアスへ到着した翌日になっても予定が決まらなかった。そこでわたしたちは有名な滝を訪れることにした。イグアスの滝へは、何年も前にジュリアンと二人で行ったことがあった。そのときは嵐の午後に飛行機でブエノスアイレスを発ち、二日ほどイグアスに滞在して再び首都へ戻ったのだった。

あの頃と比べると、イグアスは大きく様変わりしていた。観光客をもっともっと楽しませようという工夫があちこちに見られた。いまでは滝のまわりに広がるジャングルを観光列車で見物できるようになっていた。その小さな列車から降りたとき、ああ、これは映画

《ミッション》の世界を再現しているのだと気づいた。冒頭の劇的なシーンから始まって、最後は十字架にはりつけになった宣教師が滝から真っ逆さまに落ち、〝悪魔の喉〟と呼ばれる滝壺へのみこまれていく鮮烈なシーンで結ばれる。

ロレッタとわたしはしばらくのあいだジャングルのなかを静かに散策した。セメント舗装された遊歩道には、お年寄りや子供に配慮して鉄製の手すりまで取りつけてある。

「列車で流れていたBGMを聴いていたら、ジュリアンが観光客と旅行者とのちがいについて言っていたことを思い出したよ」わたしは言った。

ロレッタは滝の方向をのぞきこんだが、ごうごうと音は聞こえても、滝そのものはまだ見えなかった。

「考えてみれば、ここへ来たのがジュリアンにとっては最後の観光旅行だったんだろうな」わたしは話を続けた。「滝を見てブエノスアイレスに戻ると、マリソルが出迎えてくれた。三人でラ・ボカのレストランへ行って、夕食とワインでしめくくった。あんなに楽しそうなジュリアンは見たことがなかったよ。すべてが順調で、愉快でたまらないという様子だった」

ロレッタは急に思いついたような口調で言った。

「フィリップ、あなたは事あるごとにジュリアンと比較されて、うんざりしていたでしょうね。わたしもよ。もしかしたら、嫉妬のようなものも感じていたんじゃない?」

しかるべきタイミングで、親愛の情を抱く相手になら、どんな秘密も吐露できるから不思議だ。ロレッタに問いかけられた瞬間、喉のつかえがすっと下りた気がした。どうしても言えなかった苦しい本音がようやく流れでてくれた。

「ああ、きみの言うとおりだ」はっきりと認めたことで、ジュリアンとの長年の友情が油絵の表面のようにひび割れるのを感じた。過去を振り返って、自分はこれまで彼によくない影響を与えてきたのではないか、彼が延々と引きずっていた絶望感や倦怠感、さらには経済的な困窮をも利用したのではないかと疑わずにはいられなかった。わたしは苦しんでいる彼をわざと誤った方向へ迷いこませてきたのかもしれない。彼の著作を評する際に、ときとして作品をだいなしにしている、冗長で荒ぶったまとまりのない部分をきちんと批判しなかったのはなぜだ？　もっと無駄を削ぎ落として表現を研ぎ澄まし、抑制を利かせるべきだと有益な助言をしなかったのはなぜだ？　もちろん、していたとしても、ジュリアンは耳を貸さなかっただろうが、わたしが正しい方向性を一度も示さなかったという事実に変わりはない。ロレッタの質問をきっかけに、自分がジュリアンの作品を批判しなかったのは、彼のためにならないと思ったからではなく、彼を脱皮させたくなかったから、文学界の薄暗い隅っこに押しこんでおきたかったからではないかと気づかされた。わたしはきっと彼に変わってほしくなかったのだ。あのまま、いずれむなしい場所へ漂着すると定められている暗澹としたテーマを追い続けていてもらいたかったのだ。かつては光り輝いていた彼が暗く翳っていくことにひそかな満足感を味わい、彼の失敗を喜んでいたのかもしれない。だからわたしは言うべきことを彼に言わなかったのではないか？

「すまない、ロレッタ」わたしは息をあえがせた。「これでもジュリアンの友達か？」

ロレッタはわたしの目を見つめ、ジュリアンへの友情が幾重もの偽りの衣を脱ぎ捨てていくのをじっと見守った。

すべての嘘が消え去ったとき、ロレッタはわたしを両手で抱き寄せた。「これであなたはジュリアンの友達よ」彼女は静かに言った。

28

エル・アラベの家へと通ずる道は、イグアスに隣接する小さな町の雑踏を離れ、ますます深くなるジャングルのなかを突き進んだ。奥へ奥へともぐりこんでいくような感覚に、わたしはコンラッドの『闇の奥』を思い起こした。登場人物のクルツは、作者が比喩的に〝奥地の出張所《inner station》〟と名付けた内なる領域を目指して川をさかのぼっていく。つまり、文明や人間の残酷な本質へと分け入っていくのだ。そこに描きだされる雄大で玲瓏たる風景は普遍的な地獄のイメージを醸している。

わたしはジャングルの景色を眺めながら、ずっとそんな思いにふけっていたが、ロレッタの声で我に返った。

「ジュリアンが善について不思議なことを言っていたわ」ロレッタはわたしに言った。「これまではあまり深く考えなかったけれど、あれは彼からわたしへの最期の言葉ということになるのね」

あの運命の日、ロレッタがサンルームへ行くと、ジュリアンは椅子に座って、膝の上に南米の地図を広げていた。なにをしているのかと尋ねたところ、ある土地のことを思い出そうとしている、という返事が返ってきた。悪に関する重要なことを学んだ土地なのだと説明したそうだ。

ジュリアンは手にペンを持って、地図になにか書きこもうとしていたわ、とロレッタは話を続けた。そのとき彼がペン先を当てていた箇所をあとで見ると、クララ・ビスタの村が丸で囲んであった。

悪についてどんなことを知ったのか、ロレッタはジュリアンに訊いてみた。彼の答えは、拍子抜けするほど単純明快に思えたが、よくよく考えると曖昧模糊としていた。「善とは悪のきわめて巧妙な変装である、ということだよ」ジュリアンはそれだけ言って、説明はいっさいつけ加えなかった。

「善とは悪のきわめて巧妙な変装」わたしはその言葉を小声で繰り返した。わたしたちを乗せた車はパラグアイ領のジャングルをさらに奥へと進んでいく。エル・アラベはこのような場所から、冷酷な意見をさんざん発信していたのだ。いつの間にかわたしは、頭のなかでエル・アラベの家をクルツの荒廃した不気味な住居と重ね合わせていた。先端に人間の干し首がのっている、むきだしの丸太で組んだ塀に囲まれた家と。

だが予想に反して、エル・アラベの家は死霊が棲みついているような気配はみじんもなかった。温暖な気候の土地でよく見かけるタイプの、こぢんまりした森のコテージといった風情を漂わせていた。隅々まで手入れが行き届いていて、放っておけば、たちまち緑の絨毯よろしく屋根をびっしり覆ってしまいそうな蔓草もきれいに刈りこまれ、外壁やベランダの脇の支柱に這いのぼろうとしている雑草は一本も見あたらない。そのせいか、おもしろいことに、ヨーロッパ風の住居を思わせた。野性味を徹底的に排除した家というわけだ。

ベランダには籐椅子が三脚、置いてある。それから派手な色のハンモックがひとつ吊され、ベランダのほとんど端から端までを占めている。窓はどれも大きい。開け放たれたオレンジ色の鎧戸の内側に、意外にも女性が好みそうなカーテンが見え、白いレースが温かく気だるい風を受けて小波のように揺れ動いていた。

建物自体はコンクリート・ブロックで建てられており、表面のペンキが美しい光沢を帯びている。玄関は簡素な造りで、土の地面の小径をたどっていった先にいきなりドアがあり、そのまわりはそろいの素焼きの鉢に植えられた色とりどりの花で飾られている。家の裏手をのぞくと、強風よけのフェンスがめぐらされ、その向こうにせっせと洗濯物を干している老女が見えた。洗濯ロープにひるがえっているのはTシャツとジーンズ、あとは地元で見かける女性たちが着ているような大きな花柄のワンピースで、サイズも大きめだった。

わたしは家を正面から見つめた。いよいよ待ちに待った瞬間がやって来た、と胸の内でつぶやいたあと、ロレッタを振り向いた。「用意はいいかい？」

彼女はうなずいた。「ええ」

わたしたちは闇の奥に向かって進んでいった。

家の前の小径を半分も行かないうちに、いきなりドアが開いて、でっぷり太った背の低い男がまばゆい陽光の下に姿を現わした。歳の頃は七十くらいか。たぶん染めているのだろう、髪は黒々としていて、後ろへまっすぐ梳かしつけた表面が陽射しでてかてか光っている。

「〝鷲は舞い降りた〟だな」男はそう言って、高らかに笑った。

薄青色のバミューダ・ショーツを穿いているが、シャツは着ていない。笑ったときにつるりとした丸い腹が小刻みに揺れた。「わが家へようこそ。アメリカ映画でもけっこう耳にするが、この国にはこういう決まり文句があってね。〝私の家はあなたの家《ミ・カサ・エス・スカサ》〟」

そう言いながら、エル・アラベは勢いよく大きな手を差しだした。「アメリカ映画の大ファンだ。ジョン・ウェインが出てるやつは特に。なかへ入ってくれ。コレクションを披露するよ」彼は横に一歩ずれて、わたしたちを手招きした。「さあ、入った、入った。家政婦に飲み物を作らせよう。マイタイは好きかね？　それともマルガリータがいいかな？」

この男と酒を飲むなんてことは御免こうむりたかっ

たが、断わるわけにはいかなかった。わたしたちにとってエル・アラベは最後に残された手がかりだ。彼からなにも話を聞けなかったら、これから先、一歩も進めなくなる。

「おまかせします」わたしはそう答えてから、ロレッタのほうを見やった。

「わたしも」彼女はちらりとほほえんだ。「おまかせします」

「ほう、そうかね。ではすぐに用意させよう」エル・アラベの口調から、わたしたちが飲み物を断るだろうと思いこんでいたふしがうかがえた。断られなかったので、どこかほっとしたような様子も伝わってきた。

彼は居間の窓辺に近寄って、家の裏手にいたさっきの老女に向かって声を張りあげ、スペイン語で命じた。

「おい、お客さんが飲み物をご所望だ。人数分のマルガリータを作ってくれ!」それからわたしたちのほうを振り返って言った。「あのばあさんは、なにをやってものろくてね」やれやれ困ったという顔で続ける。

「まあ、そのうちできるだろう」彼は腕を突きだして、部屋からじかに出られるベランダを示した。「外のほうが涼しいから、そこで座ってくつろぎながら、飲み物を気長に待つとしよう」エル・アラベはさも嬉しそうに笑った。「どうだろう、わが家を気に入ってもらえたかな?」

居間は狭かった。部屋の壁はアメリカの映画スターの写真で飾り立ててある。ジョン・ウェインのほかにも二十人ほどいて、どれも安っぽいプラスチックのフレームにおさめられたブロマイド写真だ。ベランダへ向かいながら眺めていくと、ハンフリー・ボガード、スペンサー・トレンシー、アラン・ラッド、それにジョン・ウェインといった面々だった。

「女優は一人もいませんね」ベランダへ出てから、エル・アラベに言った。「ヴェロニカ・レイクとかエヴァ・ガードナーあたりが入っていると思ったんですが」

　エル・アラベは手をさっと一振りした。「おれは行動派の男だ」満面の笑みになった。「だからああいう男たちを崇拝してるんだ。言ってみりゃ、非情な目つきの野郎どもだよ」またしても豪快な笑いを放った。「強くて寡黙な男にあこがれてた。ゲーリー・クーパーみたいなタイプにな。残念ながら、現実にはこのとおりだいぶ口数が多いがな」わんぱく少年じみた表情でにやりとする。「おまけに、見てのとおり背も高くない」それから手振りでわたしたちに籐椅子を勧めた。「かけて、ゆっくりしてくれ。ブエノスアイレスからは長旅だったろう。飛行機で？」

「ええ」わたしは答えた。「途中でイグアスに寄ったので、そこからはレンタカーを飛ばしました」

「イグアスか、なるほど」エル・アラベは言った。「じゃあ、今朝はさして長い運転じゃなかったな。道はすぐわかったかね？」

「たくさん道があるわけではないので、迷うほうが難しいと思いますよ」わたしは答えた。

「たくさん道があるわけではない」そう繰り返して、エル・アラベはうなずいた。「そう、アメリカとはちがってな。向こうは幹線道路だけでも数えきれないほど通ってるからな」

「ええ、アメリカとはずいぶんちがいます」わたしは相槌を打った。

　だしぬけに、エル・アラベはこんなことを訊いた。「おれの英語はどうかね？　うまいか？」

「大変お上手ですよ」わたしは答えた。

「アメリカ映画で習ったんだよ」エル・アラベは言った。「ガキの頃にさんざん観てたからな。もちろん、いまでも観てる。英語を練習するのは昔から好きだったんだ。といっても、ここじゃ難しいがな。このとおりなんにもない辺鄙な場所だ。まわりにいるのも無知な連中ばかり。共産主義者に投票することしか知らん愚か者ぞろいだ」彼は椅子の背に軽くもたれた。「あんた、スペイン語はできるのか？」

「いいえ、残念ながら」わたしは答えた。

エル・アラベの視線がロレッタに移った。「あんたは、セニョーラ？」

「日常会話程度なら」ロレッタは答えた。「兄はとても上手でしたが」

「ああ、あんたの兄さんね」エル・アラベはうなずいた。「そうそう、あんた方が来たのは彼の話をするためだった。事情はレオンから聞いたよ。死んだそうだね、あんたの兄さんは」

「はい」ロレッタは答えた。

「早過ぎる死だな」エル・アラベは同情のこもった声で言った。「アメリカでは早死には珍しいかもしれんが、このへんの土地ではみんな蠅みたいに簡単に死んでいく。だから死がどういうものかはよく知ってる。苦痛のこともだ。死はおれたちにつきまとって離れない。夜になると、草むらから死人の声が聞こえてくるよ。ここじゃ、あちこちで死者どもが互いをむさぼり食ってるんだ」彼はロレッタのほうを見て言い添えた。「あんたの兄さんも、そういうことをちゃんとわかってたよ」

しゃべっているエル・アラベを見ていると、台詞を飛ばしてしまう役者が思い浮かんだ。劇の上演中に台本の五ページ分くらいがごっそり抜け落ちて、筋書きのずっと先まで突っ走っていく感じだ。話の展開が早すぎるし、唐突すぎる。

「マルガリータはまだか！」エル・アラベは大声で言ってから、わたしたちを振り向いた。「さっきも言ったが、あのばあさんはのろまでね。まあ、得意なこともまったくないわけじゃないがな。ブエノスアイレスなら、仕事の遅い使用人はすぐクビになるだろうが、こういう時間が止まったような土地では我慢するしかなくてね。誰も彼ものろのろ動くから。太陽と一緒だな」彼はぎこちなく薄笑いを浮かべた。「おれは哲学者でもある。いろんなことを考えてる。なのに誰も聞きたがらない」笑い声を放って続けた。「世界の変化が大き過ぎて、おれのすごさを理解しきれなかったんだろう。おかげでおれは尊敬されるどころか、見下され、忌み嫌われてる。人殺しだ、レイプ魔だ、拷問人だとなじられてる」目つきが険しくなった。「ふん、おれがお仕置きした相手がどんなやつらだったのか、思い出してもらいたいね。いいか、あいつらだっておれに同じことをやったにちがいないんだ。おれだけじゃない、あんた方にもな」老人は手をさっと振った。「いまだって、やつらはチェ・ゲバラの顔をプリントしたTシャツを着てやがる。あのチェ・ゲバラこそ殺人者じゃねえか。映画スターみたいに扱われてる、映画スターみたいに有名なあいつは、何百万人もの命を奪おうとした大悪党なんだぞ」

エル・アラベはかっと目を見開き、ぎらぎらした目つきで、わたしとロレッタが話について行っているかどうかなどおかまいなしに、性急に話を続けた。「あんた方は、カストロがフルシチョフになんと言ったか知ってるか？」彼の視線が跳ねるように動いて、わたしとロレッタを代わる代わる射貫いた。「新聞をちゃんと読んだか？　キューバ危機の話だよ。いまにもミサイルが発射されようってときに、カストロがでぶの老いぼれロシア人になにを伝えたかだよ。いいか、カストロはな、アメリカ人を皆殺しにしてくれと言ったんだ。爆弾を全部落としていい、アメリカを全滅させてくれるならキューバを犠牲にしてもかまわないってな」

ぞっとするよと言いたげに、エル・アラベはかぶりを振った。「そういう何百万人も殺すつもりだったあいつに比べりゃ、おれなんかかわいいもんだ。あんたらの表現で言うと〝ちびたジャガイモ〟だ。チェ・ゲバラだけじゃない、スターリンや毛沢東も大虐殺をやった。そうだろう?」エル・アラベは親指を立て、自分の胸元を指した。「だがおれは、このエル・アラベは、ロシアや中国の赤どもみたいな殺し屋とはちがう」

これはまっとうな人物が言えば、過激なイデオロギーに対する熱のこもった非難と呼べるだろうが、エル・アラベ自身も陰惨で過激な行為に走ったわけだから、ここは用心してなにも言わないでいるのが賢明だとわたしは判断した。

「われわれがここへやって来た理由はすでにご存じかと思いますが」わたしは話を変えた。

エル・アラベはうなずいてから、ロレッタを見た。

「レオンから兄さんのことは聞いた。なんでも、次の本でおれのことを書くつもりだったとか」

「わたしはそう考えています」ロレッタは答えた。

「自殺する直前、アルゼンチンの地図を広げていました。しかも、この村の名前に丸い印をつけていたんです」

そう聞かされても、エル・アラベに驚いた様子はまったくなかった。

「もうわかっただろうが、おれの居所は誰でも簡単に調べだせる」彼は言った。「おれは逃げも隠れもしない。カサ・ロサーダでふんぞりかえってた赤の連中が、国境を越えてここまでやって来ないことを願うばかりだ」彼は反対側の壁に立てかけてある古い猟銃を指差した。「襲ってきたら、むろん闘うつもりだが、手元にはあんなものしかない——英語でなんと言うんだったかな——そう、おもちゃの豆鉄砲みたいなもんだ。ま、やつらが攻め入ってくることはまずないだろうがな。おれを怖がってるから。どうしてだかわかるか?おれに首根っこを押さえられてるせいだよ。やつらが自分で言ってるほど立派じゃないって事実をつかんでるんだ。向こうはおれが犯した罪を知ってる。おれは隠さなかったから、当然だ。肝心なのはな、こっちもやつらの罪を知ってるってことなんだ。向こうは隠してるがな」

証拠ならいつでも出せると言わんばかりに、エル・アラベは余裕の笑みを浮かべた。「罪を背負った人間は、疲れた顔をして、痩せ細ってる」彼は太鼓腹を手でぽんぽん叩いて言った。「やましさを全然感じていない人間は、ほら、このとおりだ」

別の部屋から鍋やフライパンが立てるけたたましい音が聞こえてきた。

エル・アラベは首を振った。「あんな大騒ぎしないと、なにもできんのかね」

キッチンのほうをのぞいてみると、老女がよたよたと歩きまわっているのが見えた。両手もぶるぶる震えている。

「パーキンソン病を患っているんじゃないかと思いますが」わたしは言った。「あるいは、それに類する病気を」

放っておけ、とばかりにエル・アラベは片手を振った。そして射すくめるような視線をロレッタに向けた。

「あんたの兄さんは前におれに会いに来た。ずいぶん昔のことだがな。彼は若い女を捜してた。このおれが女の行方を知ってるかもしれないと思ってたようだ」

そこで口をつぐみ、不機嫌そうにわたしを見た。その表情に激しい暴力衝動の気配を読み取ったわたしは、冷たい恐怖の予感で心底震えあがった。

と、いきなり彼がしわがれ声で笑いだした。

「どうだ、思い知ったか？」エル・アラベはわたしに向かって言った。「このとおりの老いぼれだがな、相手を怖がらせるのはいまでもお手の物だよ」再び腹を揺すって大笑いし、すっかりご満悦の体だった。「それも、この目つきひとつでな」そう言って、ぎゅうぎゅうに締めつけるような視線を向けてきたので、わたしは鋼鉄の罠にかかった小動物の心境になった。「こうすりゃ、相手はたちまち身がすくむ。泣く子も黙るってのはこのことだ。すごい威力だろう」

エル・アラベはまたしてもげらげら笑いだし、それと同時に態度も表情もがらりと変わった。雲の切れ間から、まったくの別人が現われたみたいだった。これまで全身が影のなかに沈んでいた人間が、突然明るい光に煌々と照らされたといったふうだ。

「フランス語で話しましょうかな、アメリカのご友人たち」エル・アラベは完璧な英語で言った。「それとも、ドイツ語のほうがよろしいかな？」

まさに変幻自在だった。それまでの彼は、すなわち彼が装っていた偽りの姿は完全に消え失せ、髪をてからせたギャング風の男はもうどこにもいない。本人がなろうとする人格に、あれからこれ、これからあれへと、めまぐるしく早変わりしていった。

「一番得意なのはカスティーリャ地方のスペイン語なんだがね」彼は言った。「私はスペイン人だから。さっき、台所にいるよぼよぼ婆さんには田舎訛り丸出しでしゃべったが、あれは私の生まれつきの言葉じゃない」

「なるほど」わたしは努めて平静に答えた。

「ジュリアンも心得ていたように、特別に優秀なスパイというのは生まれつきスパイなのだ」エル・アラベは言った。「生まれてから死ぬまでずっと、なにかの役を演じ続ける」

いまのエル・アラベは皆がスパイ小説を読んで思い描きそうな、いかにも洗練された、気取った感じの人物だった。わたしたちを最初に出迎えたときの野卑な人格は古い衣装を脱ぎ捨てたみたいに跡形なく消えていた。そして新たに登場した人格は威張ってもいないし、虚勢を張ってもいない。たとえるなら、夜会服をぱりっと着こなした、マドリードの王宮の広間でブランデー片手に葉巻をくゆらせている男。まさしく、わたしの父がなりたいと夢見ていたとおりの、上品で颯爽とした外国の諜報員そのものだ。

「無教養な人間を演じるには、それなりの知性が必要でね。私は相手をことごとくだましおおせてきた。ジュリアンまでもが、私の変装にころっと引っかかった。まあ、しかし、それは遠い日の出来事。そのトリックをいまさらお目にかける必要はないでしょう」ここで彼は声を出して笑ったが、さっきのように腹を抱えてげらげら笑うのではなく、クラブで紳士がくすくす笑うほうに近かった。「ジュリアン。きみたちはジュリアンの件でここまではるばるやって来たわけか。まったく、なんという純真な男。いなくなった女の行方を血眼になって捜していたよ」彼の笑いは冷ややかで陰気くさくなった。「ジュリアンが私を訪ねてきたのは、共産主義者どもにそそのかされたからだ。ジュリアンは私について、ありとあらゆる悪事に手を染めてきた男だから、女の居所を知っているかもしれない、と吹きこまれたんだ」彼は首を小さく傾け、わたしとロレッタを交互に見比べた。「きみたちのご友人、もしくは兄上についてお話ししよう。彼は一人の若い娘を捜していた。結果的に彼が見つけたのはなんだったのか、本当に知りたいと思っているかな？」

わたしは恐る恐るうなずいた。ロレッタは蚊の鳴くような声で言った。「はい、教えてください」

エル・アラベは真相を口にした。

29

『闇の奥』の結末で、マーロウは自分自身が語った体験談に消耗し、ぐったりする。使い果たしたのはエネルギーではなく、信念だった。彼自身が描く暗闇が彼の魂に宿っていた光を弱め、とうとう消してしまったかのように。

エル・アラベが話をしめくくったときのロレッタは、まさにそんなふうに見えた。わたしも似たようなものだった。

「彼の話を信じる？」町へ戻る車のなかで、目的地まであと数分というときに、ロレッタはようやく口を開いた。それまで二人とも前方の道路を見つめたまま、ずっと押し黙っていた。

「ああ、一語一句すべて」わたしは答えた。

ロレッタが振り向いて訊いた。「なぜ？」

「つじつまが合うからだ」

わたしの脳裏に、『恐怖』のなかのある場面が映しだされた。ラムフレイがマシュクール城の胸壁に立ち、彼女の主人であるジル・ド・レを逮捕するためナントの司教が送りこんだ三十名の兵士をじっと見下ろしている。その高い場所から、彼女は自分が手を貸した数々の犯罪を振り返り、それらがもたらした結果の意味を、事の重大さを思い知らされ、自分はもう地獄へ堕ちるしかないと悟るのだ。

「その後のジュリアンに残されていたのは、暗闇しかなかったろう」ジュリアンにとって、エル・シティオで目にした出来事がどんなに忌まわしく残酷だったかに思いを致しながら、わたしは静かに言った。

「前にも言ったと思うけれど」ロレッタは話しだした。「もし本当にそういう非道な事実を目の当たりにしたのなら、ジュリアンは完全に気力を失ってしまったでしょうね」

「実際にそのとおりだった」わたしは言った。

わたし自身も激しく動揺し、気力を失いかけていることを、ロレッタは敏感に察したようだった。

「エル・アラベの最後の質問」彼女はぽつりと言った。

それだけで充分だった。わたしはすぐにさっきの場面へ連れ戻され、ベランダの椅子に座ってエル・アラベの話に耳を傾けていた。だがいまはもう、どういう結末に行き着くのか知っている。そのせいだろう、エル・アラベの語り口だけでなく、あのときの埃っぽい空気の匂いまでよみがえった。闘犬の場面では、犬たちが獰猛なうなり声を発し、互いの身体に牙を突き立て合う姿が目に見えるようだった。飛び散った血しぶきが自分の肌にかかる感触まで想像できた。さらに、興奮した客たちの歓声や怒号にまじって、ジュリアンの声も聞こえてきた。


「あの犬はまさに殺し屋だね」

エル・アラベが振り向いて、ジュリアンを見る。

「アメリカ人か？」

ジュリアンはうなずき、笑って見せる。「賭けた犬がはずればかりで、すっからかんになりそうだよ」

エル・アラベはにやりと笑うと、ポケットから赤いハンカチを取りだし、はだけた胸の汗をぬぐう。「次の試合はジョン・ウェインに賭けてみろ。あいつなら金を取り返してくれるぜ」

ジュリアンはわははと笑う。「ジョン・ウェインだって？」

「おれの犬なんだ。ジョン・ウェインの大ファンでね」エル・アラベはズボンを引っ張りあげ、少しあらたまった態度になる。「よろしくな、新顔さんよ」そう言って手を差しだす。

「ジュリアン・ウェルズだ」ジュリアンは握手に応じ

る。

「どこから来たんだ？」ビールをごくごく飲みながら、エル・アラベが訊く。

「ニューヨークから」

エル・アラベは新しいビールを取って栓を抜き、ジュリアンに向かって突きだす。「友情のしるしに乾杯といこうぜ。アメリカ人とアルゼンチン人は」右の拳骨で自分の胸のぽんと叩いて続ける。「兄弟だ」

ジュリアンはビールをぐいっとあおったあとに言う。

「ああ、兄弟だ」


結局、二人とも役者だったのだ。頭のなかでその場面を思い描きながら、わたしはそう思った。ジュリアンが演じていたのは、漠然と冒険を求めてやって来た世間知らずのアメリカ人。エル・アラベのほうはアメリカのカウボーイに入れあげている武骨な田舎者。両者はそれぞれの役柄になりきって、何時間も演技を続けた。ジュリアンはエル・アラベの犬に次々と賭けて、ほとんど毎回勝ち、夜が更ける頃には丸めて握りしめている札束はかなり分厚くなっていた。一方、エル・アラベは慎重に間合いをはかっていた。彼のねらいは、ジュリアンに粗野で無教養な簡単にだまされる田舎者だと思わせるだけでなく、簡単に買収できそうな男だと思わせることにもあったのだ。

「しこたま稼いだじゃねえか、弟よ」観衆のざわめきに消されないよう、エル・アラベが大声で言う。「失くさないように気をつけろよ」

ジュリアンは笑う。「失くす心配がどこにあるんだ？　負ける気がしないよ」

「ああ、負けないさ。だが盗まれて失くすかもしれない。みんなが仲良し兄弟ってわけじゃないからな、この国じゃ」

ジュリアンは酔っぱらったふりをして、身体を少しふらつかせる。「そんなに悪い国には見えないけどね」

エル・アラベは人差し指を立てて横に振る。「いいや、ひでえもんだぜ。この国はあくどい連中ばかりだ。今夜はもうブエノスアイレスには戻らないほうがいいぞ」

「いや、戻るよ。ほかに泊まるところがないから」

「うちに泊まってけよ。おれが守ってやる。明日の朝、明るくなってから、ブエノスアイレスに戻ればいい」

エル・アラベはジュリアンの肩に腕を回す。「おれといれば安全だ。兄弟だからな。そうだろう?」

ジュリアンの頭が左側へがくりと垂れる。「ビールを飲み過ぎたみたいだ」

エル・アラベは笑った。「おれの家へ行こう、さあ」

わたしの想像のなかでは、二人はまるでコメディ・ドラマの登場人物みたいだった。長身の若いアメリカ人と、ずんぐりむっくりのアルゼンチン人。悪酔いした騎士ドン・キホーテと、その従者である腹黒いサンチョ・パンサは、もつれた足取りでエル・アラベのおんぼろトラックへと向かった。荷台に積まれた檻には、闘いで生き残った犬がほんの数匹、すでに入れられている——エル・アラベが〝速攻の殺し屋〟と呼ぶ猛犬たちは、致命傷こそ負わなかったものの、あちこち怪我をして痛みにもがいていた。

トラックに乗りこむと、ジュリアンは眠りに落ちた。あるいは、そういうふりをした。薄暗い車内に、手足をだらりと投げだしたジュリアンが見える。がたがた道やカーブにさしかかるたび、彼の身体は跳ねたり揺れたりした。

「おい、着いたぞ」エル・アラベが声をかける。自宅の前でトラックのドアを開け、ジュリアンを引っ張りだして雑草だらけの私道に下ろす。「ハンモックで寝たことなんかないだろう？　気持ちいいぜ。星が見えるし、涼しいし、最高だ」

本当に酔いつぶれていたのか、それとも寝入ったふりをしていたのかはわからないが、ジュリアンはエル・アラベのなすがままになって、ベランダに吊されたハンモックに沈みこんだ。翌朝、ふらふらの状態で目を覚ました。持っていた金はなくなっていた。

「なにを探してるのかはわかってるぜ」エル・アラベが大声で笑いながら言う。「おれが盗んだと思っただろう？　ええ？」彼は自分の汚れたジーンズのポケットから丸まった札束を引っ張りだす。「預かっといてやったんだよ。おれたちは兄弟だからな。ちがうか？兄弟は盗み合ったりはしないもんだ」彼は再び笑う。「だけど他人からは盗んじまうかもな。相手が兄弟じゃなかったら、悪さしたくなるかもな。あんただけは例外だ。かわいい弟にはいっさい手出ししない。だからあんたも、エル・アラベには悪いことをするんじゃないぜ」

というわけで、それから二、三週間ほどはジュリアンもエル・アラベも完璧な演技を続け、二人の絆はますます強まった。自分の役柄になりきる能力に抜きんでた者同士だから、相手をあざむこうとする裏の魂胆が消えかけたように思えたときも何度かあっただろう。夜は酒の量よりも、語り合う量のほうが多くなった。そうするうちに、ある晩、両者が長いこと待ちわびていた瞬間がついにやって来た。

「忘れるにはこれしか方法がなくてね」ジュリアンが煙草を取りだして、火をつけながら言う。「こうやってひたすら飲むしかないのさ」ジュリアンは煙草を深く吸いこんでから、ゆっくりと煙を吐きだす。「女のせいだよ。行方がわからなくなってしまったんだ」

「別の女を見つけりゃいい」エル・アラベは言う。

「ほかのことでも考えて、気を紛らわせろや」

「無理だよ」

やがて、エル・アラベの頭にはこんな考えが浮かんだにちがいない。自分をだまそうとしてそんな話をしたのなら、実に巧妙な戦術といえるが、本当に悩んでいるとしたら、このジュリアンというやつはどうしようもない間抜けだ、と。そう思うのが当然だろう。なぜなら、ジュリアンはエル・アラベになにもかも打ち明けたからだ。マリソルと出会ったきっかけ、ガイドをしていた彼女が突然行方をくらましてしまったこと、それ以来、彼女を必死で捜し続けていること。情報を求めて、まずカサ・ロサーダへ行き、そのあとロシア領事館へ行ったことも話した。そのうえ、ロシア領事館にエル・アラベと接触するための段取りをつけてもらったことまで。それらすべてを、ジュリアンは感情を高ぶらせて堰を切ったように語ったので、最後にはさすがのエル・アラベも、この苦悩に満ちた一途な表情が本物でないわけはないと信じこんだくらいだった。

エル・アラベはしばらく沈黙していたが、やがて、とても穏やかな口調でこう言う。「いまの話に出てきた行方不明の女のことだがな、可能性としてはどうなんだ？　いまも生きてるって望みはあるのか？」

「いいや、ないと思う」ジュリアンは答える。「連れ去られた女性がどんな運命をたどるかは、あんたもよく知ってはずだ」

「いや、わからんぞ」エル・アラベが言う。「全員が同じ運命とは限らない。生かされてる女もいるだろう」

「生かされてる？」

エル・アラベは肩をすくめる。「女を殺すのは無駄だと考えるやつだっているはずだ。しばらくは生かしておいても損はないってな」

ジュリアンの瞳に希望の光がきらめく。「生かしておくとすれば、どこでだろう？」

エル・アラベはにやりと笑う。「矯正院と呼ばれる場所がある」エル・アラベは見まがいようのない真剣そのものの表情を浮かべている。「そのどこかに彼女はいまも収容されてるかもしれない。おれに彼女を見つけだしてほしいか？」

「ああ」

「もし女の居場所がわかったら、そこまで会いに行くつもりはあるか？」

「ああ」ジュリアンは答える。「行くとも。ぜひ行きたい」

その後も親交はさらに深まり、ジュリアンはエル・アラベに対して一段と強い信頼感を示すようになった。ぼくは天職を探すためにアルゼンチンへやって来たんだ、とジュリアンはエル・アラベに語った。この国に来たばかりの頃は、立派なことを成し遂げたい、いや、なんとしても成し遂げなければいけないんだ、という切羽詰まった気持ちだったのだと。そんなジュリアンの態度は、エル・アラベの目には純情で滑稽なものに映っただろう。しかしやがて、ジュリアンの真摯な思いにほだされていく。この青年は愚直だが、愛すべき愚か者だ。この国のみじめな人々を救おうなんていう奇特な考えの持ち主なんだからな、と。そのジュリアンが血眼になって捜しているのがマリソルという女性だった。

「その女と寝たのか？　それで忘れられないんだろう？」エル・アラベは訊いた。「先住民の小娘どもときたら、すぐ男とやっちまうからな」

「彼女には触れてさえいないよ」

エル・アラベは笑った。「まさかその女を清純無垢だと思ってんじゃないだろうな。ええ？」エル・アラベは一日をしめくくる最後のビールを一気に飲み干す。「おれはちがうと思うね。なんの罪もない女なら、そんなふうに突然いなくなったりするわけがない」

「いいや、彼女は潔白だ。悪いことは絶対にしていない」ジュリアンは言い張る。「彼女が拉致される理由はどこにもないんだ。政治活動にはいっさい関与していなかった。彼女が望んでいたのは、ただ……本人がぼくに言ったんだ……欲しいのは成功のチャンスだけだって」

「わかった。そういうことなら、あんたのために一肌脱ごうじゃないか。おれがその女を見つけてやるよ」エル・アラベは言う。


マリソルが連れ去られた矯正院を特定するのに、わずか一週間しかかからなかった。彼女はもうそこにはいなかったが、所長《コミッサール》と話をしてみて、彼女を見つけだせそうな感触を得た。

そして、とうとう見つけたのだった。


「オーケイ、じゃ、明日そこへ行くとしよう」エル・アラベは言う。

「そこってどこだい？」ジュリアンが尋ねる。

「大草原《パンパ》にある犬の飼育場だ。そこでドゴ・コルドバ種を繁殖してる。納屋や畜舎があるから、それを矯正院に使ってるんだ」


翌朝、二人はブエノスアイレスを出発した。まず広い幹線道路を走り、やがて郊外へ抜け、最後は未舗装の道に入って、エル・アラベがエル・シティオと呼ぶ地区に到着した。エル・シティオは単に〝場所〟という意味らしい。

そこはぱっと見た感じでは農場のようだった。実際に以前は農場として使われていたのか、それとも最初から現在の目的に合わせて建てられたのかは定かでなかった。窓にはすべて板切れが打ちつけられ、ペンキも塗られていない。そのせいで建物全体が巨大な棺桶のように見えた。波形トタンの屋根は、縞状に赤錆が浮いている。

「つかまえてきた人間をここに閉じこめて、教育し直すんだ」エル・アラベは冷たく笑う。「感化するってわけだな」

もちろん建物内は暑くてむしむししてるから、女たちに服を着せる必要はないのさ、と言ってエル・アラベはにやりと笑い、ウインクして見せた。

ジュリアンはトラックのなかで待っているよう言われ、エル・アラベ一人で所長を捜しにいった。所長は近くの小屋で、〝その日の授業〟をおこなうために支度していた。この支度には、鉄鉤やロープのほかに、愛用のシコットという鞭をそろえることも含まれている。シコットはカバの皮で作られたもので、コンゴから輸入される。

トラックのなかから、ジュリアンは農場全体を見渡した。母屋のそばに、横一列にずらりと並んだ直立する長い杭が見え、それぞれに手錠が取り付けられている。エル・アラベが所長のところへマリソルの居場所を訊きに行っているあいだに、裸の女が一人、緑色の軍服を着た二人の男に引きずってこられ、その杭のほうへ乱暴に押しやられた。男たちはどちらも手に持ったシコットを振りまわしている。

その光景を目にしたとき、ジュリアンがどんなにつらい気持ちだったか、わたしには痛いほどわかった。これと同じ暴力がマリソルにも加えられたと確信したはずだ。マリソルも裸にされ、自分の排泄物にまみれていただろう。この杭に連れてこられて手錠をはめられ、太陽に焼かれるままに放置され、それを男たちはそばの木陰でのんびり昼休みをとりながら見物していたのだろう。エル・アラベのトラックのなかで、ジュリアンは目の前の見知らぬ女をマリソルと重ね合わせたにちがいない。マリソルは一分が一時間にも思えるほど苦しみながら堪え忍んでいる。やがて昼食を終えた男たちは気だるげに煙草をくゆらせながら立ちあがり、杭へ近づいていく。そしてシコットで土埃に汚れた自分の茶色いブーツをぴしゃりと打ってから、マリソルに鞭をふるい始める。どっと哄笑が起こる。

鞭打ちは数分間続いた、とエル・アラベは言っていた。男たちが休んでいるあいだも、女は杭に吊されたまま強烈な陽射しにさらされた。そしてその一部始終を、ジュリアンはトラックのなかで静かに座ったまま、埃で曇った窓越しに見ていた。空気を切り裂く鞭の鋭い音や、女の悲鳴、男たちの下卑た笑い声を耳にしながら。

「私がトラックへ戻ったときには、女は全身血まみれになっていたよ」エル・アラベはわたしとロレッタの前でそう語った。「杭のだいぶ低い位置で吊るされていたから、長い髪が地面にくっつかんばかりだった。背中と手足は皮膚が赤むけの状態で、いまにもべろりとはがれそうになっていた」

これはエル・アラベがトラックへ戻ってから目にした光景だそうだが、聞いていてわたしは寒気に襲われた。血だらけで地面にうずくまり、傷口が真昼の太陽で焼けただれていくままになっている女の横を、エル・アラベは一瞥もくれず、平気で通り過ぎてきたのだ。結局、彼も鞭打った男たちと同類ということだろう。似たようなむごたらしい拷問に彼自身も手を染めていたわけだから。次の女がやはり汚物にまみれた裸の恰好で二人の男に引き立てられてきても、エル・アラベは一顧だにしなかった。所長が外に出てきて壊れかけた畜舎のほうへぶらぶらと歩いていくのは気づいたが、べつだん興味は示さなかった。マリソルがどうなったかはもう確認済みだったからだ。そのときエル・アラベが気にかけていた相手は、本人にとって予期せぬ感情に打たれながら心に留めていた相手は、ほかならぬジュリアンだった。

「ジュリアンは三十分前に私が車を離れたときとまったく同じ姿勢で座っていた」エル・アラベはわたしたちにそう語った。「そして彼はただ一言、〝マリソルにもこれと同じことを？〟と訊いたんだ」

ロレッタの唇が小さく動くのをわたしは目の端でとらえた。「そうだったの？」と彼女はつぶやいた。

エル・アラベはうなずいた。「もっとひどかった。ジュリアンには言わなかったがね。この場所へ連れて来られて、銃で撃たれた、とだけ伝えた。それ以上のことを教えても、彼のためにはならないと思ったんだ。ジュリアンはしきりと自分を責めていた。マリソルが死んだのは自分のせいだと言って。そんな彼に本当のことなど話せるわけがない。取り乱すのは目に見えていたからね。だから、よけいなことは言わず、彼女は死んだとだけ伝えたんだ。〝死体は棄てられた。彼女はもう土に還ってる〟とジュリアンに言ったよ」

そうしたらジュリアンは黙りこんだ、とエル・アラベは語った。

「それだけ悲痛な思いをしたら、男も女みたいに声をあげて泣いたっておかしくない」エル・アラベは言った。「だがジュリアンは黙りこくっているだけだった。身体は生きていても、魂は死んでいた。彼をブエノスアイレスまで送っていったが、とうとう最後まで一言も口をきかなかった。私は彼をホテルに送り届けた。それ以後、ジュリアンが私のもとを訪れることは二度となかった」

しばらくのあいだ、誰も口をきかなかった。聞こえるのは、台所で老婆ががちゃがちゃやっている音と、それに時折まじる犬の吠え声や小鳥のさえずりだけだった。

最初に口を開いたのはわたしだった。「では、ジュリアンはマリソルの遺体は見ていないのですね？」

エル・アラベはうなずいた。「それでよかったんだ。相当ひどい状態だったはずだからね。すさまじい拷問だったんだよ。たとえ命が助かったとしても、もとには決して戻らない」

またしても硬直した沈黙がわたしたちを包みこんだ。ロレッタもわたしも身動きすらできず、凍りついたようにじっといると、ようやくさっきの老婆がベランダにやって来た。片足を引きずっているうえ、手がぶるぶる震えているので、飲み物をのせたトレイが危なっかしく揺れた。彼女は顔を伏せていて、髪はぼさぼさでつやがなく、白髪が筋状にまじっていた。顔をほとんど覆っているその長い髪を、彼女は激しく震える手で不意にかき上げた。一瞬、ちらりとだけ見えた顔は、しわだらけでまぶたが垂れ下がっていたが、その奥の目はどきりとするほど黒かった。

これが小説なら、哀れなほど病み疲れたこの女が実はマリソルだった、ということになるのだろう。わたしは立ちあがって彼女を両腕でしっかりと抱きしめ、もっと安全で居心地のいいところへ連れていく。そしてマリソルは自由に暮らし、マンゴーの木陰に座ってラ・プラタ川から吹くそよ風に安らぐのだ。わたしはときどき彼女に会いに行くだろう。いずれ彼女は、若い頃のジュリアンのことや、ともに過ごしたブエノスアイレスでの輝かしい日々を思い出すだろう。サン・マルティン広場の大きな木立に沈む夕陽を三人で眺めながら、人生が分け与えてくれるささやかな平和な時間を嚙みしめたことも。

こういう幸せな甘ったるい出来事は、小説のなかでなら起こるだろうが、現実にはありえない。ジュリアンも悟っていたように、人生というのは一筋縄ではいかないのだ。いつだって別の曲がり角がどこかにひそんでいる。

「マリア」エル・アラベが呼んだ。「お客様に挨拶しなさい」

彼女は返事をせず、飲み物をわたしたちの前の小さな木製テーブルに黙々と置いただけだった。グラスの中身が少しこぼれた。そのあと彼女は背中を向け、再びおぼつかない足取りで室内へ戻っていった。

薄暗がりに彼女が消えてから、わたしはエル・アラベのほうを向いた。

「マリソルが連れ去られた理由を教えてください」わたしは言った。「彼女はモントネーロスのメンバーだったんですか？」

エル・アラベは首を振った。「いいや。彼女はまったくのシロだったよ。チャコ出身の若い娘、ただそれだけだ」

「では、なぜ拉致されたんです？」

エル・アラベは苦笑いした。「単なる手違いだよ。人生というのは、しょせん皮肉なひねりやねじれがいっぱいのくねくね道だからね」

「それでは答えになっていません」わたしは厳然と言い渡した。「どういう経緯で、マリソルは拉致されたのですか？」

エル・アラベは肩をすくめた。「裏切られたんだよ、彼女は」彼は説明した。「同じチャコ出身の幼なじみの男がいてね。二人は同じ孤児院で育ったんだ。一緒に写っている写真を当局が入手した。二人とも先住民系で、似たような平たい鼻をした田舎者だ」

「男はエミリオ・バルガスですね？」わたしは訊いた。

エル・アラベがうなずく。「やつは密告屋だった。共産主義の犬だ。そして、幼なじみの娘について嘘の情報を流していた。ただのガイドだったというのに。要するに、狼どもに彼女を餌としてくれてやったんだよ。理由など知るものか。おおかた、恨みに思っていたことでもあって、その仕返しをしたんだろう。自分と寝てくれなかったから、思い知らせてやりたかったとか。男というのは、そういうくだらないことを平気でやるクズだからね。聞いた話では、女の拷問にバルガスも立ち会っていたそうだ。自らの手で彼女を痛めつけたらしい。派手な見世物に仕立てたわけだ」彼は肩をすくめた。「だからマリソルが殺される原因を作ったのは、バルガスだ。しかしジュリアンはそういう詳しい事情はいっさい知らない。それで自分がマリソルを死に追いやったと思いこんだのだろう」

「なぜジュリアンは、マリソルのことでそこまで責任を感じていたんでしょう?」わたしは訊いた。

「そのことなら知っているよ。ジュリアンが打ち明けてくれた」

「それを話してください」

エル・アラベはさも満足げな顔つきだった。巧妙な陰謀のあちこちに埋めこまれた仕掛けを楽しんでいるかのようだ。わたしはこの男の本当の残忍さが、ようやく見えてきた気がした。窮地に追いこまれた無力な生き物を冷ややかに観察するのが好きでたまらないのだ。

「ジュリアンはなんと言ったんです? 早く話してください」わたしは語気を荒らげた。

エル・アラベの唇に剃刀のような微笑が浮んだ。

「それは自分の父親に訊いてみるんだね」

30

父に？

こんな結末はありえない、とわたしは思った。謀略小説でそういう展開になったら、月並みもいいところだ——どうしたら親友の自殺を防げたのか知りたくて答えを探し求めた息子が、めぐりめぐって最後は父親のもとに戻ってくる。要するにそういうことではないか。旅路の果てに、結局はすぐそばにあった暗い秘密にたどり着くという筋書きは、文学の世界では使い古されたおなじみのパターンだ。いい例が、ソポクレスの戯曲『オイディプス王』だろう。

しかし、内心でどんなに打ち消しても、ロレッタの目にくっきりと浮かんだ質問がわたしを放してくれなかった。「あなたのお父様はなにをしたの？」

ロレッタとともに帰国する飛行機のなかで、わたしは父にどうやって話を切りだそうか、繰り返し考えた。そうしているあいだにも、わたしたち二人の胸の内では差し迫った思いがつのっていった。ロレッタはジュリアンがなにを発見したのかを知りたいという欲求をふくらませた。わたしは父がどんな役割を果たしたのかを、真相がどうであろうとも、突き止めねばならなかった。人生は秘密の部屋が無数に集まった迷宮のようなものだ。この飛行機に乗っている人々も、皆それぞれ心に暗黒を抱えているにちがいないと、あらためて思った。つまり、スパイ小説の陳腐に見えるお決まりの描写は、鏡に囲まれた部屋も毒蛇だらけの巣もすべて、実は厳しい現実を映しているのだ。父は昔から、スパイ小説の登場人物になりたがっていたが、いままさにそうなったのである。

「お父様があっさり真実を話すとは思えないわ」空港

で別れるとき、ロレッタはわたしに覚悟を促した。

「あなたに打ち明ける必要はべつにないんだもの」

「それはわかっている」

「だから慎重にね、フィリップ」ロレッタの声は緊張を帯び、目は猫のように用心深く鋭かった。これが彼女にとってどんなに重要なことか、ひしひしと伝わってきた。ジュリアンの犯した罪を探しあてようというわたしたちの調査を、彼女はこれまで以上に真剣にとらえている。

「あなたとお父様の話し合いは、一種の尋問のようなものになるでしょうから」彼女はそうつけ加えた。

そのとおりだろう。もしも父がなにも答えず、口をつぐんだままだったならば、この物語は曖昧な終わり方をすることになる。大作だろうと三流だろうと、謀略小説やスリラー小説では絶対に許されない結末だ。マリソルの身になにが起きたのかはわかった。だが、なぜそんなことになったのか、そして、なぜジュリアンがそのことで自分を責めていたのかはわからずじまいになる。ジュリアンはずっと前に自著の献辞で罪を犯したと認めていたが、死を目前にしてもまだ罪を告白したいと願っていたのはなぜなのか、それも闇に葬り去られてしまう。

ジュリアンの犯した罪とはいったいなんだ？

なぜ彼はそれを明らかにしないまま死を選んだのか？

これらの疑問を解く鍵は、わたしの父が握っている。

最後に会ったときと比べて、父はだいぶ弱っているように見えた。パソコンの画面を通して見たときより肉体の衰えが著しく、いまにも壊れそうだった。

「ああ、フィリップ」父は言った。「お帰り。ご苦労さん」

わたしが部屋へ入っていくと、父は椅子に腰かけて、精一杯背筋を伸ばしていた。向かいの椅子に腰を下ろすわたしを見守っているあいだ、父は期待のこもった朗らかな表情をしていた。

「さてさて」父は言った。「冒険の顚末を聞かせてもらおうか」

わたしは自分の話を父に真剣に聞いてもらいたいと心の底から望んだ。これまで父に語るべきことがひとつもなかった自分を恨めしく思いもした。いまわたしが父に持ってきた話は不完全なもので、欠けている部分を埋められるのは父以外に誰もいない。

「どうした？」父は熱心に促した。「積もる話がいろいろとあるんだろう？」

父が昔から愛読している十九世紀の長大な小説の最終章にようやくたどり着いた心境だった。いくつもの運命が何度も向きを変え、ねじれ、交錯したのちに、最後の数ページで人智を超えた予定調和の結末に行き着く、そんな物語を読まされてきた気がした。

「ええ、そうなんです」わたしは静かに答えた。

薄暗い殺風景な取調室に座っている老獪な刑事のように、わたしは本題に入る前の地ならしに取りかかった。手始めに旅行のルートをざっと説明し、ジュリアンの著書の内容とからめながら、訪れた場所や、会って話を聞いた人たちについて主だった内容を伝えた。最初はルネに会って、オラドゥールを見学した。次にブダペストのイレーネ、さらにロストフのソボロフを訪ねた。そうしてたどった道筋は、最後はぐるりと転回してアルゼンチンに戻り、イグアスの滝に近い、パラグアイの隅に押しこまれたようなひっそりとした土地で、小さな家に住むエル・アラベとの対面となった。

この最後の部分で、わたしは思いきって勝負に出るチャンスを与えられた。しかし、どうしてもふんぎりがつかず、ただこう言っただけだった。「冷酷無比な男ですよ、エル・アラベは」

「『汚い戦争』の時代のアルゼンチンでは、ああいう輩がどこからともなく湧いてきたものだ」父は言った。

一瞬、憂鬱に襲われたらしかったが、強い意志の力で気持ちを奮い起こしたようだった。「それはともかく、おまえにとっては充実した貴重な旅行だったろう。外国の珍しい土地を訪ねてまわり、いろいろな曲者たちと語り合えたのだからな。ロシアのスパイにまで会えるとは驚いたよ。私が昔よく読んでいた小説そのままの体験ではないか」

「スパイ小説からも学べることはたくさんありそうですね」わたしはそう答えながら、父との対決に気が進まない自分を内心で懸命に鼓舞し、次の一手を繰りだした。「そのうちのひとつが、欺瞞でしょう。別人になりすましたり、偽の手がかりをばらまいたりして敵の目をあざむくことです。そういう魂胆は往々にして笑顔の裏に隠されている。にこにこしているやつが、実は悪党かもしれないわけです」そこで一呼吸おき、さらに続けた。「〝善とは悪のきわめて巧妙な変装である〟。これはジュリアンが言った言葉です。彼が最期に残した、いわば辞世の句です」

父は黙ってわたしの顔をじっと見つめたあと、一片のほころびもない沈着冷静な態度で言った。「ジュリアンはどういう意味でそう言ったんだね？」

「わかりません」そう答えたとき、あとほんの数歩進めば、足もとの地面に落とし戸が現われるのだと悟った。「ただ、ぼくが思うに、ジュリアンがアルゼンチンで体験したことと関係があるのではないでしょうか」

「それは充分考えられる。あのあとジュリアンは人が変わったようになったからな」父は視線を自分の両手に落としたあと、ゆっくりと上げて再びわたしの顔を見た。「行方のわからなくなった若い娘がいたな」

「マリソルです」わたしは言った。

落とし戸がぱっと開き、わたしはその上に一歩踏みだした。

「ロレッタとぼくは今回の旅で、マリソルがどうなったかを突き止めましたよ」父をひたと見据えたまま続けた。「彼女は軍事政権によって拘束されたのです。そして拷問を受け、殺されました」

「そうではないかと思っていた」父は言った。

「ですが、なぜそんなことになったかは依然としてわかりません」自分がゆっくりと落下していくのを感じた。「マリソルは政治がらみの運動とはなんの関わりもなかったのですから。それだけははっきりしています。彼女はただの田舎育ちの娘に過ぎませんでした」

父は無言だったが、目に悲しげな光が差した。それを見て、わたしはさらに底へ向かって旅を続けることにした。

「ジュリアンはそれを自分のせいにしていました」わたしは続けた。「マリソルが死んだと知って、自責の念に駆られていたのです」

「なぜだね？」

「わかりません」わたしは答えた。「明確な答えをエル・アラベから引きだそうとしたところ、自分の父親に訊けと言われました」

父が身体をこわばらせたのがわかった。「私に？どうしてそんなことを言ったのだろう」

「ぼくにもわかりません」

父は身を乗りだして、わたしを間近で見つめた。「それでも、私が事情を知っているわけだな、フィリップ？」

わたしが返事をしなかったので、父は身体を軽く後ろに引いた。目に見えない尋問者に押し戻されたかのように。

「まさか、この私が軍事政権に協力したと思っているのではあるまいな、フィリップ？」父は訊いた。「つまり、私をやつらの諜報員だったと疑っているのではないか？　マリソルが殺された理由を知っているということは、軍事政権側の人間でなければ筋が通らない、と言いたいのだな？」

「ひょっとしたら、とは考えました」わたしは認めた。

「本気でそう言っているのか？」父は辛辣な調子で詰問した。

「ぼくにはっきりとわかっているのは、ジュリアンが自分を責めていたことだけです」わたしは言った。

「それで、その理由をエル・アラベに尋ねたら――」

「やつは私を犯人呼ばわりしたわけか」父はわたしの言葉を途中でさえぎった。「そういうことだな？　フィリップ、息子であるおまえがなんということを」

父は立腹していた。激しい怒りをみなぎらせ、負傷しても誇りを捨てない兵士のように頭を高々と上げ、わたしを真っ向からにらみつけた。

「彼女が殺された理由を知っているのですか？」わたしは抑揚のない声で訊いた。

「知らん」父は居丈高に答えた。「知っているわけないだろう？」侮辱された憤りに目がぎらぎらしている。

「一介の役人でしかなかった私が！」父は声を張りあげた。「おまえは私がアルゼンチンで傀儡政権を裏で操っていたように思いこんでいるが、そんなのはばかげた空想だ。私が影の支配者なら、ジュリアンはなんだったというんだ？　私の手先か？」父の言葉から怒気がほとばしる。「ちがう！　私はそんな大それたことはやっていない！　最初から最後までうだつの上がらない下っ端役人だったのだ！　そうでなかったら――ジュリアンを使ってあんな小細工などするものか！」

木がばりばりと裂けるような音とともに、人生の土台が崩れ落ちるのを感じた。わたしはついに決定的瞬間にたどり着いたのだ。

「どんな小細工ですか？」わたしは訊いた。

父は突如、自己嫌悪の発作に見舞われ、うわごとのようにつぶやいた。「いつも昇進からはずされた。毎回毎回、何度も何度も」

「どんな小細工をしたんです、父さん？」

「こけにされたんだ。なめられたんだ」父は憤怒もあらわに言い放った。

「ジュリアンを使って、いったいどんな小細工を仕掛けたんですか？」わたしは語気を強めた。

「ふん、まるで小説の登場人物みたいだな」父は吐き捨てるように言って、しばらく黙りこんだ。そのあと、怒りをくすぶらせながら大きく息を吸いこんで、わたしを冷ややかに見つめた。「だがな、人生は小説とはちがうんだ、フィリップ。どうしてだかわかるか？」

「人は死ぬからです」わたしは一拍おいてから、運命の言葉を口にした。「マリソルのような立場の人はまちがいなく」

突然、父の顔が苦しげにひきつった。「いったいなにを言っているんだ？　なぜその娘の話をわざわざ蒸し返そうとする？」

このとき初めて、父は自分に迫りつつある暗い影に気づいたようだった。すべての人間が怖れる、蒼ざめた馬に乗った者（ヨハネ黙示録第六章第八節より。死の象徴）が近づいてくる。ただし、それがもたらすのは死ではなく、わたしたちの人生の真実なのだ。

「いったいなんの話をしているんだ、フィリップ？」父は再び問いかけた。本当になんのことかわかっていないらしい。

「ジュリアンが以前言っていたことを思い出しましたよ」わたしは答えた。「ソローの、〝子供は戯れに蛙を殺すけれども、蛙は真剣に死ぬ〟という文章を読んで考えたことを、ジュリアンはぼくに話してくれたんです」

父はわたしを黙って見つめ、次の言葉を待ち受けていた。目になにかを予感する光がかすかにともり、それが徐々に大きくなっていくのがわかった。

わたしは少しだけ前に身を乗りだした。

「ジュリアンはマリソルがなぜ身柄を拘束されたのか知りたがっていました」わたしは話を続けた。「軍事政権がマリソルはただのガイドではないと断定した根拠はいったいなんだったのか、ジュリアンは知りたがっていました」そこでいったん間を置いてから、自分の知っていることすべてを、矢を放つように一息に語った。「エル・アラベはジュリアンに、軍事政権、つまりカサ・ロサーダが握っていた根拠について教えました。その情報をカサ・ロサーダへ持ちこんだのはエミリオ・バルガスという名のスパイです。バルガスは実は二重スパイで、モントネーロスの一員でもあったのです。また、マリソルと同じくチャコ出身で、小さい頃から彼女を知っていました。マリソルが彼のもとへ会いに行ったとき、ちょうど彼はカサ・ロサーダの監視下に置かれていました。二人が一緒に写っている写真を実際に見ましたが、マリソルがなぜ彼に会いに行ったのかはわかりません。長いこと連絡さえ取り合っていなかったのに不思議です」

「では、彼女は突然バルガスのところへ行ったのだな?」父は質問をはさんだ。

「そうです」

「いつのことだ?」

「ぼくらがロドリーゴ神父と会って、ほどなくしてからだと思います」わたしは答えた。「バルガスと写っていたマリソルは、ロドリーゴ神父から別れ際にもらった木の玉のネックレスをつけていましたから」

父が死に物狂いで頭を働かせているのがわかった。もっとも、わたしたちがいま立っている道を突き進んでいくよりも、そこからそれようともがいているようだったが。

「要するにだな」父は自分の暗黒の部分を覆っていたベールを自ら引き裂くように言った。「そう、要するに、彼女自身の行動が招いたことなのだ」

しばらく二人とも沈黙した。父がなにも言わなくても、わたしは父の内面でぞっとするような変化が生じているのを感じ取った。石造りの堅牢なファサードがぼろぼろに崩れ去り、仮面がはがれ落ち、突如として父が本性をあらわにした。長年にわたって魂を縛りつけてきた縄をゆるめ、解き放たれようとしている。

ようやく父は口を開いた。「マリソルの身に起こったことにジュリアンが責任を感じていたのは、実際に責任を負っていたからだよ、フィリップ」父はわずかに背筋を伸ばした。その姿にわたしは、合図の角笛が鳴り響くのを待ちかまえる大昔の兵士を連想した。「責任はこの私にもある」父は過去の苦難を思い起こし、あらためて考えをめぐらしている表情でつけ加えた。「私はつねづね、真に勇敢な者は自らの過ちから決して目をそむけないと信じていた」ちらりとわたしを見て続けた。「ジュリアンのようにな」父はその言葉を宙に少し漂わせてから言い添えた。「私の番だな。いよいよ私が自分の過ちと向き合うときがやって来たようだ」

それは他愛のない雑談から始まったのだ、と父は語り始めた。ある朝、ツーグローヴスの敷地を父がジュリアンと散歩している際に交わした言葉が発端だった。朝早くジュリアンが階下へ降りていくと、キッチンのテーブルで父が一人でコーヒーを飲んでいた。普段から勘の鋭いジュリアンは、父の姿がひどく寂しげに感じられ、そのへんを少しぶらぶらしませんかと声をかけた。それで二人は連れ立って出かけ、家のまわりの小さな果樹園のなかを散歩することになったのだった。四方山話を少ししたあと、ジュリアンはこんな質問を投げかけた。「一人の人間の力で世界を変えるのは、可能だと思いますか？」

「愚かしい質問だ」と父はわたしに言った。「初めのうちはジュリアンの言葉を真面目に取り合わなかった。いかにも若者が陥りがちな勘違いだよ。うぶで世間知らずな若者がな」

ところが会話が進むにつれて、ジュリアンは真剣だということが次第にはっきりしてきた。

「ジュリアンは偉大なことを成し遂げたいと望んでいた」父は言葉を続けた。「陳腐な表現で言えば、〝ビッグに〟なりたがっていたんだ」父は肩をすくめた。「彼は私が出世コースからはずれた経緯を知っていたから、国務省に入っても本当の意味で立派なこと、正しいことはできないかもしれないと危惧し、なにか別の手段がないか模索していた。それで私にそんな質問をしたのだろう。ほかに進める道をいろいろ探ってみるためにな。私が返した答えはこうだった。『そうだな、だったらスパイになってはどうだ？』」

父にとってもまったくの予想外だったことに、この発想はジュリアンの心の琴線に触れたのだった。

「おそらくスパイという言葉にロマンティックな好奇心をそそられたのだろう」父は言った。「でなければ、秘密の回廊で、つまり諜報活動を通じて、役立つ物事を学べるはずだと考えたのかもしれん。いずれ世界のために正しく重要なことを実行するうえで、役立ってくれそうな知識や方法をな」まいったよ、とばかりに父は両手を挙げた。「なんとしても立派なことをやりたいと切望するジュリアンに、私は心を揺さぶられた」

父のまなざしが急に熱を帯びた。「自分の人生に復讐の念を抱きながら歳を取っていくことほど哀れなものはない。私が体験してきたのはまさにそれだ。自分でよくわかっている。ジュリアンには私の二の舞を演じさせたくなかった。荒れ狂う失望感に焼き尽くされるような目には断じて遭わせたくなかった」

これこそが、いままで父が無理やり抑えこんできた怒りなのだ。思い返せば、からみ合ったコートハンガーを、まるで襲いかかってくる生き物かなにかのように殺気立ってつかむ父を何度か目にしたことがあった。「私は机の前に縛りつけられたつまらない小役人だった」父は悲しげにこぼした。「秘密諜報員として活躍する自分をむなしく夢見ているだけだった」

さんだ。

「ウォルター・ミティですか」わたしはそっと口をはさんだ。

父はうなずいた。「それもあって、ジュリアンにアルゼンチン旅行を勧めたのだ。まっとうな理由があってしたことだ。彼に現実の世界を見てほしかった。知性と恵まれた容貌で作りあげた殻を打ち破ってほしかった」父はわずかに身体を引いて、膝掛けの表面を手で撫でさすった。「それに、ジュリアンは本気でスパイになりたがっていたから、アルゼンチンはちょっとしたゲームをやるのにうってつけの場所だと思ったのだ」

父はそこで口をつぐみ、打ちひしがれた表情でわたしを見た。

「ただのゲームのつもりだったんだよ、フィリップ」説明を終えないうちから、父は弁解を始めた。「小さな子供の遊戯と同じだ」

害がない範囲で密偵の任務をジュリアンに与えることにした、と父は語った。一度やってみて性に合うと感じれば、あとはジュリアン本人が自力で道を切り開いていくだろうし、逆に気に入らなければ、秘密諜報員としての生き方に対する過熱した思いこみを冷ましてやれる、と考えたそうだ。

「むろん、指令には決して他言しないことも含まれていた」父の声ににじむ悲しみがいっそう深くなった。「私たちは秘密を守ることをともに誓い合った。ジュリアンが誓いを守り通したことは知ってのとおりだ。私はこうして破っているわけだがな」

ブエノスアイレスでジュリアンが遂行すべき課題を父はいくつか提案した。だが、どれも細々したものばかりだったので、ジュリアンはあまり気乗りせず、ほかにもっとないかと父にせがんだ。その結果、ジュリアンは自分にとって満足の行く、ロマンを感じられる任務にありついたのだった。

「ロマンと言っても、実にくだらないものだ——ばかばかしいとしか言いようがない――単に女がらみというだけの話だからな」

底なしの淵のとがった裂け目の前ではっと立ち止まった男のように、父は急に黙りこんだ。

「マリソル」わたしがつぶやいた名前は、父を深淵の亀裂へと押しやった。

父はうなずいた。「あのときのジュリアンはまだ若かった。わかるだろう」すべてが剝がれ落ちて、もう後悔しか残っていない口調だった。「そして、愚かにも私までもが、若い女性を巻きこんだ秘密任務とはスリル満点じゃないかと胸を躍らせた」父の衝撃的な告白は、いよいよ山場にさしかかろうとしているようだった。「マリソルはただのガイドだった」父は続けた。

「仕事熱心な若い女性で、将来に望みを……」

「成功のチャンス、彼女が望んでいたのはただそれだけです」わたしは言った。

父は深く息を吸いこんでから、続けた。

「あれは人をあざむくための軽い練習に過ぎなかった」父は言った。「マリソルとはなんの関係もないことだった」

話がどこへ向かおうとしているのかわたしがつかめずにいると、父はそれを察したようだった。

「ジュリアンの演技力を試すための計画だったのだ」父は説明をつけ足した。「舞台に上がったロレッタのように芝居ができるかどうかを。ジュリアンにとってはそれが必須の技能だからな……」自らの愚かさを直視させられ、父の目に激しい動揺が走った。「スパイというのは、ターゲットに自分を信用させ、うまいこと手なずける手腕が求められる。相手が信じるような嘘をつき、自分の話をすんなり受け入れさせなければならんのだ」

「ジュリアンのターゲットはマリソルだったわけですね」わたしは言った。

父はうなずいた。「彼女を選んだのは、おまえも知っているとおり純真だったからだ。政治ともまったくの無縁だった。それは領事館がおこなった身元調査からも明らかで、地方出身の普通の娘だとわかっていた。それで安全と判断したのだ」

「安全？　どういう意味で？」

「だましても危険はないという意味だ」

ジュリアンは時機を見て、ちょっとした情報をマリソルに吹きこむよう指示された、と父は語った。相手がまさかと思いながらも信じてしまいそうな情報を。

〝わたしの犯罪の唯一の目撃者、フィリップへ――〟

ブエノスアイレスで老神父と会ったときの情景が、記憶の海から浮かびあがった。ジュリアンはマリソルに、ロドリーゴ神父はいつ逮捕されてもおかしくないと言っていた。その少しあとにわたしが目にした、屋外の小さなカフェで緊迫した会話を交わしていたジュリアンとマリソルの姿も思い出した。ジュリアンの生気に満ちた様子と、マリソルの心配げな暗い表情が、まざまざと脳裏によみがえる。二人がどんな話をしていたのか、これまでずっとわからなかったが、いまはわかる。はっきりと。

「ジュリアンはマリソルに、自分はロドリーゴ神父に関してある情報をつかんだと告げたんですね？」わたしは訊いた。「近々、神父は逮捕されそうだという情報を。単なる懸念ではなく、アメリカ領事館から得た確かな情報だと言って、マリソルに伝えたんだ。秘密諜報員気取りで。そうでしょう？」

父が浮かべた暗い微笑は、自らが犯した取り返しのつかない大きな計算ちがいを憂えていた。

「そうだ」父は認めた。「だが、マリソルがそれをほかの人間に話すとは、ジュリアンも予期していなかっただろう。あれは単なるゲームだった」絶望の表情で首を振る。「子供じみた遊びだったのだ。まさか彼女がロドリーゴ神父以外の人間に話すとは思いもしなかった。うかつにも、そこまでは気がつかなかった。しかし、単純なゲームが最悪の事態を招くなどと、いったい誰が予想する？　彼女が差し障りのない嘘を信じこんで、そこでおしまい。誰の身にも危害は及ばないはずだった」

「ところが、マリソルはそれをエミリオ・バルガスに話してしまった」

父はうなずいた。「そうにちがいない」

「彼女はロドリーゴ神父を心から慕っていた。だから、神父を救ってくれそうな人物のもとへ相談に走ったんですね」わたしは言った。

父は両腕を持ちあげ、椅子の肘掛けをつかんだ。

「幼なじみの男のもとへな。同じくらい信用できる相手だと彼女は思ったのだろう」

「ジュリアンと同じくらい？」

父の顔つきを見て、昔に戻ったようだと思った。父はいま、ジュリアンが何十年も前に苦しんだ過ちとようやく向き合おうとしている。

「そのバルガスという男のことは、おまえから聞くまで私は名前さえ知らなかった」父は言った。「だが、おまえがその男について教えてくれたおかげで、実際になにが起こったのかはっきりとわかった。そいつと同じ状況に置かれていた男たちを何人も知っているからな。やつらは自分から注意をそらす必要に迫られていた。自分が裏切り者だと疑われないよう、誰かほかの人間を身代わりとして、つまり裏切り者として突きださねばならなかった。バルガスはマリソルがジュリアンの話を伝えに来たとき、飛んで火に入る夏の虫だと思った。マリソルをアメリカ領事館の〝情報源〟だと密告できるぞ、とな。彼女はバルガスをモンテネーロスの一員だと思って相談に行ったが、バルガスは彼女をカサ・ロサーダに引き渡したのだ」

父は椅子の背にもたれかかったが、そのせいでなんだかぺしゃんこにしぼんでしまったように見えた。

「使い古された手口だよ、フィリップ」父は語り続けた。「実に卑劣でね。生け贄として差しだすのが子供のように無垢な者ならば、理由も知らされないまま殺されるからな。サトゥルヌスが預言におびえて、なにもわからない我が子を次々とむさぼり食ったのと同じだ」父は一息ついてから続けた。「この作戦が〝サトゥルヌスの罠〟と呼ばれている所以はそこにある」

ソローの一節が頭に浮かんだ。〝子供は戯れに蛙を殺すけれども、蛙は真剣に死ぬ〟。二人の少年は、父と我が親友のジュリアンは、戯れに致命的ないたずらを仕掛け、マリソルは真剣に死んだ。

「ジュリアンは決して自分を赦さなかった」わたしは父に言った。「その意味では彼は善人だったんだ。自分の行為が引き起こした結果だけを考えて向き合い、意図や目的を言い訳にしなかった」

「おまえは私を赦してくれるだろうか、フィリップ」父は願望をこめて言った。

「赦しますよ、ぼくは」きっぱりと答えた。「ただし、ジュリアンも悟っていたでしょうが、マリソルは決して赦さないはずです」

父がなにも返事をしなかったので、わたしは言った。「でも、これはよくある話なんでしょう？　父さんは自分でそう言っていましたよ」

不思議なことに、父が前に言った言葉を繰り返しているあいだ、なぜか怒りも憎しみも湧いてこなかった。「決まって名もない人々なんだ。われわれの目には見えないほどちっぽけでみじめな者たちが、いつもわれわれの過ちの代償を支払わされる」

間もなく、わたしは父の部屋をあとにした。外に出たとき、今夜は一人きりで過ごすことになるのだろうと思った。だから自分のアパートメントに帰り着いて、ロビーにロレッタが待っているのを見た瞬間、たとえようがないほど大きな安堵を覚えた。

「気持ちのいい晩ね」ロレッタは言った。「公園をちょっとぶらぶらしてみない？」

わたしたちは建物を出て、夜の街を歩いた。彼女はわたしがひどく動揺していることに気づいたようだったが、なにも訊かなかった。いつどこで打ち明けるかはわたしに決めさせてくれたのだ。

だいぶ歩いて公園の奥まで行き、二人してベンチに腰掛けてから、わたしは語り始めた。

「ツーグローヴスでのことだが、夜中にジュリアンと父が話しこんでいるのを見たことがあるんだ」と、わたしは切りだした。「長いこと二人きりで書斎にこもっていたようだった。だいぶ遅い時刻だったので、ぼくはそのまま寝室へ上がったが、しばらくしてもう一度一階に下りてみると、二人はまだ書斎で話していた。ぼくが突然現われたので、ジュリアンも父も驚いていた。ぎくりとした、と言ったほうが正しいだろう。二人はぼくを手招きして仲間に加え、しばらく三人で雑談した。そのあとぼくだけ寝室へ戻ったんだが、ロレッタ、あのときの二人の目つきから、ぼくはまぎれもない〝陰謀〟の匂いを嗅ぎ取ったんだ」わたしは息を震わせながら深呼吸した。「本人たちはただのゲームのつもりだったらしいがね」そう言ってから、さっき父に聞かされたばかりの話を駆け足で語った。「ジュリアンと父は、アルゼンチンでの一件は誰にも言わないと約束し合った。少年時代の血の誓いのようにね。そしてジュリアンは誓いを守り通したんだ」わたしは肩をすくめた。「黙っているのはつらかったろうね。もう限界に来ていただろうと思う。犯した罪を心の奥に縛りつけたまま、閉じこめておかなければならなかったんだから」

ロレッタは怪訝な顔つきだった。「ジュリアンが最後まで打ち明けなかったのはそれが理由なの？　あなたのお父様と約束したからというだけ？」

彼女にそう問われて、わたしははっとした。いや、ちがう、と内心の声が否定する。ジュリアンが子供じみた誓いにそこまでしがみつくとは思えない。それに、誓いを破ったところで、父はたいして怒りも騒ぎもしなかったろう。父自身、ついさっきああやって、自分はジュリアンの犯した罪の共謀者だと告白したのだから。

じゃあ、ジュリアンが最後まで沈黙を守った理由はいったいなんだ？　なぜ告白の代わりに死を選んだんだ？

そういえば、ジュリアンは早くに父親を亡くしている。まだ十五歳だった彼が、そのときにこう言っていたのを思い出す。〝少年にはヒーローが必要なんだ。尊敬する人、自分を導いてくれる人がね〟。ほかにも思い当たることがある。大人になったジュリアンは、自著のなかで、オラドゥール村の虐殺を実行した兵士たちの実名を明かさなかった。その理由をわたしに尋ねられたときの答えは、簡単明瞭だった。〝幼い少年が、いつかどこかで、おまえの父親は重大犯罪の共犯だったんだと言われるような目には遭わせたくないだろう？〟ジュリアンはわたしにそう問い返したのだった。

幼い少年とは、わたしのことだったのか？

「いや、ジュリアンが最後まで打ち明けられなかったのは、『ぼくのせいだ』」わたしは言った。「ぼくは彼にとって、ずっと小さな子供だった。ジュリアンはぼくを守るために黙っていたんだ」

その結論に至った経緯を、ロレッタにひとつひとつていねいに説明した。ジュリアンは自分の父親の死に深いショックを受け、癒えない心の傷を負っていたはずだ。当然、わたしにとっても父親は大きな存在だと考えただろう。しかし、自分の罪を告白すれば、わたしの父の罪も白日の下にさらされることになる。だから沈黙しているしかなかった。オラドゥール村の虐殺に関わった兵士たちの子供を守ったように、ジュリアンはわたしを守ろうとしたのだ。それが真相ではないだろうか、とわたしは言った。

話を聞き終わっても、ロレッタはまだ半信半疑の表情でわたしを見つめていた。

「その解釈はちょっとまとまり過ぎじゃないかしら、フィリップ」彼女は言った。「それに、単純過ぎる気もする。もちろん、あなたがそう考えるのは自然なことよ。心から大切に思っていた親友が自殺したんだもの、よほどの事情があったんだろうと思いたいし、自分がどうにかすれば、事態は変わっていたんじゃないかと考えたくなる。でも、命を絶つ理由はひとつきりとは限らないわ。人によっては生きていることすべてなのよ」ロレッタは鋭い視線をわたしに向けた。「ジュリアンが自殺したのは、マリソルと同類だったからだわ」揺るぎない口調で言った。「ジュリアンも〝サトゥルヌスの罠〟にかかった獲物なのよ」

わたしが話をのみこめないでいるのを見て、ロレッタは続けた。

「ジュリアンの純粋な善良さがあだになったのよ。本人に跳ね返る結果になったということ」彼女は言った。「バルガスがマリソルの純真さを利用したのと同じように、人生はジュリアンの善良さを武器にジュリアン本人に襲いかかってきた」ロレッタは肩をすくめた。「従順なだけでは、この世を生き抜くことはできないわ、フィリップ」

わたしはスワジランドの悲惨な状況を思い起こした。そのアフリカ大陸最後の王国を、ジュリアンは何年も前に訪問し、そこで見聞きしたことを随筆に書きつづっている。国王が豪華な高級車を大量に買いあさり、自家用ジェット機で優雅に飛びまわっている一方で、民衆は過酷な生活を強いられていた。地面に腹ばいになって、悪臭を放つ水たまりからじかに腐った水を飲み、近くの食肉加工場のゴミ捨て場で拾い集めた鶏の頭や豚の足を、ぼろぼろのバケツで調理して飢えをしのぐ——国民の平均寿命はわずか三十一歳だ。そして、随筆は次のような文章で結ばれる。赤土の居住地、べニヤ板の掘っ立て小屋、腐敗して淀んだ水たまり、土を固めて造った物置、赤錆びた納屋。そんな場所で暮らすスワジランドの人々は、人生に容赦なく痛めつけられる。人生はいつだって真に純粋な人々に襲いかかるのだ。〝手にナイフを握って〟。

　ロレッタの言ったとおりだ。まさに人生が、真に純粋な者に襲いかかる人生が、サトゥルヌスのごとき残忍な目つきでジュリアンにねらいを定めた。それが彼の死の真相だったのだ。

「今夜は一人でいたくないんだ、ロレッタ」わたしは正直に気持ちを伝えた。

　もしロレッタがほんの少しでもためらいを感じれば、きっと瞳に表われるだろう。だが、そこに浮かんでいるのは、わたしの気持ちをしっかりと抱き止めてくれたしるしだけだった。

「もう一人きりじゃないわ、これからは」彼女は言った。

　ジェーン・オースティンの小説のような、結婚式の祝福の鐘が高らかに響き渡り、すべての幸福が約束されるという結末とはちがう。だが、それでもいい。わたしはしっかりとロレッタの手を取った。

「もう一人きりじゃないね、これからは」わたしは同じ言葉を繰り返した。

　ロレッタはほほえんだ。「ジュリアンのボートに乗っていたとしたら、彼にどんな言葉をかけていたか、思いついた？」彼女は訊いた。

　わたしは首を振った。「いいや、まだ」

　だが二人で家に帰ったときには、わたしはその言葉を見つけていた。

終章

彼は地図を折りたたんで椅子のそばのテーブルに置く。窓越しに、のっぺりとした静かな灰色の池が見える。岸辺では黄色いペンキがすっかり剝げてしまった古いボートが、樺の木のしだれた枝の下で羽を休めている。

彼は立ちあがって窓に近づき、外を眺める。

遠くのほうで、そよ風が樺の葉っぱをかさこそいわせている。青々と茂った芝生を軽く撫で、水辺に群生する紫の菖蒲《あやめ》を優しく揺らしている。彼は過去に草を無数に見てきた。花も。フランスのラベンダー畑、ウラル地方の小さなオレンジ色の花をつけたキイチゴ、それから南米では、羽飾りをまとった踊り子のような、風になびくシロガネヨシ。

そうした情景に、彼はいま別れを告げようとしている。

これから自分が取ろうとしている行動と、その結果に思いをめぐらせている。

彼は最後までやり遂げるだろう。

騒がず、あがかず、粛々と。

彼は振り返って窓に背を向け、テーブルに広げられた地図に最後の一瞥をくれる。これまで数えきれないほど多くの地図を調べてきた。世界各地で目にした水汲みの光景が思い浮かぶ。たいていは女だった。女たちがめいめい間に合わせの瓶を持って、川や湖に集まる。いまの彼は、使い古されて汚れ、傷だらけになったあの瓶のような心境だったが、おびただしい量の記憶をこぼさずに抱えるだけの気力はまだ残されている。

いや、そうじゃない。忘れてしまったこともある。

彼は部屋の隅の小さな机に歩み寄ると、ノートを開いて、最初のページを破り取る。それをゆっくりていねいに折りたたみ、ポケットの奥に突っこむ。

いいかね、おまえさん、草の倒れたところを探すんだ、と老いた猟師に教えられたことを思い返す。足跡や踏み跡なんぞじゃない、密生した葦やヨシのあいだに残っている、それらをかきわけた跡を、草が少しだけ倒れているところを見つけるんだ。そこをたどっていきゃあ、必ず獲物にたどり着ける。

草をかき分けたかすかな跡を求めて、室内を見まわす。だが、どこにもない。それを確かめてから、彼は出口へまっすぐ向かい、ドアを開け、外へ出る。芝生を歩きながら、そよ風の動きを肌で感じる。顔がひんやりとする。シャツの裾がはためく。髪がそっとくすぐられる。

鳥の鳴き声が聞こえて、天を振り仰ぐと、一羽のカモメが空を低く横切ろうとしている。そういえば、タイヨウチョウをスーダンで初めて見たのはいつだったろう？　太陽の光を受けて羽根が虹色に輝く美しい鳥を。

彼はかぶりを振る。もうそんなことはどうでもいい。再び前を向き、しっかりした足取りでボートへ向かう。ボートは重い。しかも彼はだいぶ弱っている。最後の仕事ではなく、むしろ最後の決断によって精力を使い果たしてしまっている。

それでも決断はびくともしない。

重たいボートをなんとか水面まで引きずっていく。自分が知っているなかでいちばん軽いものはなんだろう、と考えてみる。イグサだな。じゃあ、これはイグサで編んだ舟だと思えばいい。イグサにはたしか別名があったはずだが。ああ、そうか、カヤツリグサだ。

乗りこむ際、ボートは危なっかしく揺れたが、彼はすばやく態勢を立て直して一本きりのオールをつかみ、ボートを池へ押しだす。

どのあたりまで行けばいいだろう？

池の真ん中だ。それくらい遠ざかれば、自分の姿は小さくしか見えないだろうから、なにをやっているか妹に気づかれる心配はない。たとえ気づかれたとしても、妹がここまでやって来る頃には、自分はすでに最後の仕事をやり遂げているはずだ。

やがて岸から二十メートルほど離れる。いや、二十五メートルに近いか。ボートを漕ぐのは久しぶりなので、早くも腕が痛みだす。だがじきにそれも終わる。ロシアの荒れ地で体力をだいぶ消耗したことはわかっていたが、まさかここまで衰えているとは思いもしなかった。ひょっとして、胸の奥にしまっている秘密が、病のごとく長い年月をかけてじわじわと肉体をむしばみ、弱らせてきたのだろうか？

岸から三十メートル。

もう充分だろう。


彼はポケットから折りたたんだ紙片を出して開き、自分の書いた文字を読み直す。

「それがきみの暗黒の結末というわけか」わたしは話しかける。「だが、いまの言葉はきみの次の本の冒頭にも使えるんじゃないかな」

彼は振り向いてわたしの顔を見る。その表情には、人生に仕掛けられた無数の冷酷な罠をくぐり抜けてきたしるしが刻まれている。

「なぜなら、ぼくらの〝なぜ《ザチエム》〟には答えなんかないからだよ」わたしは言う。

彼はゆっくりとうなずく。

「書くんだ」わたしは静かに言い渡す。「さあ、家に戻って書くんだ」

彼は黙ったままだ。

「この世は雑音だらけだよ、ジュリアン。なのに声はあまり聞こえない」

彼はわたしをじっと見つめている。

「それはなぜかというと、声に耳を傾けようとする者はほんの一握りしかいないからだ」

わたしは彼のほうへ身を寄せる。もっと説得力のある言葉を探したが、ひとつも思い浮かばず、しかたなく肩をすくめる。「これはぼくの意見でしかないけどね。早い話が、暗闇をぼくらに思い出させてくれる人間が世の中には必要だってことだよ」

ジュリアンはうっすらと笑みを浮かべる。ほかのすべての事柄と同じように、彼の微笑も読み取るのは難しく、理解することは不可能だ。

「いいかい、ジュリアン、それがきみの仕事なんだ」わたしはつけ加える。「そして、きみもその仕事を必要としている」

不思議な心の動きが決意を生み、その瞬間、失われかけていた力がよみがえった。ジュリアンはさっきの紙片をポケットにしまうと、再びオールを握りしめる。次の本のことを考えているのだと、わたしにはわかる。彼を知っているからわかる。

遠くの木々を風が優しく揺らしている。岸辺では静寂に包まれた水面の上をトンボがすいすいと飛び交っている。

わたしはオールの穏やかなリズムに耳を澄ます。少しずつ、じりじりと、家が近づいてくる。

それでも彼が家に行き着くかどうかはまだわからない。

ジュリアンが悟っていたように、そして、ジュリアンの生涯と言葉と罪が示したとおり、人生とは〝サトゥルヌスの罠〟なのだから。

訳者あとがき

本書『ジュリアン・ウェルズの葬られた秘密』は、トマス・H・クックによる二十七作目の長篇*The Crime of Julian Wells*（2012）の全訳である。

「シャーロック・ホームズがアイリーン・アドラーに変装を見破られたと気づく瞬間の場面を知ってる？」

文中から引用したこの台詞が示すように、本書は素顔を隠す者、正体を偽る者たちが暗躍するスリラー仕立ての作品で、ある人物が自ら命を絶つ場面で始まり、そして締めくくられる。その静かな哀しい描写は、彼を少年時代から知っている親友の男が想像する情景なのだが、序章と終章とでは結末が少しだけちがう。わずかな変化の奥底で激しくのたうつ愛情と疑惑を、クックは今回もねじれた記憶をからませながら丹念に綴っている。一枚一枚、薄皮をはぐように、秘密の核心へと迫っていく。

簡単にあらすじを紹介しよう。
フィリップ・アンダーズはニューヨーク在住の文芸評論家。妻に先立たれたあとはずっと独り身で、近所で暮らす父親の面倒をみながら毎日わびしさを噛みしめていた。そんな折、若い頃は南米やヨーロッパをともに旅したこともあった幼なじみのジュリアン・ウェルズが、突然自殺する。ジュリアンは実際に起こった悲惨な事件を、綿密な取材をもとに被害者に焦点をあてて描く作家だった。正義を愛し、よりよい世の中になることを心から願っていて、フィリップにとっては〝特別な善人〟であり、〝非凡な芸術家〟でもあった。そんな彼が、なぜ死を選ばねばならなかったのだろう。残された手がかりは二つだけ。ジュリアンが死の直前に広げていた地図と、彼の第一作目に記されているフィリップへの献辞である。どうすれば友を死から救えたのか、その答えを求めてフィリップはジュリアンの足跡をたどる旅に出た――

本書の構成は、序章と終章のあいだが六部に分かれている。亡き親友と同じ場所に立ち、彼が見聞きしたままを体験したいと望んだフィリップが、ジュリアンの著書の舞台となった土地を刊行順に訪れるという趣向だ。よって、第一部から第五部まではそれぞれに著書と同じタイトルがつけられている。そうしてフィリップは、ニューヨークを出発点に、パリ、オラドゥール、ロンドン、ブダペスト、チェイテ、ロストフ、ブエノスアイレス、さらにはクララ・ビスタとめぐるのだが、謎は深まるばかりで、最愛の友ジュリアンはますます遠ざかってしまう。弔いの旅が、探偵の追跡劇に変わっていく過程は、重要な仕掛けのひとつといえよう。

着目すべき箇所をもうひとつ挙げたい。第六部の『サトゥルヌスの罠』だけは、ジュリアンの書かなかった物語である。終着点はいったいどこで、誰によってなにが語られるのか、ミステリ要素も含めてお楽しみいただければと思う。

なお、〝サトゥルヌスの罠〟という言葉に関連して、ご参考までにつけ加えておくと、十六世紀にオランダの画家ピーテル・パウル・ルーベンスが、十九世紀にはスペインの画家フランシスコ・デ・ゴヤが、『我が子を喰らうサトゥルヌス』という絵を描いている。本文にはこれらの絵のイメージと重なる表現が出てくるので、画集やインターネット上の画像などを利用してご覧になることをおすすめする。

最後に、早川書房編集部の吉田智宏氏には大変お世話になった。ここに記して感謝の意を表したい。

二〇一四年一月

HAYAKAWA POCKET MYSTERY BOOKS No. 1880

駒《こま》 月《つき》 雅《まさ》 子《こ》

1962年生，慶應義塾大学文学部卒，
英米文学翻訳家
訳書
『あなたに不利な証拠として』ローリー・リン・ドラモンド
『預言』ダニエル・キイス
『マチルダの小さな宇宙』ヴィクター・ロダート
『キャサリン・カーの終わりなき旅』トマス・H・クック
（以上早川書房刊）他多数

この本の型は，縦18.4センチ，横10.6センチのポケット・ブック判です.

〔ジュリアン・ウェルズの葬《ほうむ》られた秘密《ひみつ》〕

2014年2月10日印刷　　2014年2月15日発行

著者	トマス・H・クック
訳者	駒月雅子
発行者	早川浩
印刷所	星野精版印刷株式会社
表紙印刷	大平舎美術印刷
製本所	株式会社川島製本所

発行所 株式会社 **早川書房**
東京都千代田区神田多町2－2
電話 03-3252-3111（大代表）
振替 00160-3-47799
http://www.hayakawa-online.co.jp

（乱丁・落丁本は小社制作部宛お送り下さい
送料小社負担にてお取りかえいたします）

ISBN978-4-15-001880-1 C0297
Printed and bound in Japan

ハヤカワ・ミステリ〈話題作〉

1863
ルパン、最後の恋
モーリス・ルブラン
平岡　敦訳

父を亡くした娘を襲う怪事件。陰ながら見守るルパンは見えない敵に苦戦する。未発表のまま封印されたシリーズ最終作、ついに解禁

1864
首斬り人の娘
オリヴァー・ペチュ
猪股和夫訳

一六五九年ドイツ。産婆が子供殺しの魔女として捕らえられた。処刑吏クィズルらは、ひそかに事件の真相を探る。歴史ミステリ大作

1865
高慢と偏見、そして殺人
P・D・ジェイムズ
羽田詩津子訳

エリザベスとダーシーが平和に暮らすペンバリー館で殺人が！　ロマンス小説の古典『高慢と偏見』の続篇に、ミステリの巨匠が挑む！

1866
喪失
モー・ヘイダー
北野寿美枝訳

〈アメリカ探偵作家クラブ賞最優秀長篇賞受賞〉駐車場から車ごと誘拐された少女。狡猾な犯人を追うキャフェリー警部の苦悩と焦燥

1867
六人目の少女
ドナート・カッリージ
清水由貴子訳

森で発見された六本の片腕。それは誘拐された少女たちのものだった。フランス国鉄ミステリ大賞に輝くイタリア発サイコサスペンス

ハヤカワ・ミステリ〈話題作〉

1868 キャサリン・カーの終わりなき旅 トマス・H・クック 駒月雅子訳

息子を殺された過去に苦しむ新聞記者は、あるきっかけから、二十年前に起きた女性詩人の失踪事件に興味を抱く。贖罪と再生の物語

1869 夜に生きる デニス・ルヘイン 加賀山卓朗訳

〈アメリカ探偵作家クラブ賞最優秀長篇賞受賞〉禁酒法時代末期のボストンで、裏社会をのし上がっていこうとする若者を描く傑作！

1870 赤く微笑む春 ヨハン・テオリン 三角和代訳

長年疎遠だった父を襲った奇妙な放火事件。父の暗い過去をたどりはじめた男性が行きつく先とは？〈エーランド島四部作〉第三弾

1871 特捜部Q ―カルテ番号64― ユッシ・エーズラ・オールスン 吉田 薫訳

悪徳医師にすべてを奪われた女は、やがて復讐の鬼と化す！「金の月桂樹」賞を受賞したデンマークの人気警察小説シリーズ第四弾

1872 ミステリガール デイヴィッド・ゴードン 青木千鶴訳

妻に捨てられた小説家志望のサムは探偵助手になるが、謎の美女の素行調査は予想外の方向へ……『二流小説家』著者渾身の第二作！